에코토피아의 몸

에코토피아의 몸

전 미 정

도서출판 역락

인간은 몸을 떠나서는 아무 것도 상상할 수 없는 존재이며, 몸은 수많은 상상력의 통로로 사용되어 왔다. 그 몸의 상상력을 가장 생생하게 노출하고 있는 테마가 생태학, 에로티시즘, 페미니즘이라고 할 수 있다.

몸이라는 주제를 통하여 에로티시즘과 페미니즘과 생태학은 의미의 교집합을 이루게 된다. 그들은 어느 지점에서 서로의 영역으로 교묘히 흘러드는 경향이 있다. 몸을 통해 구원받으려는 동일한 소망에 뿌리를 두고 있기 때문일 것이다. 이들의 몸은 결국 유토피아로 진입하려는 몸부림이라고 할 수 있다. '에코토피아'는 생태학과 유토피아의 조어이다. 좀더 구체화하면, 에코토피아란 균형, 조화, 생명을 통해 몸의 유토피아를 실현하는 세계를 뜻한다.

이 책은 몸이 유토피아를 실현시켜 나가는 세 가지 방식, 즉 생태학의 방식, 에로티시즘의 방식, 페미니즘의 방식에 대한 조명이다. 그 세 가지 방식이 한국의 시인들의 작품에서 어떻게 구체화되고 변주되고 있는지를 밝히는 데 주력하였다. 하지만, 이 책은 몸에 대해 내노라 하는 이론들을 앞세워 작품을 짜맞추려고 하지 않았다. 물론 이 책이 카프라, 샤르댕, 엘리아데, 메를로 퐁티, 비코, 가스통 바슐라르, 그레고리 베이트슨, 바흐찐, 프로이트, 칼 융, 바따이유, 마르쿠제, 다께다 세이지, 이규보, 정화열, 박이문, 김욱동, 구승회 등의 논리에 부분부분 빚지고 있지 않은 것은 아니다. 생태학이나 에로티시즘이나 페미니즘에 관련된 이론들은 이제 충분하다. 이론을 계속해서 반복하는 것은 게임이 가지고 있는 개성적인 내용은 무시한 채 계속해서 게임의 규칙만을 반복하는 격이다. 작품으로써 얘기되지 않은 이론은 공허할 뿐이다.

이 책은 생태학과 에로티시즘과 페미니즘의 시작품에 나타난 몸의 상상력이 의미론적으로 서로 교차하면서 궁극적으로 무엇을 말하고 있는가에 전적으로 관심을 가지려고 했다. 몸은 단순히 몸이라는 주제에 머물지 않는다. 단순히 몸이라는 물질에 대해 이야기하지 않는다는 말이다. 몸의 상상력은 몸으로서의 삶, 삶의 주체로서의 몸에 관심을 갖는다. 몸은 작가 자신의 세계관을 표출하는 결정적인 통로가 되는 셈이다. 이 전제에서 이 책은 출발하고 있다. 그리고, 그러한 몸의 상상력을 통하여 문학이 세상에 어떻게 존재해야 하는가 하는 필자의 신념이 또 하나의 궤적을 그리고 있기도 하다.

몸은 상상력을 위한 은유적 도구로도 쓰인다. 그러나 몸은 그 자체가 상상력으로 넘쳐나는 세계이다. 그것은 단지 어떤 공간을 채우고 있는 고정된 물체가 아니다. 몸은 살아있는 질료로서 공간을 채우기도 하며 비우기도 하면서 시간과의 연대성을 형성하는 물질이다. 몸은 우리가 그것에 의미를 부여하고 있지 않을 때에라도 스스로 꿈꾸고 상상하고 이 세계를 만들어 간다. 그러기에 우리가 몸에게 말을 거는 즉시, 몸은 상상력의 수다를 떨기 시작하는 것이다. 몸은 우리도 모르는 새 우리 삶을 꼼꼼하게, 그리고 다양하게 문신하고 있는 것이다. 또한 몸은 끊임없이 우리에게 말을 걸고 있을 뿐만 아니라, 이 세계에 대한 우리의 질문에도 진실하게 대답해주는 해설서이기도 하다.

그렇기에 몸이 이제까지 수많은 예술가들에게 상상력의 원천, 상상력의 질료가 되어 왔음은 너무나 자연스러운 일이다. 몸의 상상력을 파고들어가다 보면, 어느새 몸 자체가 상상력의 세계임을 발견하게 될 것이다. 몸은 그 몸을 입고 있는 날부터 스스로 꿈꾸고 이야기하고 자기 세계를 직조하여 왔다. 여기서 몸을 은유의 대상으로만 알고 있는 혹자들의 생각이 착각임을 확실히 파악할 수 있다. 우리 삶이 오히려 몸에서 수많은 은유를 꾸어왔던 셈이 된다. 몸의 상상력을 펼치는 시인은 아직 형상을 입지 않은 상상력의 질료로 물컹거리는 몸에 도리어 기생해야 하는 존재들이다. 사르트르가 『구토』에서 보여준 대로, 몸은 아직 인간이 개념과 기호를 부여하지 않았기에, 무수한 의미를 잠재하고 있는 사물의 반죽 그 자체로 말이다.

90년대 후반부터 몸을 얘기하지 않으면 아무 것도 얘기할 수 없다는 시대적 명제가 은근히 공유되어 온 듯하다. 너나할 것없이 많은 인문학 연구자들과 문예 평론가, 그리고 작가들까지 암묵적으로 동참해 왔으니 말이다. 본의는 아니지만, 아마도 이 책 또한 그러한 대열에 자연스럽게

서게 될 것이다. 한 시대의 사고들은 어떤 형태의 무의식을 동원해서라도 서로 자력을 행사하기 마련이지 않는가. 그런데, 필자의 몸에 대한 적극적인 관심은 1998년에 박사논문 테마인 에로티시즘을 공부하면서 시작된 것이다. 에로티시즘을 공부하면서, 먼저 몸이 얼마나 거대 담론을 형성할 수 있는지에 대한 가능성을 보았다. 그래서 몸에 대한 관심을 갖기 시작하면서, 몸에 모든 의미의 근원을 두는 생태학을 기웃거릴 수밖에 없었다. 그리고, 생물학적 성을 떠나서 얘기될 수 없는 페미니즘을 이해하는 데에도 몸은 중요한 열쇠가 되어 주었다.

그러한 관심 속에서 그 동안 학회지와 잡지에 발표했던 몸을 테마로 한 논문과 평론 18편을 선별하였다. 생태 시론에 대한 욕심을 버릴 수 없었기에, 「이미지즘의 동양시학적 가능성 고찰」이라는 논문을 생태 시론에 맞추어 개고하여 보았다. 이제까지 생태 시론에 대한 본격적인 논의가 없었기에 그만큼 위험 부담이 큰 것도 사실이나, 이 시도를 통해 그 가능성들이 더 확장되기를 바란다. 1부에서 다룰 '물아 일체의 몸 시학'이 그것이다. 이 글에는 생태학 논의의 서구 추수적 태도에 대한 반성의 의미도 깃들여져 있다. 한편, 2부에서 다룰 '에로티시즘의 몇 가지 원리'는 필자가 『한국 현대시와 에로티시즘』에서 이미 밝힌 바 있는 에로티시즘의 핵심 원리만을 간추려 제시하려고 하였다. 섹슈얼리티와 혼재되어 사용되고 있는 에로티시즘의 고유한 시학적 원리에 대한 이해를 돕기 위해서이다.

이 책은 아직 돔의 시학에 대한 서설에 불과하다고 할 수 있다. 기독교와 불교의 몸, 근대 이전 동서양의 몸, 근대 이후 동서양의 몸, 그리고 여성과 남성의 몸에 대한 탐색들과 그 해석 코드를 통해 밝혀질 내용들이 아직도 많이 남아 있기 때문이다. 그러한 통합적 시각을 갖추려면 더 오랜 학문적 연륜이 필요할 듯 싶다. 이 책을 내는 데 부끄러움이 많이 앞서는 것이 사실이다. 이제부터 더 성실하고 겸손하게 남은 과제들을 수행하리라 또 다짐할 뿐이다.

차 례

2 은유화된 성, 에로티시즘　　　　　　　　　105

1 생태학, 몸의 잠언

육체의 죽음, 몸의 역사

● 서정주론 ●

21세기의 패러다임 전환과 '몸'

문학은 자아와 타자의 가장 조화로운 관계를 꿈꾸는 데서 출발한다. 타자란 내가 아닌 다른 사람일 수도, 자연일 수도, 다른 생물체일 수도 있다. 따라서, 자아와 타자 사이의 원만한 관계는 궁극적으로 인간과 세계의 조화로운 관계를 함축하게 된다. 자아와 타자 사이에 분절이나 단절로 인해 야기되는 모든 갈등이 사라진 바로 그 곳에서 비로소 인간과 세계는 가장 조화로운 관계를 획득할 수 있다.

이러한 관계를 이루기 위한 최적의 조건은 원초적 세계이다. 원초적 세계는 모든 것이 분열되지 않고 하나로 연결되어 있는 세계이다. 생태학[1]은 인간과 자연의 가장 조화로운 관계를 모색하는 이론이라는 점에서 원초적인 세계와 모종의 관계를 형성하게 된다. 부분과 전체, 개체와

---

1) 생태학(ecology)은 크게 표층(shallow) 생태학과 심층(deep) 생태학으로 분류되고 있다. 전자는 인간중심적인 관점을 취하는 데 반해, 후자는 세계를 상호의존적인 현상들의 네트워크로 보고 있다. 이 가운데 심층 생태학은 모든 생물들이 지닌 본질적인 가치를 인정하고 인간을 생명이라는 직물 속에 포함된 씨줄날줄로 보는 패러다임의 전환을 가져왔다.(프리쵸프 카프라, 『생명의 그물』, 범양사출판부, 1998, pp.22-23. Bill Devall & George Sessions, ed, <u>Deep Ecology</u>, Salt Lake City : Gibbs M. Smith Inc, 1985, pp.65-66.) 이 논문에서 생태학이라 함은 심층 생태학을 가리킨다.

환경이 유기적 통일체라는 인식 위에서 구축된 생태학의 기본 정신이[2] 이를 잘 증명해 주고 있다. 즉 생태학은 이성과 감성, 정신과 육체, 남자와 여자, 인간과 자연 등의 이분법적 사고를 지양함으로써 타자들 사이의 다양성과 관계성을 인정하게 된다. 그렇기 때문에, 최근 들어 관심을 모으고 있는 마술적 리얼리즘이나, 신화성 또는 환상성 등은 예사로운 징후로 보이지 않는다. 이러한 일련의 풍조는 생태학이 추구하는 원초적인 세계상을 드러내고 있기 때문이다.

조화는 언제나 분열과 갈등과 경계를 무화시킨다. 근래 사상의 흐름을 주도하고 있는 포스트모더니즘을 중심으로 그 지류를 형성하고 있는 담론들 즉, 페미니즘, 선(禪)사상, 노장사상 등과 함께 생태학이 나란히 설 수 있는[3] 것도 경계를 무화시키려는 이러한 태도에 기인한다. 물론 이들 담론들이 취하고 있는 이론적 발판이나 궁극적인 목적을 따지고 들어가 보면 실질적인 차이를 보이는 것은 사실이다. 그럼에도 불구하고 이들 담론들은 세계관[4]의 측면에서 필연적으로 만나고 있다는 점에서 중요하다. 그런 측면에서, 생태학은 새로운 패러다임의 전환을 구축

---

2) William Rueckert, <u>Literature and Ecology</u>, *The Ecocriticism Reader*, ed. by Cheryll Glotfelty & Harold Fromm, Athens and London : Georgia Univ. Press, 1996, p.108.

3) Sueellen Campbell, <u>The Land and Language of Disire</u>, *The Ecocriticism Reader*, ed. by Cheryll Glotfelty & Harold Fromm, Athens and London : Georgia Univ. Press, 1996, pp.127-135. 참조. 켐벨은 이 글에서 포스트모더니즘과 생태학의 발생 배경을 꼼꼼하게 분석하면서, 두 이론의 주요 관심사인 텍스트와 자연이 궁극적 차이를 지님에도 불구하고 공유하고 있는 부인할 수 없는 몇 가지 주요한 점을 추출해내고 있다. 포스트모더니즘과 생태학은 다음과 같은 점에서 유사하다. 첫째, 남성 중심주의의 전통적 권위에 반대한다. 둘째, 이분법적 분류법에 의문을 제기하면서 상대주의와 양자 역학에 그 신념을 두고 있다. 셋째, 모든 사물을 하나의 거대한 그물망으로 바라본다.

4) 박이문에 따르면, 세계관은 세 가지 내용을 이루고 있다. "세계관은 첫째, 우주관, 즉 존재 일반에 대한 총괄적 견해, 둘째, 인간관, 즉 우주 안에서의 인간 존재에 대한 특수성에 대한 관점, 셋째, 윤리관, 즉 인간이 택해야 하는 삶의 태도에 대한 입장을 동시에 내포하고 있다."(박이문, 『문명의 미래와 생태학적 세계관』, 당대, 1998, pp.17-20 참조)

하는 데 일조한 셈이 된다. 생태학이 생물학 영역을 넘어서 인문학과의 연계성을 강하게 지닐 수 있는 것도 이러한 패러다임적 특성 때문이다. 21세기는 지배와 정복의 대상으로만 취급되던 자연을 새로운 각도로 바라보길 요구한다. 자연은 더 이상 인간과 단절되어 있는 타자가 아니다. 생태학은 이와 같은 21세기의 주류적 사상을 가장 선명하게 드러내고 있는 의식 운동이라 할 수 있다.

그런데, 생태학의 토양이라 할 수 있는 동양적인 세계관, 즉 선사상이나 노장적 세계관과 깊이 연루되어 있는 우리 문학에서는 정작 이에 대한 본격적인 연구가 이루어지지 않고 있는 실정이다. 물론 이 분야에서 주목할 만한 연구들[5]이 없지는 않다. 문제는 대개의 연구 대상들이 8, 90년대 시들에 한정되어 있거나, 문명에 대한 비판적 시각을 견지하고 있는 작품들에 편중되어 있다는 점이다. 생태학이 문명의 지배악적 논리나 생태계 파괴에 대한 비판을 기반으로 형성된 것은 사실이다. 하지만, 문학의 생태학적 연구는 단면적이고 단편적으로 드러난 환경에 대한 관심에 만족하지 않는다.[6] 생태학은 단순한 문명 비판이나, 환경 보호 차원 그 이상의 정신 세계이기 때문이다.

생태학적 세계관은 20세기에 창작된 문학 작품 속에서 새롭게 대두한 특정한 시대에 국한된 문제가 아니다. 오히려 인류의 탄생과 동시에 발생한 것이라고 해도 과언은 아닐 것이다. 인류는 어떠한 형태로든지 자연에 대한 다양한 태도를 취해왔기 때문이다. 따라서, 문학 연구가 지속적으로 반복되는 양상을 드러내는 과학이라는 점에서 보았을 때, 서구의 연구자들이 생태학적 작품의 원형을 19세기 낭만주의에서 찾으려

---

5) 김욱동, 김종철, 김지하 등의 선행 논의들이 주목할 만하다.
6) 환경 보호를 위한 문학도 실제로는 생태학의 하위 범주에 속하는 것이기는 하다. 그러나, 그것은 성격상 그 경계를 달리한다. 김욱동은 환경 문학이 사실적이고 실제적인 반면, 생태 문학은 철학적이고 이론적이라고 구분하고 있다.

고 한 시도는[7] 의미있는 작업으로 보인다.

그들이 낭만주의에서 찾은 생태학적 정신의 뿌리는 자연 유기체설이다. 이 자연 유기체설은 동양에서는 낯설지 않은 세계관이다. 한국의 현대시에서도 이러한 세계관을 담보하고 있는 시인들을 찾기란 어렵지 않은 일이다. 김소월, 김영랑, 정지용, 그리고 청록파[8] 등의 시인들이 그 대표적인 예에 속한다. 그렇다고, 이들의 자연 친화적인 태도가 하나같이 동일한 모습으로 나타나는 것은 아니다. 순수한 예찬의 대상이거나, 즉물적인 대상, 또는 현실 도피처로서의 자연은 엄밀히 말해 생태학에서 주장하는 자연 친화적 태도와는 전혀 다르다. 자연을 소재로 삼은 모든 시가 생태학적인 정신을 지니고 있다고 말할 수 없는 이유도 여기에 있다.

따라서, 종래에는 하나로 묶을 수 있었던 자연 친화적 계열의 시들이 생태학적 관점이 적용되면 다른 양상으로 분류될 수밖에 없다. 이미 오

---

7) 김욱동, 앞의 책, p.232 참조.
8) 청록파 시인들 중에서도 박두진의 시는 생태학적 정신을 강하게 보이고 있다는 점에서 다른 두 시인과 변별된다. 「젊은 죽음들에게」, 「죽음은 들어오고」, 「유전도」, 「하늘」, 「섭리」 등의 작품이 그 예이다.
   이러한 속성을 밝혀내는 것 자체도 의의가 있지만, 흥미로운 사실은 서정주의 시가 불교적인 세계관에 토대를 두고 있는데 반해, 박두진의 시가 기독교적 세계관에 토대를 두고 있다는 점이다. 각기 다른 종교에 기대고 있는 두 시인이 동일한 세계관으로 귀납될 수 있는 현상과 함께, 생태학의 천적이었던 기독교적 세계관을 시적 모체로 삼고 있는 시인의 시에서 생태학적 정신이 강하게 나타난다는 점이 특이하기 때문이다. 사실, 기독교 사상의 시비(是非)를 놓고 빚어진 생태학적 논쟁들은 소모적이라는 인상을 지울 수가 없다. 각기 다른 사상에 기점을 두고 있더라도 어느 지점에 가서는 맞물리기도 한다는 점을 놓쳐서는 안 된다.
   참고로 창조 신학에 입각한 주요 논자로는 샤르댕과 맥도나휴를 들 수 있다. 테야르 드 샤르댕의 『인간현상』(한길사, 1997)은 진화론에 이론적 토대를 두고 있었기 때문에 교회에서 추방당한 신학자이다. 그의 기본적 발상은 인간을 포함한 모든 생물을 유기체로 보는 생태학적 관점과 유사하다. 숀 맥도나휴의 『땅의 신학』(분도출판사, 1993)은 기독교에 대한 생태학적 비판이 잘못되었음을 밝히기 위해, 성서에 나타난 자연에 대한 태도를 꼼꼼히 파헤치고 있다. 창조 신학을 실천한 인물로는 성 프란체스를 들 수 있다.

래 전에 쉴러는 시인과 자연의 친화 양상을 그 성격에 따라, 시인과 자연이 조화되어 있는 시와, 시인과 자연이 분리되어 있는 시로 분류하고 있어서[9] 흥미롭다. 생태학이 아마 그러한 분류를 할 수 있는 가장 좋은 방법론이 되리라 생각한다.

이때 그 가늠의 주요한 잣대는 몸의 사유 방식이 될 것이다. 생태학은 육체를 단순한 물질로서 다루지 않고 존재론적으로 탐색한다. 따라서 생태학의 의미론은 육체에 대한 새로운 자각과 인식에서 비롯한다. 그 결과, 생태학에서의 육체는 정신과 대립적인 위치에 있는 육체로서의 옷을 벗고 몸이라는 새로운 옷을 입게 된다. 요컨대, 몸에 대한 시인의 사유방식은 자연 친화적인 시들의 서로 다른 모습을 확연히 드러내 줄 것이다.

서정주 시에 나타난 몸의 사유방식을 통하여 서정주의 시가 지니는 한국 현대시의 생태학적 가능성을 타진해 보려고 한다.[10] 그러기 위해서는 먼저 육체와 몸이 지닌 변별적 의미나 기능을 검토하여야 할 것이다. 생태학은 육체의 죽음을 선포하고, 몸의 역사를 다시 쓰기 시작하려는 담론이라고 할 수 있다.

---

9) 문덕수, 『문예사조』, 개문사, 1986, pp.62-63.

10) 20년대 시인들, 즉 이장희, 남궁벽, 이상화에게서도 생태학적 상상력의 징후가 발견되긴 한다. 그들의 시는 주제적 측면에서 대지나 생명에 대한 강한 애정을 표출하고 있다. 그러나 그러한 주제가 형상화 과정을 거치지 못하고 단순한 주제의 표현에 그치고 있다는 아쉬움이 남는다. 이처럼 생태학적 상상력의 징후는 20년대 시인들에게서 처음 나타나고 있다는 점에서 중요한 자료가 아닐 수 없다. 이러한 징후가 이제 본격적이고 독자적인 시세계로 심화되어 나타난 경우가 생명파인 서정주, 유치환, 그리고 청록파의 박두진, 에로티시즘에 기반을 둔 전봉건, 송욱 등이다.

육체 아닌 '몸'

포스트 모더니즘 이론의 육체에 대한 관심이나 생태학적 문학 비평의 단초를 마련했던 미하일 바흐찐이 육체에 대해 행한 해석적 공헌은[11] 육체가 생태학의 주요한 의미소가 되고 있음을 잘 말해주고 있다. 생태학이 형이상학적인 것을 거부하고, 물질을 중요한 대상으로 파악하고 있다는 점에서 육체는 생태학에서 중심 기호로 자리잡게 된다. 또한 생태학이 생명을 세계의 중심에 놓고자 하는 이론[12]임을 주목할 때, 육체의 의미는 더욱 중요해진다. 탄생과 죽음, 즉 생명의 유무는 언제나 육체라는 일차적인 물질을 기반으로 하기 때문이다. 이러한 생명에의 관심이 육체에 대한 새로운 인식 변화를 가져다 주었다. 생태학에서 인간의 육체는 자연의 환유로서 다른 생물들과 함께 자연의 일부분을 이루게 되는 것이다. 그래서 생물계의 모든 육체는 생명의 환유가 된다.

그런데, 생태학은 육체를 몸으로 인식하게 만든다. 따라서 생태학은 이상적인 몸에 대한 꿈이라고 할 수 있다. 서구의 이분법적 사유에 따르는 육체는 생명이 없는 대상에 불과하지만, 몸은 육체와 대별적인 위치에 있는 정신을 배격하지 않는다. 육체가 생태학적 영역으로 들어오는 순간 몸의 의미 지평이 열리게 된다. 육체는 정신의 결핍을 의미하지만 몸은 육체와 정신이 융합되어 있는 장소로서 살과 얼이 함께 모일 때 비로소 몸이 될 수 있는 것이다.[13] 여기서 살은 육체에, 얼은 정신에

---

11) Michael J. Mcdowell, <u>The Bakhtinian Roed to Ecological Insight</u>, *The Ecocriticism Reader*, ed. by Cheryll Glotfelty & Harold Fromm, Athens and London : Georgia Univ. Press, 1996, pp.371-372.

12) 프리쵸프 카프라, 앞의 책, p.30.

13) 유승우, 『한글시론』, 민족문화사, 1983, pp.23-24 참조.
  "우리의 몸은 집이 아니다. 몸을 마음의 집이라든가 얼의 집이라고 말할 때 이미 둘로 나누어서 하는 얘기가 된다. 그러나 둘로 나눌 때는 이미 몸이 아니다."

각각 대응하는 한글이다. 그렇기 때문에 몸은 살에 해당하는 육체와 완전히 다른 개념이라 할 수 있다.

실제로 동양적 전통에 따르면 몸은 정신과 육체의 통합체로 쓰이고 있다.[14] 뿐만 아니라 프시케와 누우스라는 정신의 두 가지 층위는 정신이 육체와 완전히 분리되어 있지 않음을 적확하게 보여주고 있다.[15] 생태학적 견지에서 물질이나 육체를 중시하는 것은 물질만능주의와 다르다. 이는 자연을 교환 가치보다는 존재 가치에 기대어 보려는 태도임를 함축하는 것이다. 생태학적 관점에서 '몸'이라는 용어의 사용이 왜 중요한지는 여기에서 드러난다. 생태학은 육체의 본질적 기능, 즉 정신과 분리할 수 없는 몸의 기능을 주목한 것이다.

이러한 몸의 사유방식 속에서 만물은 영성을 부여받게 된다. 몸은 자연스럽게 애니미즘이나 토테미즘과 만나게 된다. 이러한 몸 의식은 서정주의 문학이 뿌리내리고 있는 생명파의 문학까지 거슬러 올라갈 수 있다. 근원적인 생의 문제, 즉 본능, 의지, 죽음, 고독, 유한성 등을 통해 고뇌하고 이를 초극하려 했던[16] 생명파의 시도 속에는 언제나 몸이 의미 중심에 있었다. 그 결과, 생명에 대한 관심이 인간에서 머물지 않고 자연이라는 생명체 전체로 확대되고 있으며, 생명체를 관계의 그물망에서 조망하고 있다. 더욱이, 생명과 몸에 대한 그들의 탐구는 인간의 존재적 차원으로 그 사유를 확장하고 있다는 점이 주목된다. 이러한 여러 가지

---

14) 이승환, 「눈빛, 낯빛, 몸짓」, 『감성의 철학』, 민음사, 1996, pp.132-169 참조.

15) 정신에 해당되는 우리말에는 넋과 얼이 있다. 서양 철학에서도 정신에 해당되는 말에는 프시케와 누우스가 있다. 프시케, 혼, 넋은 숨이나 의식이 붙어 있도록 하는 무엇을 가리킨다. 즉, 프시케, 혼, 넋은 물(物)과 몸뚱이(肉) 위에 있지만 물과 몸뚱이에 상관하면서 그 존재를 지탱하는 힘이다. 한편, 누우스, 영, 얼은 물과 육을 넘어 자유를 향하는 순수한 정신 차원을 가리킨다. 프시케는 밑과 관계하지만 누우스는 위와 관계한다. 무생물과 동식물에는 넋이 있고 사람에게는 넋뿐 아니라 얼이 있다고 할 수 있다.(샤르댕, 양명수 옮김, 『인간현상』, p.174 역주 참조.)

16) 오세영, 『20세기 한국시 연구』, 새문사, 1989, p.218.

특질은 생명파와 생태학이 본질적으로 닮아 있음을 잘 말해주고 있다

따라서, 서정주의 초기시에 지배적으로 나타나는 성은 생명에 대한 관심의 연장선상에서 파악해야 한다. 초기시의 주도적인 이미지나 소재가 되고 있는 성적 이미지 혹은 모티프들은 단순히 섹슈얼리티에 그치지 않는다. 그러한 해석적 준거는 육체가 천박함과 고귀함, 죄성과 신성성, 죽음과 삶의 경계 사이에 걸쳐져 있는 시적 정황에서 찾을 수 있다. 이러한 조건 하에서 육체는 몸의 의미망 속으로 들어오게 된다. 따라서, 시집 『화사집』의 성적 모티프는 새로운 해석적 시각을 요구한다.

에로스의 상상력은 유한한 인간의 상황에 대한 불안한 심리를 창조적으로 승화한 것이라고 할 수 있다. 유한성에 대한 인식은 죽음 의식으로 환원되고, 이러한 죽음에 대한 의식이 극대화되면 될수록 인간은 자연스럽게 에로스의 본능을 노출하기 때문이다.[17] 타나토스에 깊이 연루되어 있으면 역설적으로 에로스는 더 고무되는 것이다. 에로스가 타나토스와의 역학적인 운동을 통해 그 의미를 더욱 선명히 드러내는 것도 이 때문이다. 즉, 에로스의 상상력은 유한성에 대한 자각 위에서 구축된 것이다. 따라서, 성적 묘사들은 과열찬 생명욕에 기인한 것이다. 이러한 특질을 통해, 몸에 대한 서정주의 유별난 탐색과 관심이 원초적인 생명력에 대한 탐구였음을 헤아릴 수 있다.

유한성이 구속의 심리를 배태한다면, 다른 한편 그에 반작용으로 발생하는 에로스의 충동은 자유에 대한 심리임을 주시해야 한다. 에로스의 이론가인 마르쿠제는 생태 운동이 해방을 향한 심리 운동이며 에로스의 운동임을 강조하고 있다.[18] 마르쿠제에 따르면, 인간의 일차적 충

---

17) 융의 에로스 이론은, 프로이트가 제시한 두 가지 본능인 에로스와 타나토스가 상호 갈등 및 긴장하면서 삶의 에너지가 나온다는 점에 착안하고 있다. 삶의 역동적 에너지가 에로스와 타나토스와의 역동적 관계에서 비롯한다는 융의 견해는 탁견이다.(C. G. Jung, tr. by R. F. C. Hull, <u>The Eros Theory</u>, *Two Essays Psychology*, London : Routledge & Kegan Paul, 1966, pp.27-29 참조)

동은 가장 완전한 생명의 충일을 지향하는 것이며, 그것이 생태학 운동의 핵심이 된다. 에로스에 함축되어 있는 해방과 자유에의 욕망은 원초적인 생명 상태라 할 수 있는 모태로 회귀하려는 경향이 있다. 그리고, 원초적 세계의 추구는 완전한 세계에 대한 욕망과 통한다.

서정주의 시에서 몸은 더이상 천박하거나 열등하거나 비속한 것들이 아니다. 몸은 젊음과 아름다움과 자유와 생명을 구가하는 열린 통로로 형상화되고 있다.

> 보지마라 너 눈물어린 눈으로는…
> 소란한 哄笑의 正午 天心에
> 다붙은 내입설의 피묻은 입마춤과
> 無限 慾望의 그윽한 이戰慄을…
>
> 아·어찌 참을 것이냐!
> 슬픈이는 모다 巴蜀으로 갔어도,
> 윙윙그리는 불벌의 떼를
> 꿀과함께 나는 가슴으로 먹었노라.
>
> 시약시야 나는 아름답구나
>
> 내 살결은 樹皮의 검은빛
> 黃金 太陽을 머리에 달고

---

18) 허버트 마르쿠제, 「정신분석학적 생태학:생태학과 현대 사회 비판」, 『생태학 담론』, 솔, 1999, pp.50-65 참조. 생태학적 관점에 입각한 이 글을 통해 마르쿠제가 해석한 프로이트의 두가지 충동, 즉 에로스와 타나토스의 특성은 다음과 같다. 프로이트에 따르면, 인간의 일차적인 충동은 고통이 없는 가장 자유로운 상태에 대한 갈망이다. 이러한 완성과 자유의 상태는 생명의 초기 상태, 즉 자궁 내 삶에서 맛보았다고 한다. 죽임과 파괴의 본능도 탄생 이전 상태로 회귀하려는 열망에 다름 아니다. 그렇기 때문에, 고통에서 자유로운 상태에 도달하려는 갈망은 결국 에로스 곧 생명의 본능에 속하게 된다. 따라서, 에로스적인 열망은 생명의 만개와 성숙에서 자기 목표를 발견해야 하고, 그러한 관점에서 생태 운동이 진행되어야 하는 것이다. 에로스의 충동은 살아있는 것을 보호하고 돌보는 것 속에서 자신을 완성해야 하기 때문이다.

　沒藥 麝香의 薰薰한 이꽃자리
　내 숫사슴의 춤추며 뛰여 가자

　우슴웃는 짐생, 짐생 속으로.

「正午의 언덕에서」 전문

　이 시의 부제는 구약성서의 아가서에 실린 "향기로운 산우에 노루와 적은 사슴같이 있을지어다"에서 인용한 것이다. 아가서는 이스라엘 민족의 대표적인 절기인 유월절에 낭송되던 시적인 글로서, 성경에서 유일하게 성적인 표현이나 묘사가 등장하는 곳이다. 아가서를 패러디한 이 시는 가장 원초적인 상태의 몸, 야생적 힘의 분출을 잘 형상화하고 있다. 이 시가 역동적 이미저리를 획득하게 되는 것도 원초적 몸이 빚어내는 생명력에 기인한다.

　이렇게 몸에의 천착을 통해 보여준 생명 탐구의 태도는 완전한 세계를 전일한 생명에서 찾으려는 생태학의 유토피아와 합치한다. 생태학적 정신에 기반을 둔 작품들에서 쉽게 볼 수 있는 성적 이미지들도 이렇게 에코토피아의 반영이라 해석할 수 있다. 이러한 측면에서 볼 때, 서정주의 초기시에서 원색적으로 표출되고 있는 에로스의 충동은 생태 운동과 동궤에 놓일 수 있다. 본능적이고 원초적인 모든 욕망 뒤에는 생명체를 보다 완전한 상태로 승화시키려는 몸의 충동이 내재되어 있기 때문이다. 그 결과, 『화사집』에서 집중적으로 나타나던 성을 통한 생명에의 탐구는, 『귀촉도』이후에 나타나는 관계적이고, 유기적인 몸의 단초를 마련하게 된다.

　생명 탐구가 원초적 갈망을 내포하고 있고, 그 원초적 세계의 갈망이 몸에 대한 새로운 사유방식을 유도한다. 그래서 시인은 육체가 아니라, 몸에 대한 남다른 꿈을 시를 통해 실현했던 것이다.

상생, 자연 친화의 몸

니체의 영향하[19])에서 형성된 서정주의 몸은 사실 서양적이 아니다. 니체가 동양의 사상과 친숙한 기반을 지니고 있다는 사실은, 슈바이쩌가 밝힌 대로,[20]) 그의 저서 곳곳에 드리워진 그림자를 통해 알 수 있다. 이는 생명이나 몸에 대한 니체의 사상이 생태학적 관점과 유사한 특징을 보이고 있다는 의미이기도 하다.[21]) 서정주의 몸 의식과 니체의 사상이 접맥되고 있다는 점, 그리고 니체의 사상이 생태학적 의식과 맞물리고 있음은 주목할 만한 점이다.

서정주의 시에 나타난 디오니소스적 몸의 추구는 생태학적 해석에 중요한 실마리를 던져준다. 디오니소스적 몸에의 도취는 이성에 대한 감성의 완전한 교체가 아니다. 이성에 의해 지나치게 경시되어 왔던 감성을 되살려 내려는 의도가 내포되어 있을 뿐, 이성의 무조건적인 전복은 아니다.

육체와 정신의 이원론적 설정과는 철저히 구분되어 있는 인간의 몸은 더 이상 자연이라는 타자 위에 절대적으로 군림하는 독립적 실체가 아니다. 몸은 최초의 존재론적 장소이면서 타자로의 지향성을 함축하는 장소이다. 개체로서의 한 존재의 성립은 나의 몸과 타자의 몸 사이에서 이루어지는 의사 소통을 통해서만 가능하다. 몸은 타자와의 차이를 위한 경계가 아니며, 타자의 몸은 자기 존재를 더 확고하게 해 주는 연대 기반으로서의 의미를 갖기 때문이다. 몸은 모든 존재의 의미를 생성하

---

19) 니체가 말하는 육체는 동양의 몸과 닮았다.(『짜라투스트라는 이렇게 말했다』, 청하, 1988, pp.73-74 참조) 서정주가 영향을 받은 고대 그리스적 육체는 니체의 영향아래 이루어진 것이다.
20) 윤재웅, 『미당 서정주』, 태학사, 1998, pp.43-44 참조.
21) 구승회, 『에코필라소피』, 새길, 1995, pp.181-218 참조.

는 일차적 장소가 되는 것이다.

몸에 대한 이러한 새로운 자각은 인간의 몸을 자연 친화적인 위치에 올려놓게 한다. 자연 친화적인 몸은 자연에 대해 인간 중심적 사고가 저지를 수 있는 우월 의식을 부순다. 이러한 의식을 통해 모든 생물들과 인간의 몸은 유기적인 관계망 속으로 들어오게 된다. 그때 몸은 자연과의 소통 통로가 되는 것이다. 이러한 시적 태도는 정령화된 자연과 인간과의 교감적 관계를 조성하게 된다. 물활론에 기대어 있는 몸은 더 이상 수동적이거나 부동적이지 않다. 몸은 오히려 타자의 몸과 만나 서로의 생명을 일으키고 부추기는 주체로 부상하게 된다.

> 金서운니네는 나이는 올해 쉬흔 하나지만 이 세상에 나서 처음으로 이뻐졌는데, 이른 새벽 그네 房에서 숨어나오는 사내를 보면 새빨간 코피를 흘리기도 하드라구요. 집 뒤 堂山의 무성한 암느티나무 나이는 올해 七百살, 그 힘이 뻐쳐서 그런다는 것이여요.
>
> 「堂山나무 밑 女子들」 중에서

이 시에서 나무와 김서운니는 몸과 몸의 기운으로 서로 교감하고 있다. 인간과 자연의 교감은 생명의 에너지를 교환하는 것이다. 물론 이들은 서로 다른 성질의 몸을 가지고 있다. 이질적인 몸 사이에 이루어지는 교감은 공생적(共生的), 아니 더 정확히 말해, 상생적(相生的) 관계일 때에만 가능하다. 생물 각자가 개별성을 지니되, 개별성이 극소화되는 지점에서 그들은 상생의 존재로 탈바꿈하게 되는 것이다. 그렇다고 해서, 상생의 추구를 자신의 고유한 정체성을 완전히 버리는 것으로 오인해서는 안된다. 개별성이라는 서로의 존재 기반을 인정하면서도 공존하는 세계일 뿐이다. 어느 것도 타자적 존재에게 절대적인 지배권을 행사할 수 없다는 점에서 생태학적 세계관을 확인할 수 있는 것이다.

생태학에서 유기성과 관계성을 떠난 몸은 무기물의 상태로 퇴행하게 된다. 부분은 전체 속에서 의미를 지닌다. 그리고 어느 부분도 절대적으로 균등하다. 관계성은 생명체의 상호 의존성을 전제한다. 인용한 시 「堂山나무 밑 女子들」은 서로 다른 몸 기운의 침윤이나 융해를 통해 나무와 사람이 동질적인 삶의 에너지원에 존재의 뿌리를 내리고 있음을 형상화하는 데 성공하고 있다.

이러한 시적 태도는 정령화된 자연과 인간과의 교감적 관계를 조성하게 된다. 일원론에 기대고 있는 물활론이나 순환론, 그리고 인연설, 윤회전생설 등에서 몸은 전체로서의 우주가 생명을 호흡하는 기관으로 나타난다. 생물체의 모든 몸은 호흡을 통하여 다른 몸과 한 몸을 이루게 된다. 이러한 천착은 같은 '생명파'에 속하는 유치환과 김동리도 분명하게 표명하고 있는 바이다.[22] 생명체가 전체로서 결합될 수 있는 것은 만물을 영적 속성을 지닌 대상으로 조망한 데서 연유한다. 따라서, 서정주 시에 등장하는 귀신은 단순히 악마라는 부정적 존재가 아니라 영적인 기운을 뜻하게 된다.

> 부모가 웬 일인지 나만 혼자 집에 떼놓고 온 종일 없던 날, 마루에 걸터앉아 두 발을 동동거리고 있다가 다듬잇돌을 빼고 든 잠에서 깨어 났을 때 그것은 맨 처음으로 어느 빠지기 싫은 바닷물에 나를 끄집어들이듯 이끌고 갔다. 그 바닷속에는, 쑥국새라든가 어머니한테서

---

22) 유치환은 "우리의 감성의 눈을 깊이 뜨고 지켜보면, 이 우주 가운데서 모든 목숨은 서로가 서로 깊으고도 먼 인연을 맺고 있는 것이며 그러한 인연을 깨달음으로서 목숨의 무한한 값을 과연 발견할 수 있음을 생각해 보기 위해서입니다"라고 말하고 있으며, 김동리는 "이 말을 좀더 부연하면 우리는 한 사람씩 天地 사이에서 태어나 한 사람씩 한 사람씩 天地 사이에서 살아지고 있다는 사실을 통하여 적어도 우리와 天地 사이엔 떠날래야 떠날 수 없는 유기적 관련이 있다는 것과 및 「유기적 관련」에 관한 한 우리들에게는 공통된 운명이 부여되고 있다는 것을 발견하게 되는 것이다. 우리는 우리에게 부여된 우리의 공통된 운명을 발견하고 이것의 전개에 지향하지 않으면 안 된다"라고 말하고 있다.(오세영, 앞의 책, p.224 재인용)

이름만 들은 形體도 모를 새가 안으로 안으로 안으로 初파일 燃燈밤
의 草綠등불 수효를 늘여가듯 울음을 늘여 가면서, 沈沒해 가는 내
周圍와 밑바닥에서 이것을 부채질하고 있었다.
　　뛰어내려서 나는 사립門 밖 개울 물가에 와 섰다. 아까 빠져 있던
가위눌림이 얄따라이 흑흑 소리를 내며, (후략)

「다섯살 때」 중에서

　　이 시에서 '가위눌림'이라는 시어는 예사롭지 않다. 가위 눌림은 보통
일상사에서 악귀의 출현이나 사악한 기운으로 해석되는 경우가 많다.
이러한 보편적인 의미 지표와는 달리 이 시에서 가위눌림은 자연과 내
가 친화하게 하는 기운, 즉 부채질로 읽히고 있다. 귀신이 영적인 힘과
등가적 의미를 지니고 있는 것이다. 이 영성의 인식은 심층 생태학이
불교나 기독교, 도교, 그리고 아메리칸 인디언의 우주론과 일맥 상통하
고 있다[23]는 점을 확연히 보여주는 대목이다. 영성은 각 개인들이 전체
로서의 우주 속에서 상호 의존적인 연결망(network)으로 직조되는 데서
발생하는 에너지이다.

　　내가 여름 학질에 여러 직 앓아 영 못 쓰게 되면 아버지는 나를
업어다가 山과 바다와 들녘과 마을로 통하는 외진 네갈림길에 놓인
널찍한 바위 위에다 얹어 버려 두었읍니다. 빨가벗은 내 등때기에다
간 복숭아 푸른 잎을 밥풀로 짓이겨 붙여 놓고, 「꼼짝말고 가만히 엎
드렸어. 움직이다가 복사잎이 떨어지는 때는 너는 영 낫지 못하고 만
다」고 하셨읍니다.
　　(중략)
　　그래서 나는 다시 고스란히 성하게 산 아이가 되었읍니다.

「내가 여름 학질에 여러 직 앓아 영 못 쓰게 되면」 중에서

---

23) 프리쵸프 카프라, 앞의 책, p.23.
　　Bill Devall & George Sessions, 앞의 책, p.66, 76.

이 시에서 사람과 복숭아는 전혀 이질적인 생물체이다. 그런데 시 속의 나(사람)는 자연의 기운이 생동하는 곳에서 복숭아의 푸른 잎을 붙이고서야 병이 말끔히 낫게 된다. 자연의 기운을 빌어서 병을 치유하게 되는 사람의 몸은 자연과 별개로 고립된 몸이 아님을 잘 보여주는 모티프이다.

생물체를 상생의 관계로서 조명하는 것은 생태학적 자기 실현으로 이어진다. 생태학에서의 자기 실현이란 개별적인 존재가 이루는 자기만의 자아 실현이 아니라, 전체 우주적 차원 속에서 조화를 이루는 자아 실현을 의미한다. 즉 차이성의 극소화와 상생의 극대화를 통해 모든 만물이 하나됨을 의미하는 것이다.[24] 자연과 인간의 상보적 관계로 짜여 있는 시세계는 자연스럽게 공동체적 삶을 지향하게 한다. 질마재로의 확장 수렴이 그것이다.

치유, 조화, 대화의 몸

생태학적 자기 실현의 원형은 조화와 균형이 보존되어 있는 원초적 세계로 나타난다. 자기 실현은 가장 조화롭고 완전한 상태의 실현을 의미라고 할 때, 영적 물질관은 인간과 자연을 지배와 피지배의 관계로부터 평등하고 유기적인 관계로 전환시키는 계기를 제공한다.[25] 생태학적 대전제는 "모든 것은 그밖의 모든 것과 연결되어 있다"는, 유기적 그물망으로서의 세계 인식이다. 세계 전체가 유기적 관계망으로 인식될 때,

---

24) Bill Devall & George Sessions, 앞의 책, pp.66-67, pp.75-76 참조.

25) 떼이야르의 창조설은 인간을 포함한 모든 생명이 유기적인 총체물이라는 사실에 주안점을 두고 있는데, 그의 유기의 이론은 모든 생물들이 넋과 얼을 지니고 있다는 데 근거하고 있다.(떼이야르, 앞의 책, pp.132-137, 141, 178, 206 참조)

개인보다는 집단을, 배타성보다는 포용성을, 분열보다는 조화를 견지하는 신화적인 삶으로 환원되는 것은 당연하다.[26] 이처럼 모든 관계가 완전하게 연결되어 있는 신화적 세계는 자기 실현의 상징이 되기에 충분하다.

신화의 세계를 이분법이 허용되지 않는 세계로 규정한 죠셉 켐벨이나, 자기 실현의 원형으로 제시한 칼 융의 논지는 이 논의에 중요한 암시를 주게 된다. 서정주 시인에게 고향 질마재는 자기 실현의 장소이며 원초성을 유지하고 있는 신화적 세계의 은유로 쓰이고 있다.

아조 할 수 없이 되면 고향을 생각한다.
이제는 다시 도라울수없는 옛날의 모습들, 안개와 같이 스러진 것들의 形象을 불러 이르킨다.
귀ㅅ가에 와서 아스라히 속삭이고는, 스처가는 소리들. 머언幽明에서처럼 그소리는 들려오는것이다, 한마디도 그뜻을 알수는없다.

다만 느끼는건 너이들의 숨ㅅ소리. 少女여, 어디에들 安住하는지. 너이들의 呼吸의 훈짐으로써 다시금 도라오는 내靑春을 느낄따름인 것이다.

少女여 뭐라고 내게 말하였든것인가?
오히려 처음과 같은 하눌우에선 한마리의 종다리가 가느다란 피ㅅ줄을 그리며 구름에 무처 흐를뿐, 오늘도 굳이 다친 내 前程의石門앞에서 마음대로는 處理할수없는 내 生命의歡喜를 理解할따름인 것이다.

하눌우에선 아득한 고동소리. ……순네가 아르켜준 上帝님의고동소리. ……네名의少女는 제마닥 한개ㅅ식의 바구니를 들고, 허리를 굽흐리고, 차라리 무슨 나물을 찾는것이아니라 절을하고 있는것이었

---

26) 박이문이 제시한 다섯 가지 생태학적 세계관 중의 하나에 속한다.(박이문, 앞의 책, p.102)

다. 씬나물이나 머슴둘레, 그런것을 찾는것이 아니라 머언 머언 고동
소리에 귀를 기우리고 있는것이었다. 後悔와같은 表情으로 머리를 숙
으리고 있는것이었다.

(중략)

그러나 내가 가시에 찔려 앞어헐때는, 네名의少女는 내곁에 와 서
는 것이었다. 내가 찔레ㅅ가시나 새금팔에 베혀 앞어헐때는, 어머니
와같은 손까락으로 나를 나시우러 오는것이었다.

손까락 끝에 나의 어린 피ㅅ방울을 적시우며, 한名의少女가 걱정
을하면 세名의少女도 걱정을허며, 그 노오란 꽃송이로 문지르고는,
하연 꽃송이로 문지르고는, 빠맑안 꽃송이로 문지르고는 하든 나의像
처기는 어찌면 그리도 잘 낫는것이였든가.

정해 정해 정도령아
원이 왔다 門열어라.
붉은꽃을 문지르면
붉은피가 도라오고.
푸른꽃을 문지르면
푸른숨이 도라오고.

少女여. 비가 개인날은 하늘이 왜 이리도 푸른가. 어데서 쉬는 숨
ㅅ소리기에 이리도 똑똑히 들리이는가.
무슨 꽃으로 문지르는 가슴이기에 나는 이리도 살고싶은가.
「무슨꽃으로 문지르는 가슴이기에 나는 이리도 살고 싶은가」 중에서

이 시의 시적 자아가 그리워하는 고향은 단순히 심리적인 위안처가
아니다. 시적 자아는 지금 몸이 병들어 있거나 생명력을 극도로 상실한
상황에 놓여 있다. 그런데, 병을 회복시켜 줄 대상은 어머니도, 친구도,
연인도 그 무엇도 아니다. 그 대상은 원초적 자연의 은유로서의 고향이

며, 따라서, 질마재는 결핍을 충족으로 분열을 합일로 이끌면서 원초적 질서를 회복시키는 곳이다.

시적 자아의 병 또한 은유로 쓰이고 있다. 원시 주술에서 건강은 자연의 원형이 그대로 보존되어 있을 때 나타나는 긍정적 표지이다. 따라서 질병은 자연의 부조화나 불균형의 부정적 표지가 된다. 생태학이 샤머니즘과 닮아 있다면 바로 이 질병을 해석하는 방식에 있다.[27] 시적 자아에게 고향은 향수나 낭만적 감상의 대상이 아니다. 서정주는 이 시를 통해 깨어지고 병든 세계의 회복을 염원하는 주술적 행위를 시도하고 있는 것이다. 『귀촉도』에 실린 이 시는 서정주의 시가 이후에 질마재의 세계로 회귀할 것을 자연스럽게 예고하고 있다.

이 시에서 나물을 캐는 행위와 상제(上帝)의 고동소리를 듣는 행위는 등가적으로 쓰이고 있다. 나물을 캐고 있는 행위로 인해 상제의 고동소리를 들을 수 있기 때문에 인과적으로 연결된 두 행위는 사실 동일한 의미를 지니게 되는 것이다. 상제란 초자연적인 존재이다. 따라서, 고동소리는 자연과의 교감을 물질화한 청각적 기운이다. 그리고, 이 소녀들은 자연과 조화로운 관계 속에 놓여있는 상징적 존재들이다. 바로 이 소녀들의 호흡과 숨소리를 통해 시적 자아는 생명의 환희를 느끼게 되기 때문이다. 이 시에서 생명성은 원초성과 동질적으로 쓰이고 있다.

생명에 대한 이러한 갈망은 생명체의 순환 운동을 통해서도 잘 드러난다. 순환적 운동 속에서 개체의 몸은 직선적이고 일회적이기보다 순환적이고 반복적인 속성을 강하게 띠게 된다. 그러한 세계 속에서 죽음은 또다른 생명으로서, 생명은 죽음과 탄생의 연쇄 사슬로 서로 연결되어 있다. "가신이들의 헐덕이든 숨결로/곱게 곱게 씻기운 꽃이 피었다."

---

27) William Howarth, Some Principle of Ecocriticism, *The Ecocriticism Reader*, ed. by Cheryll Glotfelty & Harold Fromm, Athens and London : Georgia Univ. Press, 1996, pp.71-72.

(「꽃」 중에서)나 "내가/돌이 되면//돌은/연꽃이 되고//연꽃은/호수가 되고//내가/호수가 되면//호수는/연꽃이 되고//연꽃은/돌이 되고"(「내가 돌이 되면」, 전문)의 경우, 이러한 우주의 상호연관적인 운동에 깊이 연루되어 있는 시적 인식을 잘 보여주게 된다. 순환적 이미지 구성은 영원한 생명에 대한 갈망을 함축한다.

그 결과, 이 질마재에 등장하는 몸은 특이한 국면을 형성하게 된다. 질마재의 원초적 성격이 이른바 몸의 하부, 즉 생식기의 강조에서 한층 두드러지게 나타나고 있기 때문이다. 『질마재 신화』를 통해 질마재는 거대한 우주의 생식기로 구조화되고 있다. 그런데, 배설과 관련된 기관은 생명의 원천적 장소라는데 중요한 의미가 있다. 배설물은 더이상 무기물이 아니다. 배설은 다른 생명을 잉태하는 자양분이 되고 있다. 따라서, 생식기가 강조된 몸은 몸의 순환론적 특질을 환기하는 데 효과적이다.

> 小者 李 생원네 무우밭은요. 질마재 마을에서도 제일로 무성하고 밑둥거리가 굵다고 소문이 났었는데요. 그건 이 小者 李 생원네 집 식구들 가운데서도 이 집 마누라님의 오줌 기운이 아주 센 때문이라고 모두들 말했읍니다.
>
> 「小者 李 생원네 마누라님의 오줌 기운」 중에서

이 시에서 분뇨는 무우의 밑거름이 되고 있다. 배설물은 죽음의 상징적 매체이다. 그러나, 하나의 죽음이 다른 생명의 탄생에 밑거름이 될 때 그 죽음은 에로틱한 속성으로 탈바꿈하게 된다. 여기서 '에로틱'하다는 말은 생명력을 의미한다. 무우가 무성하게 성장하는 요체는 이생원네 마누라님의 오줌 기운 때문이다. 즉 생태학적 세계에서는 죽음이 생명의 자질을 갖추게 되는 것이다. 각기 다른 몸은 서로 촘촘히 연결됨으로써 순환적 고리를 형성하게 되며, 그 그물망 속에서 모든 생물의 죽음과 생명은 서로 맞물리게 되는 것이다.

따라서, 상생을 추구하는 생태학적 정신은 모든 배타적인 관계를 무의미하게 만든다. 그 상징적인 매재 또한 몸이다. 서정주 시인의 시적 여정(歷程)은 몸의 탐색이었다고 해도 과언이 아닐 만큼 몸에 대한 그의 사유는 독자적인 창작 세계를 구축하게 한 시적 원동력이 된다.

바흐찐에게서 시작된 대화적 상상력의 산실은 사육제적인 몸이다. 그리고, 사육제의 몸에서 전경화되는 부분은 주로 신체의 하부이다. 즉 생식기와 관련이 있는 곳이다. 이 바흐찐의 몸이 고착화된 세계에 대한 반항임을 고려한다면, 유머가 물질의 고질적인 고집에 대한 반응이라고 말한 베르그송의 주장28) 또한 의미심장하다. 이러한 관점에서는 조화와 질서를 의미하는 유머29)가 반대되는 감정의 교화를 위한 수사법으로 쓰이기 때문이다. 이렇게 웃음을 야기하는 몸은 외설적인 것과 신성한 것, 저급한 것과 고급한 것, 영적인 것과 물질적인 것의 경계를 해체하거나 혼합하는 경향이 있다.30)

서정주 시에서도 분뇨는 이러한 역할을 하고 있다. 웃음을 생성하는 몸은 이원론에 기초한 절대적인 진리의 세계에 대한 가장 극명한 반항의 표출인 셈이다. 이렇게 이원론적인 사고를 일원론적인 사고로 전환하게 하는 매재로서의 역할에 몸의 궁극적인 의미가 놓이게 된다. 생태학적 정신이 상생을 통한 자기 실현으로써 궁극적으로 지향하고 있는 것이 있다면, 아마 바흐찐이나 비코, 그리고 베르그송의 몸과 서정주의

---

28) 정화열, 「비코와 몸의 정치의 비평적 계보」, 『몸, 또는 욕망의 사다리』, 한길사, 1999, p.134.
29) 유머는 인체가 지닌 네 가지 체액을 총칭하는(C. S. Lewis, *The Discarded Image*, London : Cambridge Unive Press, 1964, p.173.) 용어로서, 바슐라르는 이것을 다시 4원소에 대입시키고 있다. 즉 유머는 모든 요소가 가장 알맞고 조화롭게 갖춰져 있는 상태를 의미하게 된다.
30) 정화열, 앞의 책, p.132.

몸이 만나게 되는 대화성일 것이다.

「上歌手의 소리」에서 이승과 저승에 뻗쳐 있는 상가수(上歌手)의 노랫소리가 들려 오는 주요한 원천이 분뇨인 것도 그 좋은 예증이 되고 있다.

> 그렇지만, 그 소리를 안 하는 어느 아침에 보니까 上歌手는 뒤깐 똥오줌 항아리에서 똥오줌 거름을 옮겨 내고 있었는데요. 왜, 거, 있지 않아, 하늘의 별과 달고 언제나 잘 비치는 우리네 똥오줌 항아리, 비가 오나 눈이 오나 지붕도 앗세 작파해 버린 우리네 그 그 참 재미있는 똥오줌 항아리, 거길 明鏡으로 해 망건 밑에 염발질을 열심히 하고 서 있었습니다. 망건 밑으로 흘러내린 머리털들을 망건 속으로 보기 좋게 밀어 넣어 올리는 쇠뿔 염발질을 점잔하게 하고 있어요.
> 明鏡도 이만큼은 특별나고 가름져서 이승 저승에 두루 무성하던 그 노랫소리는 나온 것 아닐까요?

신성한 노랫소리의 출처가 똥오줌 항아리를 거울(明鏡)삼아 한 염발질이라니, 여간 우스꽝스러운 내용이 아닐 수가 없다. 보통의 소리도 아니고 이승과 저승을 연결시켜 주는 성스러운 소리가 분뇨에서 나오고 있다는 설정은 예사롭지 않은 시적 인식이다. 이러한 성스러움과 속스러움의 경계 무화는 생태학적 세계관에 기인한 결과이다. 신체의 하부를 통한 웃음은 판소리계 소설에서도 확인되었듯이, 경계 무화의 징표이다. 몸을 통한 웃음은 이질적인 것이 하나로 통합되어, 차이성이 해체됨으로써 상생의 관계로 전환하는 표지를 생성하게 된다. 즉 고립되어 존재하던 것들이 대화적인 대상으로 탈바꿈하게 되는 것이다.

몸은 생태학의 이론적 기반이며 생태학은 몸의 이론이라고 할 수 있다. 이제까지 살핀 대로, 서정주 시는 몸의 사유 방식에 있어서 남다르다. 바로 창작 초기부터 보여 준 몸에 대한 남다른 관심이 생태학이라는 독자적인 시세계를 형성하게 한 것이다. 그러한 사유 방식은, 자연을 사물로서가 아니라, 인간과 같은 피조물로서, 그리고 영성을 지닌 존귀한 생명체로서 수용하고 있는 태도를 통해 잘 드러나고 있다.

현대시에서 서정주만큼 생태학적 시세계를 강하게 보여주는 시인도 없다. 서정주는 동양적인 세계관 위에서 작품세계를 형성해 온 전형적인 시인이다. 그렇다면 굳이 생태학이라는 생소한 담론, 그것도 서구에서 온 외래의 방법론으로 서정주의 시를 분석하는 일이 무슨 새로운 의미가 있겠는가 하는 의문이 제기될 수 있다. 그것은 생태학의 이론적 근거가 동양적인 세계관에 많은 빚을 지고 있는 듯 보이기 때문이다.

사실 생태학과 동양의 전통과 많은 부분에서 닮아 있다. 이 부분은 1부의 '물아 일체의 몸 시학'에서 구체적으로 다루고 있다.

몸의 위상학

● 유승우론 ●

위상학으로서의 몸

우리 몸은 전방위적인 특징을 갖고 있긴 하지만, 그 중에서도 반평면적인 신체 구조에서 오는 몸의 반응은 심리학적으로 상당히 중요하다. 몸이 모든 생물들의 실존적인 근거라 할 때, 반평면적 몸은 인간을 해석하는 흥미로운 잣대가 되어 준다.

우리의 걸음은 언제나 한쪽 발로는 비상을 시도하고 다른 발로는 즉시 추락을 맛보아야 하는 두 가지 심리적 사건의 왕복 운동 속에서 산다. 한 쪽 다리로 지탱되던 몸이 넘어지려고 하는 순간 다른 쪽 다리가 그 몸에 다시 균형을 잡아 준다. 오른발 왼발을 번갈아 가며 움직일 때마다 우리는 공중과 지상, 하늘과 땅, 상승과 추락이라는 심리적인 사건 속에서 살아간다. 마력처럼 시인들을 끌어당기면서 쉽게 놓아주지 않는 상상력 중에 수직적 상상력이 돋보이는 이유가 여기에 있다. 어떠한 공간의 형태를 체험하느냐에 따라 그 몸이 일으키는 진동의 의미는 다르다. 그래서 새의 몸이, 두더지의 몸이, 꽃의 몸이, 나무의 몸이, 개미의 몸이, 물고기의 몸이, 흙의 몸이 같은 상황 속에서도 각자 다르게 진동할 수밖에 없다. 상상력도 바로 그러한 몸의 떨림과 깊이 연루되어 있다. 몸은 실존의 지형학이라고 할 수 있다.

어떻게 보면, 몸은 체질적으로 시간보다도 공간과 더 밀착해 있는 듯이 보인다. 그렇다면 시간은 몸의 객관적인 대상일 뿐인가. 그렇지 않다. 몸은 공간만을 체험하지 않는다. 출발지와 목적지를 갖는 걸음을 통해 몸은 과거와 현재와 미래라는 시간을 끌어안고 있는 공간을 체험하게 된다. 시간을 내재화하고 있는 공간의 체험이다. 생태학은 몸이 거주하고 있는 환경이나 몸과 연관을 맺고 있는 공간을 탐구하긴 하나 그렇다고 시간을 추방하지는 않는다. 생태학은 시간과 공간이 잘 반죽되어 있는 몸의 진동에 관심을 둔다. 우리가 삶에서 겪는 모든 물리적, 심리적 반응의 총합이 몸의 진동으로 나타난다. 그만큼 몸은 정직하다.

유승우 시인의 시에서 몸이 예사롭지 않은 이유가 여기에 있다.

살이나 뼈는 거짓을 모른다.
내 무릎의 관절은 요즈음
내 몸무게를 견딜 수 없다고
솔직하게 통증을 호소한다.
살도 마찬가지다. 어디에든
아주 작은 가시만 박혀도
그냥 넘기지 못하고,
꼭 밝혀 내야만 한다.
살이나 뼈는 마음과 달라서
아무 것도 제 속에 숨겨 두지 못한다.
숨겨 두었다가는 그것이 암이 되어
죽게 되기 때문이다.
거짓보다는 죽음을 선택할 만큼
살과 뼈는 정직하다.

「살과 뼈는 정직하다-관념시 · 8」 전문

무모할 정도로 보인다, 거짓보다 죽음을 선택하는 몸의 정직함이, 죽음을 선택할 만큼 살과 뼈는 정직하다는 몸에 대한 이 시적 통찰은 예사롭지 않다. 물론 몸이 어떠한 병도 통증도 숨기지 않는다는 것쯤은 어린아이도 알고 있는 사실이다. 그렇다고 이렇게 당연한 사실을 새삼 언급하는 의도가 무엇이냐고 쉽게 반문할 수도 없다. 당연함에도 불구하고 이 메시지가 던지는 화두가 결코 가볍지 않기 때문이다. 몸은 수동적인 도구가 아니다. 게다가 몸은 정치적이지도 않다. 몸은 건강한 것과 병든 것, 생명과 죽음을 통해 우리 삶의 위상을 정직하게 진단하는 의사이다.

이 시에서 암은 단순히 병명이 아니다. 암은 몸 떨림의 한 형태요, 세계에 대한 씨니피에이다. 몸에 뚫려 있는 수많은 구멍들로 우리는 매순간마다 세계를 흡입하고 흡인하기도 할 뿐만 아니라, 세계 속에 자기 의지를 공기화하여 방출하기도 한다. 몸의 구멍은 삶의 공기를 정직하게 마시며 정직하게 토해 놓는다. 몸은 그 떨림을 통해 삶의 의미를 그대로 문신하고 있는 장소이다.

그런데, 유승우 시인에 따르면, 그 떨림을 의미화하고 있는 시도 또 하나의 몸이 된다. 시인은 『한글 시론』에서 시를 살과 얼이 있는 살아 있는 몸으로 해석한다. 세계에 대한 몸의 떨림을 가장 정확하고 정직하게 전달할 수 있는 언어가 시인 것이다. 시를 몸이라고 할 때 이렇게 생각해 봄직도 하다. 개구리가 지구의 오염 정도를 나타내는 생태 지표가 되듯, 언어의 세계에서 시가 그러한 생태 지표가 되지 않을까 싶다.

어쨌든 인간은 평면으로만 이동이 가능한 달팽이도 아니고, 지상에서 발을 완전히 뗀 채 날 수 있는 새도 아니다. 인간이 지상으로만 만족할 수 없고, 늘 공중으로의 비상을 꿈꾸면서 허기를 느낄 수밖에 없는 이유가 여기에 있다. 수직적이고 비상적인 상상력은 시간과 공간의 동시적 확장이다. 개나 소가 날고자 하는 욕망이 있을까. 지상에 네 다리를 단단히 붙이고 땅 밑만을 바라보는 그들에게 비상하고자 하는 욕망은 아마 없을 것 같다. 여기서 필자는 비상하려는 욕망의 유무에 따라서 존재의 우열을 가리고자 하는 불순한 생각은 추호도 없다. 비상하고자 하는 인간의 욕망에 맞먹는 욕망이 다른 형태로 분명 존재할 것이기 때문이다. 단지 인간은 직립이라는 공간적 방식 때문에 비상의 상상력에 주목할 수밖에 없다.

비상의 상상력은 지상에서 반평면적인 인간의 몸이 이룰 수 없는 한계에 대한 유토피아적 갈망이다. 그래서인가. 공간 탈출을 시도하는 수직적, 비상적 상상력은 얼마나 확고한 의지로 우리를 매료시키는가.

> 아지랭이에 떠밀려
> 자꾸 떠오르는
> 종달이가 되고 싶다.
> 떠오르다가,
> 떠오르다가,
> 봄의 키만큼한 높이에서
> 몸을 그냥
> 바람결에 맡기면
> 꽃봉오리가 터지듯
> 터져 나오는
> 종달이의 목청처럼
> 그렇게 피어나는
> 목숨이 되고 싶다.

「꿈」 전문

비상의 상상력을 생성하는 시인이나 그것에 반응하는 독자들이 함께 비상에 매료될 수 있는 동기는 단 하나다. 직립이라는 동질적인 몸을 지닌 자들이기 때문이다. 몸의 형태는 상상력에서도 정직하게 노출되기 마련이다.

이 시에서 목숨과 생명은 어디서 생성되는가. 바로 몸이다. 몸이 자연의 흐름에 부드럽게 잠길 때 목숨이 유지된다. 목숨은 무겁지 않다. 거추장스럽지 않다. 때가 되면 일순간 저절로 가볍게 피어나서 대자연 속을 유영하는 부드러운 힘이 목숨이다.

이렇게 자연과 더불어 사는 몸에 관심을 두는 시인은 어렵지 않게 생명으로 충만한 우주적 삶과 자연스럽게 조우하게 된다. 평면적인 존재로서 수직을 꿈꾸는 이 몸의 위상을 어떻게 경험하고 반응하느냐에 따라 내연적인 존재가 될 수도 있고 외연적인 존재가 될 수도 있다. 이 두 종류의 존재는 헬라어로 생명을 나타내는 두 단어, '비오스'와 '조에'로써 설명할 수 있다. 비오스는 외연적인 생명에 안주하면서 완전 평면적인 껍데기로서의 삶을 사는 생명이다. 그러나 조에는 내연적인 생명을 누리기 위해 수직적인 삶을 사는 생명이다. 수직적인 삶은 시간의 폭과 장소의 폭을 넓혀 산다는 점에서 다분히 조에적이다. 그것은 자기중심적인 시공간에서 벗어나 우주적인 삶을 영위하려고 한다.

생태학에서 추구하는 몸은 개체화된 몸이다. 개체화라 하면 자기 중심적이지 않나 하는 의구심을 주기에 충분하다. 실은 아니다. 자기 중심적인 세계가 잘못 빠진 길을 돌이키려고 한 생태학이 아닌가. 개체화는 특정한 세포만이 아니라 다양한 세포 살리기를 통한 참 생명의 희구이다. 특정한 개체의 몸이 더 큰 우주의 생명을 유지하는 중요한 세포인 셈이다. 그러니까 생태학은 개체 하나 하나가 모두 중요한 세포로 살아 움직이면서 우주적 시공간을 꿈꾸는 것이다.

유승우 시인은 육감과 영감을 나누어 설명한 바 있다. 육감이 자신의 생존을 살리기 위한 감각이라면, 영감은 자신을 죽이기 위한 감각이다. 영적인 존재만이 자신을 죽임으로써 영원한 '우리', 곧 '공동체 생명'을 살릴 수 있다고 한다. 공동체적 생명은 곧 개체 하나 하나를 소중히 여기며 우주적 시공간을 꿈꾸는 조에로서의 생명이다. 몸이 하는 말에 정직하게 귀기울이는 시인이라면 영적인 생명을 구가할 가능성이 높다. 인간의 몸은 위상학적으로 물질과 신성이 맞물려 있으며, 상승과 하강 사이에 위치해 있기 때문이다.

단조로움은 죽음이다

> 우리들이 호흡하는 산소도, 음식물도, 음식물의 성분도 그리고 필시 인간관계에서나 생물관계에서의 모든 구성요소의 지나친 것은 적당한 것만 못하다. ……전투가 없는 관계는 생기가 없고 전투가 지나치면 관계는 독성을 가지게 된다. 바람직한 것은 전투성이 최적치에 있는 관계이다.
>
> 그레고리 베이트슨, 「정신과 자연」에서

단조로운 가치는 한 가지만을 고집한다. 고집은 죽음으로 가는 가장 확실하며 빠른 길이다. 고집은 고착이다. 고집하게 되면 질량에 불균형이 생기고 병들기 시작한다. 고착은 전투가 발생할 수 없는 상황이다. 여기서 전투란 생명력을 지탱하는 최적의 긴장 상태를 의미한다. 베이트슨의 말대로 물질이나 경험에는 최적량이 존재하기에, 어떤 양이 초과하게 되면 독성이 발생하며 그 양이 부족하면 생기를 잃게 된다. 생태시학은 지나치게 인간 중심적이고 이성 중심적이고 서구 중심적이던 불균형적인 세계에 균형을 주려는 세계관이다. 그렇다고 앞서 기존의 우위, 우열의 관계를 역전시켜서 새로운 주종의 관계로 무게중심을 역이동하려고 함도 물론 아니다. 그동안 결핍되어 왔거나 죽임을 당해 왔던 자연에, 감성에, 동양에 힘을 실어주려는 균형 잡기이다. 그것은 다양성과 다원성을 높이 산다.

단조로움은 모든 생명에 있어서 독성이다. 여기서 "공격에 대한 생명의 가장 훌륭한 방어는 그 생명이 구현된 개체들의 무한한 다양성"이라고 지적한 미셸 투르니에의 말을 음미하는 것도 좋으리라. 다양성에 대한 옹호는 생명에 대한 예의이다. 이렇게 우주와 인류와 지구와 인간 사회의 다양한 요소들이 상생적, 상호적으로 움직이면서 힘과 생명을 분출하기 원하는 역동적 상상력의 세계가 바로 생태 시학이 될 것이다.

생태 시학은 이 인류가, 우주가, 지구가, 사회가 숨을 제대로 쉴 수 없고 억눌려 있는 가사 상태에서 벗어나 생명으로 충만하여 춤추기를 원한다. 죽어있는 것들은 춤을 출 수가 없다. 살아있는 것은 율동을 가지고 있다. 춤은 율동에서 나온다. 생명은 춤이다. 생명과 춤은 단조로울 수가 없다. 그것은 수많은 변화와 움직임 속에서 매순간 새로운 몸짓을 생성한다. 변화와 움직임은 닫힌 것과 막힌 것에서는 절대로 나올 수 없다. 열림과 뚫림과 만남이 있어야 건강하게 되고 춤을 출 수 있게 된다. 생태 시학은 근대의 단조로운 가치를 지양하고, 그동안 공공연히 폭행 당해왔거나 살해되어 왔던 자연, 육체, 감성이 인간과 영혼과 이성과 잘 어울려 생명의 춤을 추기를 바란다.

여기서 우리는 언어에 대해 생각해 보지 않을 수 없다. 인간 중심적인 시학은 언어에 대해서도 마찬가지로 춤을 잃어버리고 지냈다. 신토불이의 관계처럼 몸과 말은 분리시킬 수가 없다. '우리말 살리기 운동'이라는 말은 그동안 우리말을 죽여왔다는 사실에 대한 반증이다. 살리기 운동이 바로 생태학이 아닌가. 생태는 거주지나 집을 의미한다. 어머니는 집에서 살림하는 사람이라고 한다. 살림은 '살리다'라는 동사에서 온 명사이다. 집을 살리는 존재가 어머니라면, 우리가 거주하고 있는 이 인류를 올바로 살리기 위한 학문이 생태학이며, 그러한 생태학적 정신

을 가진 시들에 대한 연구가 생태 시학이다. 그런 의미에서 생태 시학
은 살림의 시학이라고 불러도 무방하리라.

　유승우 시인은 우리말을 한국시의 몸이라고 믿는다. 시인에 따르면,
한글로 시를 쓸 때 우리의 가락이 그 기초를 이루게 되고 한민족의 얼
과 넋의 춤이 될 수 있다. 우리가 죽여 왔던 우리말을 살림으로써 우리
민족의 숨통을 다시 트이게 하는 시적 정신이 바로 살림의 시학이다.
몸에 대한 남다른 애정과 관심이 없다면 나올 수 없는 값진 발상이다.

> 하늘이 하늘 하늘 내려앉는다.
> 바다가 받아 받아 품에 안는다.
> 알몸으로 섞이는
> 커다란 몸짓,
> 철썩, 철썩……
> 옷을 벗는다.
> 벗어서 발치께로 밀어 던지는
> 사랑 잃는 큰 가슴의 깨끗한 속옷
> 하이얀 물결이 뭍을 적신다.

「속옷」 전문

　몸으로 쓰는 시의 극치를 보여주기에 이만한 시가 어디 있을까. 문명
의 옷을 벗고 자연과 알몸으로 섞이는 체험이 없이는, 이러한 발상은
도저히 불가능하다. 하늘의 몸짓이 "하늘 하늘"이라는 부사로, 바다의
몸짓이 "받아 받아"라는 동사로 이처럼 생생하게 살아 움직이는 몸의
세계를 빚어내기도 쉽지 않다. 하늘과 바다가 한글의 몸을 입고 약동할
때 그것보다 더 원초적이고 신명나는 춤이 어디 있을까. 몸이 그 몸을
표현하는 말에 녹아들어, 몸과 의미가 균형과 대칭을 이룰 때 그것은
영원한 생명을 입게 된다. 세계와 대면할 때마다 떨리는 몸의 진동수와
그 반응 양태를 그대로 왜곡시키지 않고 생생하게 전달할 때, 말은 살

아있는 얼이 되고 넋의 춤이 될 것이다.

말은 몸통에서 나온다. 몸통은 이 세계를 연주하는 악기이며 말은 세계의 의미를 짜내는 곡이다. 세계를 마주할 때마다 우리 몸의 근육이, 모세혈관이 떨려 온다. 떨림은 반응이다. 그 떨림이 목청으로 전달되고 혀를 움직이게 되면 말이 되어 나오는 것이다. 모국어는 어머니 나라의 말이다. 한 나라는 공동체의 몸이라 할 수 있다. 그렇다면 한 민족의 몸을 잘 전달하는 말이 곧 모국어인 셈이다. 영어에서는 '어머니의 혀(mother tongue)'라고 한다. 한 민족의 몸의 떨림을 그대로 담아 내는 곳이 어머니의 혀이다. 한 민족의 몸이 어머니의 혀를 통해 표현되기에 가장 적절한 언어가 시이다.

그래서, 「속옷」은 아름다운 우리말에 대한 독자의 감흥으로 끝나지 않고 더 중요한 시학을 터득하게 한다. 알몸은 옷을 벗은 상태다. 옷은 인간적인 가치들이 개입된 것이다. 이 시에서 하늘과 바다가 알몸으로 섞이는 성적 행위 이면에서 생명이 태동하는 원초적인 몸짓을 감지할 수 있다. 시인도 이 시에서의 알몸을 어떤 인위적인 요소가 가미되지 않은 자연 그대로를 의미하는 것이라고 밝혔다. 옷을 입기 전 에덴 동산의 알몸으로, 그것은 하나님 형상대로 지어진 인간의 천성이다. 유승우 시인의 시에서 가장 많이 쓰인 시어라고 할 수 있는 알몸은 이러한 자연으로서의 몸을 지칭한다. 자연으로서의 몸, 즉 알몸에 대한 시적 탐구는 살림의 시학에 근거하고 있다. 살림의 시학은 몸에 관심을 둔다. 살림의 시학은 단지 인간의 몸만이 아니라, 생명의 체격을 갖춘 모든 생물들의 넋과 얼이 자연스럽게 조우하며 관계 맺기를 바라는 것이다.

생명은 절대 고독의 세계가 아니다. 존재의 본질이 고독이며 싱거운 맛이라고 할지라도, 생명은 절대로 하나만을 고집하며 고독 속에서 뿌리내릴 수 없으며 무미건조하지도 않다. 생명은 다양한 관계 위에서 구축되는 건축물이다.

스토리로 생각하기

생명체는 시간의 흐름과 공간의 이동을 통하여 무수한 스토리를 생성시키게 된다. 스토리는 단절을 용납하지 않는다. 스토리로 생각하기란 베이트슨이 말한 대로, 인간을 불가사리나 말미잘 혹은 야자나무나 앵초로부터 분리시키지 않고 연관지어 생각하기이다. 즉 모든 정신이 우리의 정신뿐 아니라 삼나무숲이나 말미잘의 정신도 공유하고 있다고 보는 것이다. 컨텍스트로서 사고하기이다. 내가 축적해 온 자신의 내적 스토리와 상대의 내적 스토리는 모종의 관계로 연결되어 있다. 연결되어 있지 않으면 죽은 것과 다를 바 없다. 연결은 상대를 살아있는 대상으로 인식할 때 가능하다. 단조롭게 사물을 외따로 분리시켜 그것 자체가 무엇이냐에 대한 형태적 규정에서 끝나지 않고 다른 것과의 관계를 통해 사물의 의미를 살아 숨쉬게 하는 태도이다.

스토리로 생각하기의 수사학이 바로 은유이다. 그렇다면 여기서 시적 위상이 한층 올라가게 된다. 시는 은유에 젖줄을 대고 있기 때문이다. 인류학자는 원시부족들에게 비유가 공동체를 통합시켜 주는 주요한 언어 기능이 되고 있다고 본다. 악마라는 말이 떼어놓기(diabolic)라는 말과 동의어이며, 악마적(diabolic)의 반대어가 상징(symbol)이라는 사실이 놀라울 수밖에 없다. 상징에 속하는 은유가 궁극적으로 질서와 조화와 통합을 위한 획득 유전형질을 꿈꾸는 것이 아닐까.

그런데 생태학자들은 이 은유의 문제, 특히 자연을 은유로 삼는 의인법으로 골치를 앓아 왔다. 의인법을 쓰는 시는 모두 생태적이라고 할 수 있는가. 이것이 딜레마이다. 몇몇 생태학자들은 자연을 인격화시킨다고 모두 생태학적이라고 하는 판단이 갖고 있는 위험에 대해 언급하였다. 인간으로서 시인의 감정을 형상화하기 위하여 자연을 인격이 있는 대상으로 의인화하는 수사법을 사용한다고 해서 모두 생태학적이라 말하기에는 망설여질 수밖에 없다.

인간과 자연을 아무리 연결시키려 해도 근본적으로 자연이 인간의 도구적 차원에서 벗어나지 못한다면 무슨 의미가 있겠는가. 자연도 인간과 마찬가지로 동등한 생명체라는 인식이 결여된 상태에서 행하는 연결 행위는 아무리 생생하고 독특한 의인법을 구사한다고 해도 언어를 부릴 줄 아는 자로서의 인간이 지닌 오만의 숫자만 더 늘릴 뿐이다.

우리가 이제까지 얼마나 오만하게 자연과 불평등한 협약을 해오면서 살아 왔는가는 생태학자들이 제시한 '종이'와 '산림 훼손'이란 말을 통해 생생하게 입증될 수 있다. 인간의 입장에서 자기 잘못을 적당히 감추기 위한 말들의 포장을 벗기면 종이는 '나무 시체'요 산림 훼손은 '나무 살해'일 뿐 그 이상도 그 이하도 아니다. 이러한 말들을 통해 자연에 대한 우리의 감각은 무뎌졌고 그에 대한 추행이나 폭력은 묵인되어 왔다. 그런 점에서 우리 모두는 공범인 셈이다.

모든 생명을 네트워크로 인식하는 세계에서는 열등한 것도 없고 우선 순위도 없다. 모두 중요한 존재들이기 때문이다. 괴테는 잎을 '초록빛의 평평한 물체'로, 줄기를 '원통형의 물체'라고 정의한 것으로 만족하지 않고, "잎이 돋는 것은 줄기이다.", "그 잎눈에서 싹을 가지는 것은 잎이다." "줄기는 한때 그 자리에서 움튼 싹이었다."로 정의 내림으로써 잎과 줄기와 싹의 경계를 무화시키고 컨텍스트를 통해 보게 하고 있다. 여기서 잎과 줄기와 싹은 관계 속에서 자기 정체를 드러낼 뿐이지 우등과 열등도 중심도 주변도 없다.

생태 시학에서 보는 몸은 더 이상 육체가 아니다. 우주라는 거대한 몸집을 이루고 있는 하나의 몸으로, 자연과 분리되어 논의될 수 없으며, 영과 분리될 수 없는 몸이다. 명사란 술어와 어떤 관계를 가지는 말이며, 동사란 그 주어인 명사와 어떤 관계를 가지는 말로 정의 내리는 한 방식이 생태 시학이 다루는 몸이다. 인간과 자연은 서로 분리될 수 없는 명사와 술어, 동사와 주어의 관계 속에서 살아가고 있다. 관계를 부각시키는 자리에서 주종이나 우열은 얼마나 무의미한가.

옷깃을 파고드는 봄바람이 몹시 차다.
사람의 체온이 그리운지
꽤 비밀스런 곳까지 파고든다.
아마도 봄바람은 평생 외롭게 살다가
또 외롭게 죽은 이들의 혼령이
차마 인간을 떠나지 못하고 떠돌다가
우리의 옷깃을 파고드는 것이 아닐까.
이러한 봄바람을 뿌리칠 수가 없었다.
온 몸을 그에게 내주고, 나는 마침내
열이 오르고, 뼈마디가 쑤시는
사랑의 몸살을 앓았다. 실은 그때,
나만이 감기에 걸린 것은 아니었다.
온 세상이 몸살을 앓고 있었다.
산불도 몇 군데서 일어났고,
황사도 온 하늘에 자욱했다.
모든 나뭇가지들이 생명을 잉태하고,
창 밖의 목련은 어느새 만삭이었다.

「봄바람-관념시 · 9」 전문

　 이 시는 봄이라는 시공간을 배경으로 한 편의 이야기를 들려주고 있는 듯하다. 시인이 세계를 하나의 스토리로 보고 있기 때문이다. 봄에 앓는 몸살은 그야말로 인간의 몸과 자연의 몸이 우주가 막 행하려는 거대한 잉태의 과정에서 겪는 바이오리듬 그것이다. 정직한 몸만이 산고를 겪는 자연과 온몸으로 같이 아플 수 있다. 봄에 사람들이 자주 걸리는 감기몸살이 단순히 물리적으로 인식하는 찬바람의 공격 때문이 아니다. 몸살을 아름다운 생명의 파동으로 간파하고 있는 시인은 분명 온몸으로 시를 쓰고 있는 몸의 시인임이 분명하다. 몸으로 세상을 살고 시를 쓸 때 거대한 우주의 스토리를 구성하는 하나의 정직한 몸이 되어 올바로 세상에 반응할 수 있고 영향을 미치며 살 수 있는 것이다.

우주와 자연은 하나의 거대한 몸이면서, 인간의 몸을 감싸고 있는 집이다. 큰 몸으로서의 그 집과 교감하고 있는 몸의 떨림을 흠집내거나 왜곡함이 없이 가장 잘 형상화하는 시는 그런 점에서 또 하나의 몸이다. 몸의 말은 왜곡이 없다. 다른 살아있는 생명체들과 관계 맺으면서 적정치의 긴장을 유지할 때 몸은 우주적 생명의 춤을 아름답게 연출할 수 있다.

이제 마지막으로 몸이 있고, 생명이 있고, 춤이 있는 상상력의 세계를 움직이는 의미론적 상수에 대해 생각해 보아야 한다. 바로 성(性)이다.

에코에로티시즘(Eco-Eroticism)으로의 귀결

다시 위상학적인 몸으로 돌아가 보자. 공간적인 방향에서 언제나 어정쩡한 몸이 지닌 완전한 수평도 완전한 수직도 아닌 불완전한 위상, 섬과 누움이 반복되는 교차적 위상, 인간의 몸에서 탄생하는 모든 의미 근원지는 여기에 있어 보인다. 걸을 때마다 겪는, 아침에 일어나고 밤에 누울 때마다 겪는, 불안과 안정의 역학 운동 속에서 몸은 시공간을 체험하고 저장하고 기억한다. 그 불안과 안정이 몸에 새겨질 때마다 프로이트가 인간의 두 가지 일차적 본능이라 말한 타나토스와 에로스의 심리적 각축전도 치열하다.

이렇게 시공간 위의 상승과 하강 사이에서, 타나토스와 에로스 사이에서, 죽음에서 생명으로, 생명에서 죽음으로 쉬지 않고 움직이는 추가 바로 몸이다. 전쟁은 그 추를 더 긴장시킨다. 그리고 에로티시즘을 통해 몸 위에 빼곡하게 차 있는 생명과 죽음의 긴장과 갈등을 생생하게 그려 낸다. 에로티시즘은 전쟁 이후의 상상력을 곧장 장악해 버리는 힘이 있다.

전쟁은 몸을 종종 파편화 시킨다. 파편화는 몸을 죽음과 생명이 공존할 수밖에 없는 딜레마적 시공간으로 만든다. 유승우 시인에게 몸이 더 각별한 이유가 여기에 있다. 시인은 몸의 위상을 애초부터 자신의 창작적 질료로 삼고 있다. 그에게 몸은 상징이 발붙일 수 없는 실존의 시공간이다.

> 1·4 후퇴 때
> 폭격에 끊긴 내 왼 손목.
> 빈 소매 사이론
> 20년 동안을 쓸쓸한 바람이 분다.
> 내 몸의 부분 중에서
> 제일 먼저 세상을 떠난
> 내 어린 손목.
> 차마 멀리 떠나지 못하고
> 내 주위를 떠돌고 있다.
> 바람이 불면
> 나보다
> 나를 떠난 어린 손목이 먼저 시리다.
>
> 「바람변주곡·2」 중에서

시인은 자신의 결핍된 몸을 통해 죽음을 느낀다. 바람이 자극하는 몸의 빈자리는 그 빈자리만큼 죽음을 환기시킬 수밖에 없다. 전쟁을 경험한 세대가 몸과 생명에 집착하지 않을 수 없는 이유가 여기에 있다. 특별히 몸의 일부분을 상실한 아픔을 겪었다면, 그 몸이 불러들이는 상상력은 너무나 자명하다. 몸은 본능적으로 생명으로 충일한 원초적 시공간을 자력처럼 끌어들일 것이다. 그 곳에서 몸은 성적 상상력과 강하게 연대를 맺는다. 생명과 성은 동일한 이름에 다름 아니기 때문이다.

전쟁이 끌어들인 성적 상상력은 그래서 단순한 성적 본능의 자극이나 노출에 머물지 않는다. 전쟁으로 시작된 유승우 시인의 몸에 대한 천착도 궁극적으로 생명체 전체, 우주 전체로 흡수 통합되고 있다는 점에서 눈여겨 볼 만하다. 이렇게 단순한 성적 욕망을 너머 거대한 생명체로서의 우주적인 삶을 탐구하는 시정신 속에서 나온 관능성과 성애의 세계가 에코에로티시즘이다. 생명에 대한 각별한 애정이 빚어낸 성적 상상력이 생태적 정신과 연합할 때 에로티시즘은 에코에로티시즘으로 올라선다. 이러한 상상력 변주는 이미 앞서 살핀 시들에서 충분히 예고된 것이다.

이렇게 관능이 생태적 인식과 조우하게 될 때 그 때 몸은 자연스럽게 우주적인 차원으로 확장되어 간다. 그 이면에 인간의 몸을 우주라는 거대한 몸의 일부분으로 보는 미적 인식이 자리잡고 있는 것이다. 그래서 생태학적 몸은 자연과 일체가 되는 경험을 꿈꾸고 또 실현한다.

> 달빛은 젊은 계집의 알몸이다
> 폭포의 흰 물살에서 이제 막
> 몸을 씻고 달려온 촉촉한 알몸
> 내 창가에
> 가득히 매달려 웅성거린다.
> 그 풋풋한 몸짓의
> 알 수 없는 힘에 끌려
> 새벽 세 시,

　　잠에서 깨어난 나의 눈망울,
　　푸르게 빛난다.
　　달빛에 젖어, 달빛에 젖어
　　내 마음도 푸르게 춤추는 알몸이 된다.

「달빛 연구 · 1」 전문

　밤 열두 시에서부터 새벽 여섯 시까지는 가장 혈기왕성한 시간대이다. 그리고 그 절정이라고 할 수 있는 새벽 세 시에 달빛은 나의 눈빛을 가장 푸르게 빛나게 하고 있다. 푸른색은 달빛의 흡인력이 얼마나 강렬한가를 효과적으로 형상화한 색채어이다. 달빛과 푸른색은 춤추는 알몸과 만나면서 관능적 이미지를 더 확연히 드러낸다.

　그러나, 이 시는 관능이나 성욕에 대한 날것 그대로의 욕망 표출이 아니다. 새벽 세 시는 관능의 시간대이기도 하지만, 바슐라르에 따르면 모든 무거움에서 벗어날 수 있는 공기의 시간대이기도 하다. 병들지 않은 생명, 생명으로 충만한 목숨은 결코 무겁지 않다. 생명이 충일할 때 춤이 된다. 춤은 무거움 속에서 절대로 나올 수 없다. 관능이 공기의 시간대에 살 때 관능이 극대화되면 될수록 그에 비례하여 생명력도 점점 왕성해진다. 관능의 절정은 충일한 생명력의 극점이다.

　여인의 몸을 상징하는 만달 아래서 우리 선조들이 추던 강강수월래가 생명과 풍요에 대한 기원임을 알고 있다. 달의 기하학적 형태는 원형이다. 원은 절대적인 세계가 아니다. 원은 모두 주종도 우열도 차등도 불허하는 세계의 기하학적 상징이다. 달은 모든 것을 아우르는 세계이다. 아우름은 죽이지 않는 것이다. 아우르는 세계에서는 생명이 충일할 수밖에 없다. 그 세계의 상징이 바로 달이다. 그러기에 이 시에서 성욕이 매개된 달은 관능적인 차원에 머물지 않는다. 특히 그 달이 물과 여인과 함께 의미적으로 융해되면서 다산과 생명을 환기하는 은유의 세계로 자리잡게 된다. 그래서 푸른색은 이제 갓 태어난 생명의 싱싱함과 신선함으로 어둠 속을 번쩍이고 있는 것이다.

에코에로티시즘은 수많은 의미 줄기가 작용하고 있어서 단선적으로 접근할 수 없는 세계이다. 생태학과 페미니즘과 에로티시즘의 세 가지 세계가 조합된 몇 겹의 의미망으로 구축되는 다층적 세계이다. 그것은 자연과 생명의 가치를 여성성의 가치로 실현한다. 그 결과, 생명을 가능하게 하는 성은 늘 신성하고 아름다운 대상일 뿐이다. 유승우 시인이 창작 초기부터 지속적으로 시적 질료로 삼은 몸에 대한 애정이 없었다면, 조에적 삶에 대한 깊은 천착이 없었다면, 그리고 네트워크적 정신의 축적이 없었다면 절대로 도달할 수 없는 영역이다. 역시 시인이 쌓아온 시력의 등성이에는 에코에로티시즘을 놓아야 제격이다. 몸에 대한 남다른 아픔과 그러한 체험이 빚어낸 상상력의 결정체가 바로 이것이 아닌가.

아나키로 귀환하는 몸

아나키즘과 생태학의 친족성

황석우의 시 세계는 크게 상징주의와 아나키즘이라는 두 가지 주제적 차원으로 환원되거나 수렴되어 왔다. 그런데, 외형상 상당히 이질적으로 보이는 상징주의와 아나키즘이 황석우의 시에 있어서는 동질적인 문제로 등장하고 있다. 여기서 역사적 문맥을 고려하지 않을 수 없다. 상징주의와 아나키즘은 그 발생 동기나 적용 범위가 다를지라도 식민지라는 특수한 현실에 대응하기 위해 동일한 시인이 선택한 두 가지 방식이다. 시대적인 특성은 이미 둘 사이에 모종의 연관이 있을 가능성을 담보하고 있는 것이다.

그의 시에서 상징주의와 아나키즘은 식민지라는 어두운 시대를 살아가는 한 시인이 상징적 방식을 빌려서라도 건설하려고 했던 유토피아의 세계와 다름 아니다. 이 유토피아 의식이 황석우 시의 본질을 밝히는 해석의 열쇠라고 할 수 있다.

나는곳政治家로서서려하는것이나의立身의最高目標이엿다 그러나나
는詩를쓰지안을수업는어느큰실음을가슴가운데뿌리깁게안어왓다 그는

곳나의어렷슬때붓어밧어오든모든現實的虐待와쏘는나의간난한어머니
와나를爲하여犧牲되얏던나의不幸한누이의運命에對한설흠이엇다(중략)
이詩集은나의十餘年間의만흔詩篇에서自然詩만을골나낸것이다 人生에
對한詩篇들은쏘한篇을달니하여世上에내노려한다 그러나이것들은모다
나의社會運動以前곳大正九年以前과쏘는滿洲放浪時代에된作들이다[31]

　황석우 자신이 밝힌 대로, 『자연송』은 1920년 이전과 만주방랑시대인 1923년부터 1928년 8월까지에 해당하는 시기에 창작된 시들이다. 이 발문은 많은 연구자들로 하여금 황석우 시의 아나키스트적 배경을 읽어내는 자료가 되어 왔다. 그러나, 그 연구자들이 근거로 들고자 하는 시편들은 실상 『자연송』에 한 편도 실려있지 않다. 가난과 그로 인한 슬픔이나 설움, 불평등한 현실과의 갈등이나 원망의 감정들이 실린 시들을 시인이 의도적으로 배제했기 때문이다.

　그 편집 의도는 그가 지향하는 유토피아에 대한 중요한 실마리를 던져주고 있다. 발문에서 시인이 밝힌 대로, 『자연송』에는 인생에 대한 시편들은 제외되어 있고, 자연시들만 실려 있다. 시인이 창작한 많은 시들 중에서 인생 시편들을 배제하고 자연 시편들만 선택한 편집 의도 속에는 시인의 어떤 욕망이 개입되어 있을 가능성이 크다. 편집도 의도이다. 의도란 욕망에서 자유롭지 않다. 그러므로, 『자연송』 안에는 이 한 권의 시집을 통해 황석우 시인이 꿈꾸고 있는 세계가 무엇인지, 그리고 그 세계를 통한 그의 욕망이 내재되어 있는 것이다.

　그가 우선적으로 엮은 자연시들 속에서 그가 추구하는 유토피아를 엿볼 수 있다. 이 시집에 형상화된 자연은 분명 1920년대 다른 시인들의 그것과 본질적으로 다르다. 우선 인간 중심적인 차원에서 다루어지고 있는 추상적이고 이상적인 자연이 아니라는 점이 특이하다. 그가 형상

---

31) 황석우, 『자연송』, 조선시단사, 1929, 서문.

화한 자연의 생리는 그의 사상이 직접적으로 묻어 있다. 그 자연은 인간과 동등성을 잃지 않고 있는 자연이다. 그의 유토피아를 엿볼 수 있는 결정적인 단서이다. 그 유토피아의 실체는 상징주의와 아나키즘을 아우르는 더 거대 담론인 생태학이다.

인간과 자연의 가장 조화로운 관계를 모색한다는 점에서는 아나키즘과 생태학은 닮았다. 생태학은 또한 가장 이상적인 세계를 추구하고 있다는 점에서도 상징주의와 닮아 있다. 즉, 생태학은 이분법의 폐악을 원천적으로 부정하면서 평등과 조화를 꿈꾸는 있다는 점에서[32] 근본적으로 그 둘을 포괄하는 담론인 셈이다. 즉 그가 형상화하고자 했던 자연은 생태학에서 회복하고자 하는 인간과 평등한 생명체인 것이다.

이러한 황석우의 생태학적 면모는 그의 아나키스트로서의 이력을 통해 충분히 예견할 수 있다. 1921년 11월에 결성된 흑도회와 그것의 또 다른 분신인 흑우회는 한국 아나키스트를 대표하는 조직이었다. 황석우가 바로 이 모임의 회원이다. 아나키스트 사상의 본질은 사람이 사람에게 행사하는 모든 강제적인 권력의 거부이며, 그리스어로도 권력이나 지배가 없는 상태를 의미한다.[33] 이러한 사상의 본질이 인간 사회를 너머 자연계나 생태계로 확장되어 적용된 사상이 바로 생태학이라고 할 수 있다.

아나키즘이 생태학과 모종의 의미관계를 맺을 수 있는 토대는 이미 아나키라는 말이 최초에 사용된 선례를 통해서 잘 드러난다. 아나키즘이 사용된 최초의 용례를 보면 생태학적 관점에서 시사하는 바가 상당히 크다. 1703년에 처음으로 사용된 아나키라는 용어가 국적, 법, 감옥,

---

32) Sueellen Campbll, <u>The land and Language of Desire</u>, *The Ecocriticism Reader*, Athens and London : Georgia Univ. Press, 1996. pp.127-128.

33) Philip P. Wiener, *Dictionary of the History of Ideas(V. I)*, Charles Scribner's Sons: New York, 1978, p.70.

성직자, 사유재산이 없는 사회에서 살고 있는 인디언들을 가리키기 위해 사용되었다는 사실과 '비폭력 비협조'라는 간디의 원리가 실은 톨스토이의 종교적 아나키즘의 원리와 소로의 『시민 불복종의 의무』에서 영향을 받은 것이라는 사실[34]은, 아나키즘과 생태학의 이론적 조우가 어떻게 가능한지에 대한 적절한 예증이 될 것이다.

아나키즘 사상에서 추구하는 자연론적 사회관은 동양적 사유와 통하면서 최근 부상하고 있는 우주 공동체로서의 생태학적 세계관의 바탕이 되고 있다.[35] 아나키스트로 출발한 사람들이 생태학자로 쉽게 합류되는 경향도 아나키즘과 생태학의 친족성을 잘 드러내 준다.

황석우 시인의 몸 의식만으로도 생태학적 아나키즘을 충분히 엿볼 수 있다. 그에게 '몸'은 정신과 육체의 통합을 지향하는 동양적 몸이며, 생태학은 이러한 몸 의식과 자연스럽게 어울리기 때문이다. 이성 중심의 이분법적 논리에 따라 열등하게 취급받던 그 육체[36] 자체보다는, 정신과 통합되어 있는 몸에 더 관심을 갖고 있기 때문이다. 신체 언어로 자연을 은유화하는 배후에는 그러한 의식이 깔려 있는 것이다. 그 자연의 신체화로 인해 자연은 인간과 유기적인 하나의 우주적인 몸을 형성하게 되는 것이다. 몸을 통해 자연과 인간이 하나가 되는 것이다. 또한 그러한 몸 의식 속에는 열등한 존재로 취급받아 오던 자연과 여성에 대한 가치를 역설하려는 태도가 함축되어 있는 것이다. 그의 시가 어떤 형태로든지 아나키즘과 연루되어 있는 것도 이런 것과 무관하지 않다.

---

34) Philip P. Wiener, 앞의 책, pp.71-72.
35) 김경복, 앞의 책, p.53.
36) Michael J. Mcdowell, <u>The Bakhtinian Road to Ecological Insight</u>, *The Ecocriticism Reader*, Athens and London : Georgia Univ. Press, 1996, p.372.

몸을 통한 '자연-인간'의 평등한 관계 회복

1920-30년대의 한국 현대시에서 형상화된 자연은 주로 낭만적이거나 목가적인 경향이 주류를 이루어 왔다. 그렇기에, 황석우 시인에게 있어 그의 대표 시집 『자연송』를 비롯하여 후기시까지 이어지고 있는 중요한 주제 중 하나인 자연이 예사롭지 않은 것이다. 그의 자연은 한국 현대시의 주류적 특성에서 완전히 벗어나 있다는 자체만으로도 충분히 문제적인 것이다.

한국 근대시의 문맥을 고려한다면, 자연송은 그 제목부터 낭만적인 대상으로서의 자연을 다루거나 자연을 예찬하는 시편들로 구성되어 있어야 할 것이다. 그런데 그 기대 지평과는 전혀 다른 성격을 지닌 자연을 의미화 할 수 있었던 동기는 시인의 아나키스트로서의 경력과 무관하지 않은 것으로 파악된다. 그에게 자연은 세계의 중심이며 지배자인 인간의 이성과 논리를 통해 예찬 받는 대상도 낭만적인 도피의 대상도, 그리고 단순한 감정 이입의 대상도 더 이상 아니다.

> 오오 제비들이여! 이 나라의 사람들은
> 너희의 이 나라에 내리는 上陸을 막지 않는다.
> 이 나라의 사람들은 너희에게 추녀 끝을 주고
> 또 너희의 배를 불릴 豊富한 벌레를 사냥질할 자유와 그 위에 너
> 희의 몸을 덥힐 平和로운 따뜻한바람을 갖게 하며
> 또 너희의 世界 流浪의 나그네길 이야기를
> 여러 가지 追憶의 하소연을
> 악센트가 가는 아리따운 能辯으로서 재재거리는
> 너희의 모든 즐거운 波瀾많은 로맨스를 반기어 들으리라
> 오오 제비들이여! 이 나라의
> 봄과 파라다이스 속으로 오너라.
>
> 「오오 제비들이여 오너라」 중에서

　이렇게 자연을 소재로 한 황석우의 시편에서는 그 어떠한 것도 지배 종속의 관계로 설정되어 있지 않다. 더구나 시인은 제비를 인간 중심적 입장에서 포착하고 있지 않다. 오히려 인간과의 관계에 있어 제비를 주체의 위치로 격상시키고 있다. 제비의 움벨트(umbelt)[37]에 대한 이해와 배려가 돋보이는 시이다. 문명 속에서 살아가는 사람들은 철따라 움직일 필요가 없지만, 제비는 철따라 움직여야 하는 동물이다. 움벨트는 상대방이 경험하는 세계에 대한 전적인 이해를 요구한다. 이런 점에서 움벨트는 확실히 생태학과 그 인식을 같이 한다.

　이러한 발상법은 우주라는 거대한 생명체 속에서 각각의 생물은 상부상조하는 관계의 그물망으로 직조되어 있다고 하는 생태학적 정신 속에서 나온 것이다. 상부상조는 서로에 대한 이해와 배려와 수용이 없이는 이루어질 수 없기 때문이다. 몸은 자연이 인간과 동등한 위치를 점할 수 있는 중요한 통로가 되기에 적합하다.

> 싸우에서나(生)는 풀과
> 나무들은언제보던지
> 그가지는
> 싸와멀니쩔어저바린
> 한울을다시한번안어보려고하는듯히팔처럼펴고잇고
> 그닙파리는
> 한울이주는生命의糧食을
> 쏘는한울이주는무슨반가운消息의글발을
> 感激히밧으려는듯히손바닥처럼벌기고잇다
>
> 　　　　　　　　　　　　「가지와닙파리들」 전문

---

37) ‘세계’, ‘경험’, ‘자연’, ‘현실’과 같은 용어로는 동물이 경험하는 세계를 충분히 표현할 수 없다고 생각하여, 생리학자 야곱 폰 웩스쿨이 만든 용어이다. 움벨트는 모든 동물이 경험하는 세계가 아니라 개개의 동물에게 특별한 유기적 경험을 표현하기 위해 사용한 것이다.

이 시는 땅과 하늘 사이에 벌어진 거리를 부정적인 의미가 아니라 긍정적인 의미로 채워 넣고 있다. 그 거리를 중심으로 풀과 나무는 하늘과 대칭적 구조를 나타낸다. 그러므로, 땅과 하늘 사이에 있는 거리는 둘 사이의 관계를 이루는 데 필수적인 요소이다. 그러한 거리를 사이에 두고, 풀과 나무는 인간들이 하듯 하늘을 안아보려고 하고, 하늘이 주는 양식과 소식을 기다리는 자세를 취하고 있다. 거리가 대결의 구도가 아니라, 상생의 구도를 형성하는 기반이 되는 것이다. 이러한 구도를 통해서 그들은 몸이라는 하나의 그물망을 형성하게 된다.

생태학에서 '그물망'은 각 부분들이나 요소들이 상호 링크되어 있다는 의미에서 네트워크와 등가적으로 쓰이는 단어이다. 그것은 다양한 목소리로 이루어진 다성적 세계라고 말할 수도 있다. 그런 점에서 바흐찐의 이론은 생태학적 문학 비평에 크게 일조하고 있다.[38] 작가들이 표현하고 있는 자연 속에서 인간과 그 밖의 다른 생물들 간의 목소리가 어떻게 상호작용하고 있는가를 탐구하는 것이 생태학적 문학 비평의 몫이기 때문이다.

이때 대화는 몸을 통해서만 이루어진다.[39] 황석우의 시에서도 이러한 다성적인 목소리가 몸 사이의 대화로 실현되고 있다. 자연은 몸을 통해 인간과 그물망을 형성함으로써 대화를 수행하고 상생적인 관계를 구축하게 된다.

> 나는 산, 들, 바다와함께, 대지와함께 호흡한다
> 나는 별의 무리, 해와 달과함께, 창공과함께 호흡한다
> 나는 우주와 함께 호흡한다
> 나는 사나운 사자, 호랑이들과도 함께 코를 마조대고 호흡한다

---

38) Michael J. Mcdowell, 앞의 글, pp.372-373 참조.
39) 정화열, 박현모 옮김, 『몸의 정치』, 민음사, 2000, pp.60-61 참조.

> 나는 그들과 우주의 달큼한 대기를 씹어나눈다
> 나는 그들과 함께, 우주의 허파의 伸縮과함께 호흡한다
> 나의 생명의 피, 나의마음, 나의지혜, 나의혼은 우주의
> 母體에서 받은 것이다
> 나는 우주의 마음과함께 웃으며 운다
> 우주는 나의 살의 신경이 통하는 全身像이다
> 나는 또한 우주와 함께 말한다
> 나의 말, 나의 노래는 우주의 목속에서 나오는 소리의 멜로디이다
> 그러나 나의 말은 우주의 소리를 전하는 가장 誤音
> 많은 拙辯이다
>
> 「나의 호흡과 말」 전문40)

생태학적 자연은 몸의 원리에 따라 직조된 세계를 의미론적 거점으로 삼는다. 그것은 더 이상 인간과 정신에 비해 열등한 존재가 아니다. 자연과 육체가 없이는 인간도 정신도 존속될 수 없는 것이다. 생태학의 자연에서 몸이 가장 중요한 의미체로 등장하는 것도 그 때문이다. 몸의 원리를 통해 자연은 자신의 가치를 발휘할 수 있는 것이다.

오히려, 위의 시에서는 대등한 인격체로서의 자연과 인간이 상생의 관계로 묶여있을 뿐만 아니라, 인간으로서의 '나'는 비인간들보다 평가 절하되고 있기까지 하다. 한편, 이 시는 대화적 원리 중에 가장 중요한 원리인 호흡을 통하여 인간과 비인간의 대화적 관계를 묘파하고 있다. 호흡은 조화와 질서의 상징이다. 사람들은 자기와 잘 맞는 사람에게 호흡이 잘 맞는다고 표현한다. 호흡은 조화와 질서를 판단할 수 있는 적절한 기준이 된다. 호흡은 몸을 빌려 하는 가장 원초적인 대화로서 모든 질서의 기반이 되기 때문이다. 그것은 정신이나 이성의 도구인 말보다 더 앞서 있다. 프쉬케 끼리의 대화이다. 이처럼 대화의 원리는 어떠한 지배종속의 이분법적 관계도 불식시킨다.

---

40) 『현대문학』, 1958, 4.

어느 여름날의 이른새벽이다
나는 잠깨여 눈떴다
나의 머리맡에 와앉은 꼬마고양이도 눈떠서 야옹한다
고게 들어 창문을 열고 뜰아래를 보니
담밑의 채송화들도 눈떠서 귀엽게 웃는다
하늘도 가슴프레 눈떠서 우슴을 흘니고
머ㅡㄴ 재아래의 아침해도 눈떠서 빙그레웃고 떠올라오는 듯
왼세계가 눈떠서 웃는 순간이다
우슴에 잠긴 우주다

「우슴에잠긴 우주」 전문41)

황석우 시에서 대화는 몸과 몸 사이에서 발생한다. 웃음에 잠긴 우주
는 질서와 조화로 충만한 유토피아의 세계이며, 생명력으로 충일한 세
계인 것이다. 이 시에서 생물들끼리의 대화는 몸의 일차적인 대화라 할
수 있는 눈짓을 통해 이루어지고 있다. 눈짓을 통해서 몸의 도미노 현
상을 일으키고 있는 것이다. 내가 눈을 뜨면 고양이가 눈을 뜨고, 내 눈
짓에 채송화가 눈을 뜨고, 하늘도 연이어 눈을 뜨는 연쇄적인 몸의 운
동을 통해 자연과 인간이 하나의 질서 체계를 형성하고 있음을 잘 형상
화하고 있는 시이다. 우주의 생명체가 유지되는 방식은 인간과 자연이
몸으로써 대화를 나누는 것이다. 눈짓도 타자의 몸과 만날 수 있는 일
차적인 통로의 하나인 것이다.

중앙집권이나 지배의 논리를 부정하는 아나키스트적 성향은 바흐찐
의 대화 원리와 동일한 맥락 위에 있다. 그러한 의식들이 자연을 평등
한 창조물이나 신성한 노동의 현장으로 해석하게 하는 배경이 되는 것
이다.

---

41) 『자유문학』(22호), 1959, 1.

생명 공동체로서의 '자연-인간'

이처럼, 비인간과 인간의 경계를 무너뜨리고 모든 대상을 생명의 원리로 포용하는 곳에서는 지배/종속의 원리는 완전히 무의미하게 된다. 그러한 곳에서 생태학은 자연스럽게 자기 목소리를 얻게 되는 것이다. 이것은 일제 강점기라는 역사적 문맥과 아나키스트로서의 시인의 이력과 결코 무관하지 않은 특질이다.[42] 식민지라는 폭력적인 역사가 낳은 시대적 산물이며, 상징적인 시적 대안이 아닐 수 없다.

> 地球는生物쎈을使用하는한工場!
> 그一切의作業의指揮者는太陽!
>
> 「太陽이가지고잇는工場」 중에서

> 太陽은
> 魂의덩어리다
> 生物의魂덩어리다
> 안이싀ㅅ쎌것케타는勞動者의魂덩어리다
>
> 「太陽」 중에서

「내 동무 태양아」에서는 동무로, 그리고 위의 시들에서는 지휘자나 노동자의 혼 덩어리로 묘사된 태양은 자연의 주인이며 지배자로서의 인간의 위상을 일격에 무효화하고 있다. 자연의 주인은 유기체로서의 자연일 뿐이다. 특히 혼 덩어리로 묘사되고 있는 태양의 존재는 인간만을 정신적 존재로 취급하며 자연을 경시해 온 인간 중심적인 비생태학적 의식을 완전히 전복시키는 발상이다. 혼을 매개로 태양과 생물의 관계는 하나의 공동체를 구성하게 되는 것이다.

---

42) 김경복, 앞의 책, p.229.

한편, 태양을 또한 노동자에 비유함으로써 생태계의 운동이 노동의 한 행위로 인식되고 있다. 자연은 더 이상 정지해 있는 기계론적 존재이거나 인간의 도구가 아니다. 황석우의 시에서 봄은 태양의 분신 아니면 동격으로 묘사될 때가 많다. 봄에 대한 인식은 그의 시를 이해하는 중요한 단서가 된다. "오오 제비들이여! 이 나라의/봄과 파라다이스 속으로 오너라."(「오오 제비들이여 오너라」)에서처럼, 봄은 파라다이스이다. 유토피아의 계절이다.

왜 봄이 시인에게 유토피아의 기반이 되는 것일까. 봄은 모든 생명체들의 탯줄과도 같은 존재이기 때문이다. 그의 시에서 봄이 노동이나 창조의 의미망을 벗어나지 않는 이유도 여기에 있다. "봄의職業은꽃製造, 빗創造, 노래創造!/봄은곳아릿다운生命을맨드는女流技師!/봄은太陽의젊은令夫人!"(「봄」)에서도, 봄을 의인화하는 매개체인 노동이나 창조는 생명을 창출하는 행위를 상징할 때만 그 의미를 지니게 된다.

이렇게 태양을 노동자로 인격화시킴으로써 생태계의 삶이 얼마나 힘든 노동의 대가를 전제로 하는지를 보여주고자 하고 있다. 그리고 보다 궁극적으로는 자연을 신성시하려는 의도가 깔린 것이다. 자연이 신성한 것은 창조의 주체이기 때문이며, 언제나 창조의 과정에 있는 생명체이기 때문이다. 그것은 아름다운 작품과 같다.

> 한울우에는구름의거림!
> 짜우에는물거림, 풀거림, 나무거림
> 宇宙는거림의한큰展覽會
> 그出品者는太陽과 흙!
> 사람들은그의鑑賞者, 批評家
>
> 「거림의世界」 전문

이 시에서 형상화된 인간에게서 자연의 지배자나 정복자로서의 모습은 전혀 찾아 볼 수 없다. 오히려 인간은 자연에 대해 아무런 권한도 행사할 수 없는 단지 감상자나 비평가에 지나지 않는다. 감상자나 비평가는 작품을 창조하는 과정에서 어떠한 힘이나 의지도 행사할 수가 없는 자들이다. 이러한 의식 속에는 인간은 자연에 어떠한 힘도 행사할 수 없다는 생태학적 의식이 잘 반영되어 있다. 인간 중심적인 지배종속의 논리가 전혀 작동할 수 없는 자연은 그 결과 한 편의 작품이 될 수 있는 것이다.

따라서 한 폭의 그림에 비유된 자연과 우주는 그 자체가 바로 창조주이며, 자연과 우주는 태양과 흙의 합작품이다. 그림의 세계는 미적 감식이 작동하는 대표적인 영역이다. 질서와 조화로 완성된 세계가 아닌 것은 미적 대상이 될 수 없다. 따라서, 질서와 조화 속에서 우주와 자연은 자기 아름다움을 완성한다고 하는 인식이 전제되지 않고서는 이러한 발상은 불가능하다.

우주의 아름다움은 황석우의 시에서 아나키스트로서의 가장 이상적 사회의 모델인 지배자 없는 공동체로서 완성된다. 공동체는 지배종속이라는 이원론적 관계를 무화시키면서 실현되는 세계이다.

> 봄은
> 太陽의令郎!
> 그는生物의
> 共同의어머니,
> 共同의 戀人!

「봄 別 吟」 전문

이 시에서 영랑은 아들에게 쓰이는 영랑(令郎)으로 쓰여져 있다. 그런데, 또 봄은 분명히 여성의 성을 부여받고 있다. 봄은 양성을 지닌 존재이다. 봄은 아들이면서도, 생물들에게는 어머니이기도 연인이기도 하다. 다양한 자격의 부여만큼 생태계는 유기적 존재가 된다. 태양의 아들로서 봄이 하는 역할은 하나가 아니다. 공동의 어머니요 공동의 연인이다.

또 '공동(共同)'이라는 시어는 황석우의 시 세계를 푸는 주요한 해석소다. 그의 세계관의 핵심을 이루고 있는 생태학적 의식을 푸는 열쇠이기도 하다. 『자연송』에 등장하는 자연은 인간과 대등한 존재로서 생명의 그물망, 유기적인 생명체로서 형상화되고 있다. 자연에 대한 태도가 생태학적이냐 비생태학적이냐의 구분은 자연을 인간과 동등하게 우주라는 생명체의 한 부분으로 인식하느냐의 여부에 달려 있다. 즉 인간과 자연이라는 이분법적인 사고의 관성적인 인식망에서 벗어나는 곳에 생태학이 위치한다.

한편, 그의 시에서 태양은 남성적 이미지를, 봄은 여성의 이미지를 환기하는 경우가 많다. 이러한 양상은 표면상 충분히 남성중심적이라 판단될 수 있다. 그러나 그런 경우에서도 남성으로서의 태양이 지배자의 흔적을 전혀 띠지 않고 있다는 점이 중요하다. 「봄 別 吟」에서도 태양이 남성으로 해석될 수 있는 가능성을 배제하지 않고 보더라도, 태양은 봄과 조화롭게 모든 생명을 길러 내는 공동의 일꾼이며 짝을 의미화하고 있다. 즉 남성과 여성이 태양과 봄이라는 단순 대칭관계로 설정되어 있다고 할지라도, 그들은 대립이나 상하, 또는 주종의 이원론적 가치에 전혀 기대고 있지 않다는 점이 중요하다. 오히려 그의 시에서는 남성이냐 여성이냐를 굳이 구별하여 해석하려는 것이 무의미할지도 모른다.

이처럼, 이성과 감성, 정신과 육체, 남자와 여자, 인간과 자연 등의 이분법적 사고를 지양함으로써 타자들 사이의 다양성과 관계성을 인정할 수 있게 된다. 서로를 인정하고 존중하는 대화가 싹트게 되는 배경이 여기에 있다. 그 결과, 인간이 식물에게 어떠한 행사를 할 자격을 얻고 있을 때일지라도 단지 정원사 이상의 자격을 부여하지 않는다.

地球우의
植物들은

太陽이
「코스모존」(宇宙生物)의種子를골나모혀
地球라는溫室가운데 붓돗아논것이람니다
人間의무리는그溫室의植物을갓구는園丁!

「地球우의植物, 人間들」 전문

원정은 정원사를 가리킨다. 이 시의 원정사에서도 지배자로서의 이미지를 전혀 찾아볼 수 없다. 정원사는 창조물에 대한 관리자일 뿐이지, 제작자나 창조주가 될 수 없다. 더구나 관리자가 가꾸어야 할 대상은 야생 상태에 있는 식물이 아니라 조심조심 다루어야 할 온실의 식물로 설정되어 있다. 온실 식물과 정원사의 관계로 설정된 식물과 인간의 관계 속에는 시인이 생각하는 자연과 인간의 이상적 관계가 무엇인지 엿볼 수 있다. 바로 유기적 관계의 완성이다.

숨을 쉬면
하늘이 벌덕어린다
내 胸廓과 같이
내 가슴의 고기덩이와 같이
내 생명의 피의 한방울은
하늘의 蒼顔도 붉힐 수 있다
내 손목위에서 宇宙의 血脈은 뛰논다
宇宙의 喜怒哀樂은
내 심장 내 핏방울의
指呼를 받는다

「宇宙의 血脈」 전문[43]

이 시에서 내 몸과 하늘은 하나의 몸임이 분명하다. 동양의 대표적 의학서인 『황제내경』과 그 발상이 같다는 점에서 흥미롭다. 몸은 소우주이며, 주객분리가 전제되지 않은 상태에서의 일체성 그것이다.[44] 그

---

43) 『현대문학』, 1959, 4.

렇기 때문에 개별성보다는 유기적 연관성이 중요할 수밖에 없다. 이처럼 인간의 몸도 우주의 일부분으로서 거대한 관계의 그물망 속에 들어있는 것이다. 그리고, 잠바티스타 비코(G. Vico)의 주장대로, 자연을 신체언어로 다루게 되면 무생물에 생명을 불어넣게 된다몸은 인간과 자연을하나의 유기체로 이어주는 통로이다.45) 따라서 몸은 인간과 자연을 유기적인 하나의 생명체로 엮어주기에 더없이 적합한 대상이 되는 것이다.

내가 숨을 쉬는데 하늘이 내 흉곽처럼 움직일 수 있다는 착상도 우주로서의 몸에 대한 인식 위에서 형성된 것이다. 그러한 인식이 있기에 인간이 호흡을 통하여 공기를 마시는 행위 속에는 이미 인간과 자연이 하나로 연결되어 있다는 착안도 가능한 것이다. 한의학에서 손목의 맥은 생명력의 정도를 가늠하는 측정 수단이다. 그런데, 손목 위에서 우주의 혈맥이 뛴다는 논리는 나의 생명력과 자연의 생명력을 동일시하지 않으면 도출될 수 없다. 그런 점에서 「우주의 혈맥」은 인간과 자연이 우주라는 거대한 유기적 몸을 이루고 있다는 생태학적 인식을 잘 드러내고 있는 대표작이라고 할 만하다.

그리고 이 시를 통해 몸에 대한 황석우 시인의 관점을 엿볼 수 있다. '희노애락'은 분명 감정적인 부분이다. 그런데, 그 우주의 정신적 영역에 속하는 감정들이 내 혈액과 하나의 중요한 맥락 관계를 형성하고 있다. 이것은 몸에 대한 남다른 탐구가 없이는 도출될 수 없는 상상력이다. 몸의 가치를 역설한 이론가들이 한결같이 동의하고 있는 부분이 정신과 육체의 연관성이었음은 여기서 매우 시사적이다. 비코가 라틴인의 육체관을 통해 밝혀낸 내용도 이것이다. 새로운 감정이 일어날 때마다 다른 심장이 태어나는 현상을 설명하기 위해, 그는 단수의 의미를 가진 복수라는 해석을 가하였던 것이다.46) 비코의 이 복수의 개념 속에는 육

---

44) 박석준, 「『황제내경』의 몸에 대한 이해」, 『아카필로』(2호), 2001, 1-2, 참조.
45) 정화열, 앞의 책, pp.59-60 참조.

체와 정신이 통합된 기관이라는 전제가 내포되어 있는 것이다.

무엇이 황석우 시인으로 하여금 신체 언어를 통하여 자연을 표현하도록 고무하였을까? 「우주의 혈맥」을 통하여, 육체와 감성과 여성을 상징하는 자연과, 정신과 이성과 남성을 상징하는 인간을 조화롭게 결합할 수 있는 유토피아적 세계를 그리고 싶었던 것이다. 그 결과, 자연의 몸은 인간의 몸과 더불어 우주라는 거대한 몸을 이루게 된다는 사고로 확장하게 된다. 공동체로서의 몸, 유기적 몸에 심취할 수 있었던 것도 그 때문이다. 그리고, 아나키즘에 한때 가세한 그의 이력은 이러한 시 세계를 확립하는 데 결정적인 작용을 했으리라 여겨진다. 아나키즘은 앞서도 언급했듯이, 유토피아적 세계에 대해 눈을 뜨는 발판이었던 셈이다.

생태학은 인간과 자연의 가장 조화로운 관계를 모색하는 이론이라는 점에서 유토피아가 되기에 충분하다. 부분과 전체, 개체와 환경이 유기적 통일체라는 인식 위에서 구축된 생태학의 기본 정신이 이를 잘 증명해 주고 있다.

이러한 유토피아로서의 생태학을 통해 페미니즘적 의식을 발견하는 일는 어렵지 않다. 생태학은 그의 시에서 페미니즘을 형성하는 의미 뿌리라고도 할 수 있다. 자연에서 파생되고 있는 다양한 주제들은 서로 분리된 세계가 아니기 때문이다. 여성이나 몸의 의미가 그것이다. 자연과 함께 다루어지는 여성이나 몸의 의미들은 이미 그 안에 생태학적 페미니즘을 예고하는 것이다. 정신에 비해 열등시되어 왔던 몸의 가치에 집중하고 있는 생태학이 아나키즘과 다른 세계가 아니라면, 남성에 비해 열등시되어 왔던 여성성의 가치에 집중하고 있는 페미니즘이 생태학과 합류하게 되는 것 또한 너무 자연스러운 현상이다. 이 부분은 3부 '자연화된 여성, 여성화된 자연'에서 더 구체적으로 다루고 있다.

---

46) 잠바티스타 비코, 이원두 옮김, 『새로운 학문』, 동문선, 1998, pp.335-336.

전쟁 속 몸, 몸 속 성

● 정한모론 ●

전후시와 에로티시즘

전쟁 속에서 몸은 일상적인 몸과 다르다. 전쟁은 죽음에 대한 두려움을 극대화하기 때문에, 그 반대 급부로 일상적인 상황에서보다 생명의 본능을 더 고무시키는 시기이다. 그리고, 그러한 생명에 대한 관심과 탐구들은 자연스럽게 관능성과 성적 이미지로 수렴되기 마련이다. 생명은 성을 통하지 않고는 성립될 수 없기 때문이다. 그래서, 전쟁 속 몸은 성에 상당히 예민하게 작용하는 경향이 있다. 전쟁은 몸에 수많은 아픔과 아픔의 흔적과 아픔에서 비롯되는 욕망을 낳는 시기이다. 그러한 욕망과 심리의 산물이 에로티시즘이다.

에로티시즘은 1950년대 전후시를 파악할 수 있는 대표적인 주제학이다. 하지만, 이제까지 전후시의 관능적 경향에 대해 사회문화적이거나 심리학적 관점에서 본격적으로 탐구하려는 시도가 없었다는 사실이 의아스럽기까지 하다. 전후시의 시적 주체들이 왜 그렇게 성적 소재나 관능성에 몰입할 수밖에 없었는가 하는 질문은 여전히 유효하다.

사실, 죽음을 체험할 수밖에 없는 전쟁의 현실에 대해 시인이 취할 수 있는 상징적 대결 방식으로써 에로티시즘만한 것이 없다. 정한모, 송

욱, 김윤성, 전봉건, 김수돈 등이 전후시의 에로티시즘을 대표할만한 시인들이다. 정한모 시인이 현대시사에서 중요한 위상을 차지하는 것도 이 에로티시즘의 특질과 무관하지 않다. 그의 시가 형상성과 조형성까지 갖추어서 한국 시단의 에로티시즘을 본격화시킨 것도[47) 시대사적 문맥과 분리시켜 생각할 수 없기 때문이다.

이 에로티시즘[48)의 주제 못지 않게 정한모의 기존 연구자들이 주목했던 또 하나의 주제가 휴머니즘[49)이다. 그런데 중요한 사실은, 그의 시에서 휴머니즘과 에로티시즘은 다른 것이 아니라는 점이다.[50) 휴머니즘은 에로티시즘으로 수렴되거나 아니면 에로티시즘은 휴머니즘으로 수렴되는 주제이다. 그의 휴머니즘적 특성은 인간적인 것, 순수한 것, 아름다운 것을 추구하는 세계[51)로 규정할 수 있다. 그의 휴머니즘은 이상적인 세계의 지향과 다르지 않다. 이상향에 대한 의식, 곧 유토피아 의식이 에로티시즘과 휴머니즘을 동일한 주제로 묶어주는 통로인 것이다.

그에게 유토피아는 생명을 통해서만 실현될 수 있는 세계이다. 에로티시즘 또한 성욕 자체에 관심을 두는 섹슈얼리티가 아니라, 성을 은유로 삼아 생명으로 충일한 세계를 지향하는 담론이다. 요컨대, 휴머니즘이나 에로티시즘에는 비인간적이고 폭력적인 문명에 대한 시인의 대결 의식이 담보되어 있음을 엿볼 수 있다. 그 시적 대결 방식이 바로 생명

---

47) 전봉건·이승훈, 「속·시와 에로스」, 『현대시학』, 1973, p.10, 65.
48) 전봉건·이승훈, 앞의 글.
　　정의홍, 「영원과 생명의 욕망-정한모의 시」, 『현대시학』, 1974, 10.
　　홍경표·김경주, 「한국 현대시에 나타난 에로티시즘 연구」, 『여성문제연구』, 대구효성카톨릭대학교 사회과학연구소, 1990.
　　김영철, 「휴머니즘 시의 지수비평적 고찰」, 『한국시학연구』, 1998.
49) 김재홍, 「휴머니즘 또는 미래지향적 의식」, 『현대문학』, 1983, 9.
　　김시태, 「정한모의 휴머니즘」, 『한국현대시사연구』, 일지사, 1983.
　　신　협, 「생명의 외경과 휴머니즘」, 『현대시』, 1991, 9.
50) 김영철, 앞의 글, p.28.
51) 김영철, 앞의 글, p.25.

예찬인 것이다.

정한모 시의 본질을 밝히기 위해서는 휴머니즘과 에로티시즘을 통합적 관점에서 다루어야 한다. 정한모 시인의 시적 출발은 생명 의식에 기초하고 있기 때문이다. 이는 시인이 스스로 고백한 창작 동기에서 충분히 엿볼 수 있다. 정한모 시인이 시를 쓰게 된 계기는 다름 아닌 부친상이다. 부친상을 당하여 일본에서 귀국하는 길에 그는 부친을 잃은 슬픔과 더불어 시를 쓰고 싶은 강한 충동이 솟아났다고 한다.[52] 이는 시인의 창작적 모체가 바로 죽음임을 잘 보여주는 일화이다. 부친상을 계기로 1940년대 전쟁과 식민지의 고통스러운 현실이 전면적인 문제로 떠오른 것이나 다름이 없다. 이러한 동기는 그의 시 세계의 핵심적 주제를 이미 고지한 것이나 마찬가지이다.

그 때부터 시작된 습작을 토대로 하여, 1945년에 귀국하여서는 해방 후 우리나라에서 최초로 간행된 문학 동인지 『백맥』의 창간호도 내게 된다.[53] 시의 주조적 심상인 '아가'는 초기시에서부터 이미 시인이 지향하는 바를 잘 반영해 주고 있다. '아가'는 생명의 태동을 상징하는 대상이다. 시인에 따르면, "나는 지금까지 생명 내지 생명적인 것에 대한 사랑을 집요하게 시에서 추구해 왔다. 그것은 자연과 인간에 대한 관심으로 나타났다. 비자연화, 비인간화의 추세가 가속화될수록 내 시의 지향은 더욱 더 원초적인 것에 대한 그리움과 갈망으로 치달을 수밖에 없다."[54]라고 밝히고 있다.

그러므로, 다른 이름으로 규정된 휴머니즘이나 에로티시즘은 생명으로 충만한 세계로 회귀하려는 시인의 유토피아 의식의 결과라는 점에서 동일한 세계임을 알 수 있다. 그러한 유토피아 의식과 에로티시즘이 만

---

52) 이숭원, 「정한모의 인간과 삶」, 『시와 시학』, 2001, 3, p.183 재인용.
53) 이숭원, 앞의 글, p.183.
54) 정한모, 『原點에 서서』, 문학과 사상, 1989.

날 때, 그것은 또한 한국 현대시에서 보기 드문 독특한 시세계를 구축하게 되는 것이다. 도리어 정한모 시의 휴머니즘은 에로티시즘과 통합시켜 보아야 그의 시세계가 더 총체적으로 드러난다. 그 이유는 다음 장에서 논의할 생태학과 에로티시즘의 상관성을 통해 잘 드러날 것이다.

에코에로티시즘의 물리적 원리

생명을 그 의미 생성의 토대로 삼고 있다는 측면에서 에로티시즘과 생태학은 또 하나의 의미적 교집합을 이루게 된다. 그들이 의미를 생성하는 방식에 있어서 어떠한 상관성을 지니고 있는지를 밝히는 문제는 그리 간단하지마는 않다. 그것은 범위를 더 확대하여 현대 물리학이나 동양 사상과의 교차적 이해를 통하여 더 분명해질 것이다. 현대 물리학이나 동양 사상은 에로티시즘과 생태학의 의미적 연관성을 밝혀 줄 수 있는 좋은 해법이다.

에로티시즘이 상징적으로 형상화하고 있는 남녀의 성행위에는 동양의 음양 원리가 작용하고 있다. 그것은 궁극적으로 대립되는 것의 조화와 무질서한 것의 질서화를 통해서 생명을 상징적으로 선취하려는 세계라고 할 수 있다. 에로티시즘에서 조화와 질서는 생명을 낳는 원리이며 에너지이기도 하다. 동양에서 말하는 음과 양의 대칭적 구도 또한 조화와 질서를 위한 것이지 분열을 위한 대립적 요소가 아니다.

한편, 에로티시즘이 대립 속에서 조화를 보고 있다는 점에서, 헤라이클레이토스의 물질관과도 상통하는 측면이 있다. 헤라클레이토스는 대립 속에서도 부단히 조화를 보았다. 아니, 조화를 위해서 대립이 존재한다는 말이 더 정확할 것이다. 조화를 이루기 위해서는 대립소 끼리의 운동과 그 운동에서 생성되는 에너지가 필요하다. 이것은 에로티시즘이 현대 물리학의 에너지 원리나 동양 철학의 일원론과 합치하고 있음을 확실하게 보여주는 부분이다.

원래 사랑은 운동의 속성에 근거하는 물리적 요소이기 때문이다.[55] 운동이란 무엇을 지향하는 행위를 말한다. 사랑은 반대되는 것, 대립되는 것 사이에서, 그리고 나와 타자 사이에서 일어나는 에너지 운동의 하나이다. 마치 마이너스(−) 전류와 플러스(+) 전류가 전기이기는 하지만, 둘이 만나지 않으면 절대로 전력, 즉 전기 에너지를 방출하지 못하듯 말이다. 에너지가 세상의 모든 변화의 원인이 되듯이, 에로티시즘에서도 사랑과 성은 모든 변화의 핵심이 된다. 그 변화가 생명의 에너지를 만들어내는 것이다. 에로티시즘은 생명의 에너지를 선취하려는 상징적 시도이기는 해도, 생명의 에너지에 집중하고 있다는 점에서 생태학과 의미의 교집합을 이루게 되는 것이다.

물리학에서의 운동이 두 가지 대립 요소를 필요로 하듯이, 에로티시즘에서도 남녀라는 두 가지 대립되는 요소가 부단히 관계함으로써 의미를 구축해 나간다. 물리학에서의 에너지가 물리적 운동이라면, 에로티시즘에서의 사랑은 심리적 운동이라고 할 수 있다. 그 심리 운동은 궁극적으로 원초적 세계를 향하고 있다. 원초적 세계는 개체 사이의 조화와 질서를 특징으로 한다. 조화와 질서는 균형을 기반으로 성립하는 현상이다. 균형은 관계의 힘에 관심을 둔다. 이 힘의 균형이 생태학과 에로

---

55) 하이젠베르그, 구승회 옮김, 『하이젠베르그의 물리학과 철학』, 온누리, 1993, pp.47-48 참조. "헤라클레이토스(BC 6세기 말)에게 사랑은 감정이 아니라 우주(universe)의 물리적 원리이고 그것을 통합하는 동인이다. 우주(cosmos)에는 두 가지 힘이 있다. 즉 끌어당기는 힘(attraction)과 내치는 힘(repulsion)이다. 사랑에 대한 그의 명사, 하모니아는 상대물의 긴장에서 기인한다고 생각했다. 그는 '반대되는 것, 협동하는 것, 그리고 가장 아름다운 조화는 갈등으로부터 나온다. 모든 것은 불화를 통해 완성된다.'라고 했다."(Philip P. Wiener, *Dictionary of the History of Ideas*(Ⅲ), New York : Charles Scribner's Sons Publishers, 1979, p.94)

티시즘의 교집합을 구성하게 되는 요소이다. 균형은 건강한 생명체가 존속하기 위한 기반이다.

요컨대, 생태학과 에로티시즘의 관심은 균형을 통해서 생성될 생명에 관심을 둔다는 점에서 일치하는 셈이다. 생태학에서 균형은 조화의 결과이며, 에로티시즘에서 균형은 사랑의 결과이다. 조화와 사랑의 결과인 균형을 토대로 생명이 생성되는 것이다.

말하자면, 사랑은 갈등하던 세계와 화해하는 대표적 방식이다. 갈등은 죽음을 상징하며, 화해는 생명을 상징한다. 시에서도 사랑이나 성적 행위는 대개 대립된 모든 사물을 동질화시키는 상징적 의미를 내포하게 된다. 화해와 조화가 생명의 에너지라는 의식이 작용한 결과라고 할 수 있다. 따라서 화해나 조화는 생명을 선취하려는 상징적 행위에 속하는 것이다.

에로티시즘이 취하고 있는 생명욕은 본능적으로 죽음에 대한 견제 심리와 깊이 관련되어 있다. 문학적 상상력은 시대사적이며 정신사적인 문맥과 분리시켜 생각할 수 없다. 정한모의 시에서도 에로티시즘은 전쟁이라는 특수한 시대사를 배경으로 하고 있다. 에로스의 이론가인 마르쿠제에 따르면, 삶과 죽음의 갈등은 생명이 만족의 상태에 가까워짐에 따라 점점 감소해 간다고 한다.[56] 전쟁이 에로티시즘을 생성하기에 얼마나 적합한 창작적 토대가 될 수 있는가를 잘 보여주는 이론이다.

한편, 전쟁은 생태학의 가장 확실한 천적이다. 본래, 자연스러운 죽음은 생명의 순환 고리를 형성한다. 그러나, 전쟁이 가져오는 죽음은 생명의 순환 고리를 파괴시킬 뿐이다. 전쟁은 조화가 아니라 파괴이며, 생명을 전제로 하지 않은 죽음일 뿐이다. 생태학적 입장에서 전쟁은 생명의 파괴 그 자체 이상이 아니기 때문이다.

---

56) 허버트 마르쿠제, 김인환 옮김, 『에로스와 문명』, 대양서적, 1975, p.159.

전쟁에 직면하게 되면 생명에 대한 본능이 강하게 일어나게 마련이다. 그리고 또 전쟁 앞에서 인간은 본능적으로 과거를 생각하게 되며, 그 때 과거란 생명으로 충일한 세계를 의미한다. 파괴된 현실 앞에서 파괴되지 않은 과거를 기억하는 것은 인간의 본능적 관성이다. 과거의 기억은 잃어버린 낙원을 참다운 낙원으로 만드는 것이며, 그것은 잃어버린 시간에의 심판인 동시에 구원이기도 한 것이다.[57] 생태학은 그 잃어버린 낙원을 생명이 충일한 원초적 시공간을 통해 회복하려고 한다. 그리고 그러한 상상력이 성적 은유나 상징을 빌릴 때 생태학과 에로티시즘은 의미적 결속을 이루게 된다.

이처럼, 에로티시즘에서 추구하는 생명으로 충만한 원초적인 세계는 생태학에서 추구하고 있는 이상적인 세계와 일치한다. 그들에게 이상적인 세계란 생명이 충만한 곳이다. 생태 문학은 자연이 인간과 다르지 않다는 전제에서 출발한다. 그렇기 때문에, 생태 문학에서 자연은 몸의 상상력을 통해 의인화되는 경우가 많다. 죽음의 현실인 전쟁에 대한 시적 응전력을 갖춘 에로티시즘 역시 자연의 몸에 관심을 갖는다. 관능적인 자연의 몸을 통해 생명력의 극대화를 유도하는 그러한 상상력을 생태학적 에로티시즘, 곧 에코에로티시즘이라 부를 수 있을 것이다.

관능적 자연의 몸과 생명의 질료

정한모 시에서 육체적 관능성은 성적 충동의 범위를 넘어서 있다.[58] 관능성의 몰입은 절망과 죽음 앞에서 일어나는 자연스러운 심리적 반응

---

57) 허버트 마르쿠제, 앞의 책, 159면.
58) 정의홍, 앞의 글, p.98.

이며, 생명의 충동이다. 그렇기 때문에 성적 행위나 관능성은 생명력으로 충만한 원초적 세계를 획득하기에 적절한 은유가 되는 것이다. 성적 은유는 생명에 대한 갈망과 희구가 낳은 수사법이다.

그러므로, 그것은 절망적인 현실을 생명력을 통해 극복하는 의지의 상상력이라고 해석할 수 있다. 바슐라르가 제시한 세 가지 상상력 중에서 아마도 역동적 상상력에 해당할 것이다. 에코에로티시즘은 변혁의 의지에 강하게 기대고 있는 상상력이다. 그렇기에 성적 이미지는 죽음의 현실을 생명으로 변화시킬 역동적 에너지로서 작동하게 되어 있다. 자연과 인간이 성적인 관계로 맺어져 있는 「포도」의 상상력이 그 좋은 예이다.

죽은 듯 말라 붙은
겨울의 그 줄기 속에서도
너의 생명은 숨쉬고 있었던 게다

내려 쪼이는 여름의 불볕
무성한 잎으로 가리면서
그 그늘 속에서
빛깔과 맛과 물기를
송이송이 터질 듯 익히면서
눈으로 군침으로 탐나게 하던
네 육신

이제 쟁반 위에 담긴
한 점 가린 것 없는
알몸으로
눈 앞에 있구나
손에 잡히는구나

드디어 마른 입술 사이에서

　　　살갗이 터지면
　　　너는 전율한다
　　　보드라운 입술이 되고
　　　야들한 혀가 되어 녹아들면서
　　　내 온몸에 퍼지는

「포도」 전문

「포도」에서도 보듯이, 에코에로티시즘의 세계에서는 자연이 의인화되지 않는 현상이 오히려 이상한 것이다. 어떤 수사법이라도 시인의 세계관을 반영하지 않는 경우는 없다. 인간과의 유기적 관계로서 자연을 의인화시키는 시적 장치는 자연 친화적인 시인의 태도에서 생성된 것이다. 유기적 관계로서의 자연의 의인화는 자연을 인간과 동등한 위치로 격상시키는 시적 장치에 속한다. 더 나아가, 관능적 몸을 통한 의인화는 생태학적 정신을 동시에 반영하는 것이 된다. 관능은 생명을 생성하기 위한 에너지로 쓰이고 있다는 점에서 그렇다.

특히, 관능을 통하여 자연은 인간과 더 직접적인 관계망을 형성하게 된다. 자연의 실존적 기반을 인간과의 생명 에너지를 교환하는 관계에서 찾고 있는 세계가 생태학적 세계라고 할 수 있다. 그렇다면, 에로티시즘이 생태학적 의식과 어울려 형상화되는 경우, 자연은 당연히 인간과 생명을 전제로 한 성적 관계를 지향할 수밖에 없다.

위의 시에서 '포도'는 하나의 '육신'으로 은유화되고 있으며, 그 은유가 궁극적으로 함축하고 있는 의미는 생명이다. 육신은 생육하는 장소로 형상화되고 있다. 육신은 알몸이라는 상징을 더하게 되면서, 성적 의미로 전이되는 것이다. 따라서, 생명은 알몸을 매개로 성적 의미를 획득하게 되는 것이다. 촉각 이미지를 통해 관능화되고 있는 포도의 알몸이 '내 온몸에 퍼지는' 것이다. 포도의 질료는 내 몸에 흡수되어 생명의 형상을 입게 되는 과정을 그리고 있다고 볼 수 있다. '포도'의 관능성은 생명의 의미로 환원되는 것이다. 이 시에서 포도는 자연의 환유이며, 나는 인간의 환유이다. 따라서 자연과 인간이 생명의 그물 관계라는 인식을 전제로 성립하고 있는 발상법임을 잘 알 수 있다.

인간 중심적인 관점에서 보면, 인간은 포도를 먹는 주체이며, 포도는 수동적인 객체이다. 하지만, 이 시에서 '나'와 '포도'의 관계는 일방적인 주체와 객체의 관계를 파기하고 있다. 포도는 자신의 '살갗이 터지'는 순간 전율하는 주체로 형상화되고 있다. 이러한 포도의 주체화는 생태학적 인식을 지닌 시인의 자연관에서 비롯한 것이다. 포도 즉 자연은 인간과 동시에 에너지를 교환하는 또 하나의 주체라는 인식이 그것이다.

자연과 인간 사이에 지배와 피지배라는 인간 중심적인 관점이 도저히 끼어들 틈이 없는 세계이다. 자연과 인간의 성적 관계와 그것으로 인해 발생하는 운동 에너지를 통해 생명력을 회복하려는 미적 인식이 돋보인다. 이런 점에서 볼 때, 에로티시즘은 확실히 인간성을 파괴시키는 문명에 대한 반항을 기본적으로 깔고 있는 주제라고 할 수 있다.[59]

시인에게 자연은 인간과 동등한 육체적 관계를 형성하게 된다. 그것은 먹고 먹히는 관계가 더 이상 아니다. 포도를 먹는 화자의 마른 입술이 전율하지 않고, 포도가 전율하고 있다. 또한 포도가 야들하게 녹아드는 것을 느끼는 것은 화자의 입술과 혀인데, 거꾸로 포도가 보드라운 입술이, 야들한 혀가 되고 있다. 그리고 온몸에 퍼져들고 있다. 이러한 육체적 결합은 주체와 객체의 경계가 완전히 무화되는 경지를 보여주는 것이다. 무경계는 에너지의 교환이 이루어지는 전제 조건이다. 주체와 객체, 나와 타자 사이의 이러한 무경계화, 즉 에로티시즘은 생명 에너지로 승화되고 있는 것이다.

정한모 시인이 말한 비인간화와 비자연화는 문명의 병적 표징이며,

---

59) 이승훈, 『사랑시편』 해설.

생명 상실의 현실에 대한 자가 진단이다. 그렇기 때문에 시인에게 자연 회복은 곧 생명 회복을 의미한다. 자연의 정체성을 생명력이 충만한 곳에서 찾고 있는 다음의 시도 같은 주제에 속한다.

뜨거운 눈빛으로
나는 눈멀었는데

귓바퀴에 감기는
더운 속삭임

＜나무들이 봐요＞

뜨거운 입김으로
나는 귀먹었는데

＜……＞

지금은 산을 안고
불타는 바위.

「나무들이 봐요」 중에서

　인간과 자연은 생명이라는 하나의 거대한 그물 관계를 형성하고 있다는 사실을 알고 모르는 것은 엄청난 차이가 있다. 일단 인간과 동등한 유기체로서의 자격이 부여되면 자연은 훨씬 친숙한 대상으로 바뀐다. 자연이 인간과 분리된 존재라는 생각이 개입할 때 자연은 더 이상 인간과 같이 살아있는 생명체로서 대접받을 수가 없다. 자연을 비생명체로 대하기 시작하면 인간은 자연을 그때 그때마다 이용 가치에 따라 대하는 비자연적인 태도를 드러낼 수밖에 없다.

　그러한 관점에서, 자연의 관능적 형상화는 생명체로서의 자연을 부각시키는 데 상당히 효과적이라 할 만하다. 위의 시에서도 산과 바위의 성적인 관계는 자연에게 완전한 생명체로서의 면모를 갖추게 한다. 자연의 관능성은 이처럼 인간이 일방적으로 지배하거나 임의로 파괴할 수 있는 대상으로 자연이 전락하는 것을 막아준다. 산과 바위, 그리고 나무는 자연의 구성체들이다. 이들은 관능성을 통하여 비로소 인간과 친숙한 존재로 인식될 수 있다. 인간이 생명을 보존하기 위해 성이 필요한 존재이듯, 자연도 그러함을 인정하는 것이다.

이처럼, 자연의 관능성은 역동적 생명력과 동질적인 의미를 내포하게 된다. '불타는'은 그러한 발상이 단연 돋보이는 형용어이다. '불타는'은 생명체의 온기를 강하게 담보하고 있는 체온 감각어로서의 의미가 강하다. 생태학은 자연의 생리를 인간과 동질적인 선상에 두는 태도에서 시작되는 것이다. 생태학적 의식을 동반하는 에로티시즘이기 때문에 '불타는 바위'라는 묘사는 성적 충동이 약하다. 이러한 형상성을 통해 궁극적으로 시인이 노리고 있는 것은 생동감 넘치고 활기찬 자연이다. 요컨대, 에코에로티시즘에서의 관능성은 생명욕의 연장선상에 있는 것이다.

그렇기 때문에, 다음 시에서처럼 몸의 관능성은 생명을 연주하는 행위라고 해석할 수 있다. 성을 통해 몸이 연주하려고 하는 것은 곧 생명이다.

> 쾌락의 물결이 흔들어 주는
> 장대 같은 행복의 맨 꼭대기에서
> 깍지 낀 열 손가락이 떨며 졸라매는
> 너의 꿈틀거리는 육체로 하여
> 나의 목숨은 싱싱한 칡덩굴이 된다
>
> 밤하늘을 금 긋고 흘러간
> 稜線의 記憶도

잔디밭에 버려 둔
휴지 같은 꿈도
사랑의 거짓말도
이제는 다 몰아내 놓고
우리 떨며 깍지 끼는
뜨거운 손바닥으로
살아 있는 우리의 生命을 演奏하자

「演奏」 중에서

시의 제목인 '연주'는 생명의 파동이며 에너지에 대한 비유이다. '사랑의 거짓말'은 사랑의 부정이 아니다. 여기서 '사랑'은 '기억'이나 '꿈'과 함께 몸이 빠진 이데아적 삶을 가리킨다. 생명의 통로로서의 몸이 제외된 사랑이 무의미하다는 뜻이다. 나와 타자 사이의 진정한 연합을 이루어야 하는 궁극적인 목적은 생명을 만들어내는 힘에 있다는 생태학적 의식이 잘 반영되어 있는 시이다.

따라서, '뜨거운 손바닥'은 '사랑의 거짓말'과 대립하고 있다. '사랑의 거짓말'은 생명을 낳지 못하는 무의미한 관계를, 반면 '뜨거운 손바닥'은 생명을 낳는 유의미한 관계를 나타낸다. 시인이 상상하고 있는 진정한 관계에 대한 모형이 제시된 시라고 할 수 있다. 이성적이고 이데아적인 사랑에 대해 회의적인 시각으로 해석해서는 안 될 것이다. 이는 모든 관계의 핵심을 생명에 두고 있는 생태학적 관점이 작용한 결과라고 보이기 때문이다.

또한 '뜨거운 손바닥'도 시 「나무들의 봐요」의 '불타는 바위'에서처럼 관능 자체만을 부각하고 있지 않다. '뜨거운'의 체온 감각어 또한 나와 타자 사이에서 생명을 만들어 내는 데 필요한 운동 에너지에 속한다. 관능이 아름다운 연주로 해석될 수 있는 것도 결국은 관능이 생명을 잉태하는 에너지가 되기 때문인 것이다.

잉태 모티프로서의 성(性)과 '아가'의 생명 상징

정한모 시에서 관능적인 자연은 주로 여성과 동일시되어 있음이 특징이다. 자연과 여성을 본질적으로 동등한 성으로 수용하는 태도 또한 전쟁이라는 시대사적 문맥과 무관하지 않다. 남성적, 독재적, 문명의 폭력적 원리가 우세한 전쟁의 현실과 대결하려는 의식들은 심리적으로 여성적이고 자연적인 원리로써 맞서려는 경향이 강하다. 생태학이나 에로티시즘이 어렵지 않게 주제학적으로 통합될 수 있는 이유도 여기에 있다. 그 둘은 생명을 파괴하는 전쟁과 같은 폭력적 현실에 저항한다는 점에서 동일한 세계를 지향하는 담론이기 때문이다.

그 결과, 생태학과 에로티시즘이 동시에 작용하고 있는 에코에로티시즘은 아니마적인 기질을 두드러지게 나타내 보인다. 그렇다면, 전쟁과 폭력의 안티테제가 되는 에코에로티시즘에서는 당연히 여성적이고 자연적인 것을 추구할 수밖에 없다. 아니마는 아니무스의 원리가 너무 우세한 나머지 균형을 잃고 생명력을 상실한 세계에 대한 반작용의 원리이기 때문이다. 아니무스의 지배 아래 있는 세계는 아니마를 통해 힘의 균형을 회복하게 되고 생명력을 다시 되찾을 수 있는 것이다.

그렇기 때문에 그의 시에서 지배적 이미지인 관능성과 대표적 상징인 '아가' 사이에는 분명 주제적 연관성이 있음을 배제할 수 없다. '아가'의 상징적 의미는 관능성과 연결시켜 보아야 그 의미가 더 확연히 드러날 것이다. '아가'는 곧 아니마 실현의 상징이기 때문이다. 이것이 여성의 몸을 통한 관능적 묘사가 결코 남성 중심적인 섹슈얼리티만으로 해석될 수 없는 이유이기도 하다.

달아오른 肉體로
할딱이는 숨결로
뜨거운 입김으로
어둠 속 몸을 비트는
地熱로 沸騰하는 이브들의
와라와라 속에서
솜털 부끄러운
알몸을 드러내고
단단하게 팽창하는
乳頭의 봉우리

「목련」 중에서

죽음에 대한 강박증이 심하면 심할수록 그에 비례하여 생명에 대한 관심도 더 커지게 된다. 알몸은 문명에 의해 파괴되지 않는 자연 그 자체를 상징하는 것이다. 그리고, 알몸은 관능성의 대표적인 표지이다. 그런데, 그 알몸이 변화를 고지할 때, 그것은 에로티시즘이 된다. 그 변화란 생명이 탄생하는 지점이 된다. 알몸은 생명 에너지를 가져오는 운동인 셈이다.

「목련」에서 한 그루의 '목련'이 피어 낸 꽃 무더기들은 '이브'들, 즉 여성들의 몸을 비유하고 있다. 여성과 모성의 환유로 쓰이고 있는 유두(乳頭)를 주목해야 한다. 그것은 여성의 몸을 표징하는 요소이다. 그렇다면, 남성의 몸이 아니라, 굳이 여성의 몸을 선택하여 생명체의 완성을 형상화하고 있는 이유는 무엇일까?

여성의 몸은 생명체의 토대요 잉태의 자격 요건이 된다. 정한모 시에서 '유두' 또는 '유방'은 대개 하나의 생명체가 완성되는 지점을 고지하는 징표이다. 또한 생명은 남녀의 육체적 연합에서 생성되는 에너지의 결과이지만, 그 생명을 지탱하는 기능은 여성의 몸임을 잘 보여주고 있다. 여성의 몸 중에서도 다른 부위도 아니고, '유방'이 이를 잘 설명해 줄 것이다.

> 모든 것은
> 단맛
> 또한 알찬 살이 되기 위하여
> 익어 온
> 가을
>
> 바람이 부는 가을의 창 안에서
>
> 그 비릿하게 단
> 꿈을 씹어 삼키던 입은 자라서
> 눈이 되고
> 손이 되고
> 네 유방이 되고
>
> 모두가 다
> 뜨겁게 젖어 떠는
>
> 「감꽃」 중에서

　'눈'에서 '손'으로, 그리고 '손'에서 '유방'으로의 순차적인 이동은 성장의 단계를 의미한다. 그리고 '유방'은 「목련」에서처럼 성장의 극점을 형상화한 것이다. 성장의 단계는 타자와의 결합을 향해서 진행되고 있다. '눈'에서 '손'으로의 방향은 자아와 타자를 연결시켜 줄 수 있는 확고한 끈이 되는 것이다. 타자와의 결합을 위해서는 손은 필수적인 도구이다. 손은 눈보다 더 상호 신체적이다. 그리고, '손'에서 더 나아가 '유방'은 타자와 더 적극적인 결합을 유도할 신체 부위이다. 마지막 연의 '뜨겁게 젖어 떠는'의 관능적 이미지가 그것을 잘 말해 줄 것이다.

　식물의 생식기인 '꽃'을 '뜨겁게 젖어 떠는'으로 형상화한 것은 상당히 원색적이다. 여기서도 마찬가지로 타자와의 육체적 결합이 곧 '단 맛'과 '알찬 살'로 이어지고 있다. 그것은 곧이어 풍성한 열매, 즉 생명을 잉태할 가을을 향해 있는 것이다. 여성으로서의 원숙한 몸이 되면 될수록 관능성도 극대화되는 것이다. 그리고, 관능성은 생명성과 등가적인 것이다.

「목련」에서처럼, 「감꽃」에서도 감꽃 자체가 여성의 몸으로 비유되고 있다. 그리고, 여성의 몸 중에서도 '유방'에 집중되어 있다. '자궁'이 태아의 생명과 직결되는 곳이라면, '유방'은 '아가'의 생명과 직결되는 곳이다. 자궁보다는 '유방'이 관능성과 생명성을 동시에 드러내기에는 더 적절하다. 그 단적인 예는 정한모 시의 주조적 심상인 '아가'를 통해 잘 드러난다. '유방'은 '아가'를 잉태하기 위한 전제 조건이면서, 갓난 아기의 생명을 지탱할 수 있는 필수 조건이다. 이처럼 여성의 '유방'은 관능성과 동시에 아기의 젖줄을 의미하는 중의법으로 쓰이고 있다.

여기까지 오면 정한모 시의 주조적 심상인 '아가'의 의미적 실체가 드러난 셈이다.

> 땅거미 깔리는 저녁
> 피어오르는 밤안개
> 짙어가는 어둠 속에서
> 산은 산으로 소리없이 다가가
> 두 손을 펴 산의 눈을 가리며
> 가슴을 산의 등에 실리며
> <아가>하고 귓바퀴에 속삭이면서
> 어느덧 하나가 되어
> 밤을 새곤 했습니다.

「산과 산이 있었습니다」 중에서

이 시를 통해 '아가'는 관능적 행위의 결과이면서, 그 행위의 궁극적 대상임을 확실히 엿볼 수 있다. '아가'는 생명의 상징이다. 그런데, 그 '아가'는 몸의 연합이 내포하고 있는 의미를 잘 보여주고 있다. '<아가>하고 귓바퀴에 속삭이면서/어느덧 하나가 되어'가 그 단적인 예이다. 그것은 '아가'를 전제로 한 몸의 갈망이며 연합인 것이다. 즉 '아가'가 전제되지 않은 몸의 연합은 무의미하다는 의식이 내재된 것이다.

다음 시 「섬과 섬이 있었습니다」도 동일한 발상법에 기초하고 있다. 하나의 섬과 또 하나의 섬, 즉 타자끼리의 결합을 통해서 아가라는 생명의 탄생을 예고하고 있는 시이다. 생명을 은유화하는 것은 죽음의 현실에 대응하는 최선의 시적 대안이 아닐 수 없다. 확실히 그것은 삶에 대한 믿음을 유지하는 효과적인 장치라고 할 수 있다.[60] 생명 창조에 대한 유추로서 사랑의 연합은 오래 전부터 인간 역사에서 두드러진 것이다.[61]

밀물이 밀려오는 저녁
발목과 무릎
허리와 가슴과
목으로 차오르는 바닷물에
섬은 비로소 하나로 이어지고

가득 찰랑 넘치는
섬의 절정에서
아가는 소스라쳐
꿈을 깨곤 했습니다.

「섬과 섬이 있었습니다」 중에서

섬과 섬은 바닷물의 양에 따라서 만났다 헤어졌다 하는 존재로 설정되어 있다. 이 시에서 바닷물의 양이 불어나면 불어날수록 관능성도 그에 비례하여 고조된다. 발목에서 무릎, 허리에서 가슴으로, 그리고 목까지 차오르는 바닷물은 섬과 섬의 육체적인 연합을 고무시키는 매개체가 되는 것이다. '가득 찰랑 넘치는/섬의 절정'은 바닷물을 통한 성적 절정

---

60) 전미정, 앞의 책, pp.184-185.
61) Philip Wheelwright, *The Burning Fountain-A Study in the Language of Symbolism*, Indiana Univ Press, 1968, pp.168-169.

의 비유이다. 그리고 절정은 다른 과정들을 모두 생략하고 곧바로 '아가'라는 생명체를 잉태하고 있다. 요컨대, 성애의 행위가 곧 생명력의 생성에 있음을 잘 보여주고 있다고 하겠다.

시인이 밝히고 있듯이,[62] '아가'는 역사 의식이 깃들어 있는 상징으로서, 단순히 소박한 사랑의 시나 아가의 애정이 아니다. '아가'는 인류의 마지막 순간까지 위험으로부터 인간의 가치를 지켜 줄 인류의 마지막 보루 같은 것이다. 그러므로, 초기시에서부터 지속적으로 주제를 응축하고 있는 '아가'는 정한모 시인의 시 정신을 전면적으로 반영하고 있는 소재이다. 시인이 말하는 인류의 마지막 보루는 자연이나 인간이나 생명력으로 충만한 세계이다. '아가'가, 성애적 행위가 승화되는 지점이나, 성애적 행위의 결과로서 생명을 주제화하는 데 기여하고 있음이 그 증거이다.

에코에로티시즘은 생태학과 에로티시즘이 만나서 형성하게 되는 독특한 시적 담론이다. 이를 통하여, 정한모 시인의 시를 일축하던 휴머니즘이 오히려 에코에로티시즘이라는 더 거대한 담론에 속해 있는 주제임을 살펴 보았다.

또한, 에코에로티시즘은 1940년대와 1950년대 식민지와 전쟁이라는 시대적 배경과 무관하지 않음을 알았다. 전쟁은 남성적, 파괴적 원리가 강한 아니무스의 세계로서, 그러한 현실에 대결하는 시적 대안으로서 아니마의 원리에 주목하였다. 그 결과, 정한모 시에서 자연이 왜 여성의 관능적인 몸에 비유될 수밖에 없는지를 알게 되었다. 아니마는 아니무스와 반대로, 여성적, 생명적 원리에 기대고 있기 때문이다. 그렇기 때문에, 정한모의 시에서 성애의 행위나 관능성은 생명력과 결부되지 않고서는 그의 시에서 아무 의미가 없음을 파악하였다.

---

62) 김영철, 앞의 글, p.26 재인용.

　이러한 해석은 정한모 시의 주조적 심상인 '아가'의 의미를 더 심층적으로 이해할 수 있는 근거를 마련한 것이라고 판단된다. '아가'는 시적 출발이면서, 시적 귀착점이기도 하다. 따라서, '아가'에 대한 올바른 해석만이 정한모 시인의 시적 정신과 세계관상을 보다 명징하게 드러낼 수 있는 것이다. '아가'는 그의 시 세계의 근간을 이루고 있는 휴머니즘과 에로티시즘, 그리고 생태학 등의 모든 주제를 집약하고 있는 소재이기 때문이다. 그러한 다양한 주제가 자연스럽게 상호작용을 일으킬 수 있는 것도 모두 '아가'가 상징하고 있는 생명성에 있음을 알게 되었다.

　이러한 정한모의 시적 특질은 한국 전후시의 지배적인 시적 패러다임을 구축할 수 있는 대표적 모델이 되고 있다. 물론 섹슈얼리티라는 예외가 존재하겠지마는, 에로티시즘의 주제에 몰두했던 1950년대 시인들의 시들이 대부분 에코에로티시즘에 속할 가능성이 다분하다고 판단된다. 그 상상력의 모형이 설정기만 한다면, 아마 1950년대 시들은 주제학 측면에서 새로운 시사적 가치를 확보하게 될 것이다. 한편, 이것은 전쟁이라는 문화적인 문맥을 고려해야 하는 문제이기 때문에 사회정신사적 담론으로서도 의미를 지닐 것이라고 판단된다.

물아 일체의 몸 시학

● 이규보와 정지용의 시론 ●

'안으로 열하고 겉으로 서늘하옵기'에 숨겨진 물아 일체의 시론

한국 전통 시학은 보편적으로 생태학적 성향을 강하게 드러내고 있다.[63] 이제까지 생태학의 주제적 접근은 많이 있었으나, 생태학에 대한 시학적 접근은 없었다. 문학의 주제는 어떠한 방식으로라도 형식에 스며있기 마련이다. 주제는 그 형식과 맞물려 일어나는 문제이기 때문이다. 따라서 한국의 전통 시학이 생태학적 정신을 표명하고 있다면, 그것은 분명 어떤 형태로든지 창작 방법이나 시적 형식에 깊이 관여하고 있을 것임이 분명하다.

그러한 생태 시론의 징후가 한국의 현대 시인을 대표하는 정지용의 시와 시론에 나타나고 있다는 점이 흥미롭다. 정지용이 영향을 받았다는 영미 이미지즘이 한시의 영향아래 형성되었다는 사실[64]과 정지용의 사상적 기반이 동양적 고전적 경전과 당송의 문학적 대가들의 작품들에 대한 독서 체험에서 비롯했다[65]는 사실은 그 적절한 예증이 될 것이다. 정지용의 이미지즘은 그의 작시 원리에 비추어 봐서도 서양의 것이라기

---

63) 이에 대한 대표적인 논저로 박희병의 『한국의 생태사상』(돌베게, 1999)을 들 수 있다.
64) 김종길, 『시론』, 탐구당, 1985, p.216.
65) 최동호, 「동아시아 자연시와 동서의 교차점」, 『21세기 문학의 동양시학적 모색』, 새미, 2001, p.53.

보다는 오히려 동양의 시적 원리66)에 가깝다. 그것은 정지용의 이미지
즘이 생태 시론과 접맥될 수 있는 가능성을 보여주는 것이다.

영미 이미지즘으로부터 수용했다고 하는 정지용의 이미지즘이 영미의
그것보다 훨씬 뛰어난 시적 효과를 볼 수 있었던 것이 그러한 단서가 되
기에 충분하다. 영미 이미지즘과 정지용의 이미지즘이 보이는 차이는 그
의 시론의 핵심 원리인 정(情)에서 시작하고도 감정의 절제로 돌아가는
'안으로 熱하고 겉으로 서늘하옵기'에서 찾을 수 있다. 이것은 동양 시론
의 핵심인 물아 일체의 미적 거리에 대한 설명이면서 동시에 생태시학적
원리이기도 하다.

서구시의 세기말적 사상이 무비판적으로 수용된 결과, 20년대 시는
감정의 과잉 노출이라는 문제를 노출하게 되었다. 이러한 데 반기를 든
정지용은 그 대안책으로 감정의 절제를 주장하게 된다. '겉으로 서늘하
옵기'는 대상에 대한 감정의 적절한 조절을 의미하며, '안으로 열하고'
는 대상과의 온전한 결합을 의미한다. 대상은 없고 시인의 감정만 앞서
있는 시들은 미적 거리를 초과한 것이다. 정지용 시인은 대상과 시적 자
아의 적절한 교감을 원했던 것이다. 물아 일체는 시적 자아의 감정이 대
상에 녹아 있으며, 대상이 시적 자아의 감정에 녹아 있어서 한 몸이 되
는 상황이다.

한마디로 20년대 시인들은 미적 거리에서 실패한 경우라고 할 수 있
다. 사실 이미지즘은 시적 자아와 시적 대상의 거리 조절에 있어서 가
장 이상적인 모형을 제시하고 있다. 물아 일체는, 대상인 물이 앞서지도
않으며, 감정인 자아가 앞서지도 않는 조화로운 상태이다. 대상과 감정
이 완전히 이완되지 않으면서도 팽팽하게 맞물려 있는 상태이다. 동양
시학이라고 해도 무색한, 가스통 바슐라르의 이론대로, 세계가 나인지

---

66) 최동호, 앞의 글, p.38.

내가 세계인지 모르는 이 상태가 바로 물아 일체의 경지이다. 요컨대, 물아 일체는 몸의 시론이라고 할 수 있다.

한국의 전통 시학을 통해 접근해 들어가면 물아 일체가 생태학적 창작 방법이라는 사실이 보다 구체적으로 밝혀질 것이다. 여기서는 이규보의 시론을 정지용의 그것과 비교 검토하는 방식을 취하려고 한다. 이규보는 한국 전통 시학의 주류에 속하면서도 박희병이 밝혔듯이 생태 사상을 강하게 표출하고 있기 때문이다.

몸의 기운이 빚어낸 생동하는 시어

이규보는 「백운소설」에서 신어를 지어내야 함을 강하게 주장하고 있다. 전리지는 이규보의 시가 옛사람의 것을 답습하지 아니하고 조어가 모두 신의를 내어 족히 사람의 이목을 놀라게 하니 요사이 세상 사람들의 비할 바가 아니라고 높이 칭찬하였다고 한다.[67] '사람을 놀라게 할 말', '천년이나 남을 말', 이것이 이규보가 자신의 시론에서 주장하는 '신어', 즉 그 자신의 개성적인 표현 방법이다.[68] 이렇게 보면 이규보의 시론이 표현법이나 수사법에 그 핵심을 두고 있는 것처럼 보일지도 모른다. 그런데 다음의 글을 잘 살펴 보면 그 시론의 핵심은 다른 데 있음을 알 수 있다.

> 대저 시란 뜻을 주로 삼는 것이니 뜻을 베푸는 것이 가장 어렵고, 말을 꾸미는 것이 그 다음 어렵다. 뜻은 또한 기운으로 주를 삼는 것이니, 기운의 우열로 말미암아 곧 천심(淺深)이 있게 된다. 그러나 기운은 하늘에 근본한 것이니, 배워서 얻을 수 없다. 그러므로 기운이

---

67) 김경수, 「이규보 시문학 연구」, 아세아 문화사, 1986, p.63.
68) 최경환, 「이규보의 시론과 시에 관한 연구」, 서강대 석사논문, 1983, p.36.

약한 자는 문장을 수식하는 데 공을 들이고 뜻으로 우선을 삼지 않
는다. 대개 문장을 다듬고 문구를 수식하면 그 글은 화려할 것이나,
속에 함축된 심후한 뜻이 없으면 처음에는 꽤 볼만하지만, 재차 음미
할 때에는 맛이 벌써 다한다.[69]

시의 문장을 단순히 수사에 머무는 형태적인 차원에 두지 않고 있다.
그는 시적 표현보다는 오히려 시의 의미를 더 우선시 한다. 시의 의미
는 기운에서 생성하는 것이다. 기운이 없으면 문장이 수식의 차원에서
그치고 시의 깊은 뜻과 맛을 느낄 수 없다는 내용이다.

기운은 이규보의 작시법에서 가장 중요한 요소이며 동양 예술 정신의
극치를 이루는 기본 요소라고 할 수 있다. 정지용도 이규보와 같은 맥
락에서 기운에 대해 말하고 있다. "시인이 구극에서 언어 문자가 그다
지 대수롭지 않다. 시는 언어의 구성이기보다 더 정신적인 것의 열렬한
정황 혹은 旺溢한 상태 혹은 황홀한 사기임으로 시인은 항상 정신적인
것에서 정신적인 것을 조준한다."(「시의 옹호」)에서 말하는 '정신'은 '기
운'과 동일하다. '열렬한 정황 혹은 황홀한 사기'가 바로 기운에 해당한
다.

중국의 예술 정신에서도 기운은 작자가 대상 속에 심취해야만 얻을
수 있는 것으로, 한 작품의 정신이라고 한다.[70] 역시 기교보다는 기운이
더 우선시 되고 있음을 알 수 있다. 우선시 되는 정도가 아니라, 기운이
없으면 기교는 단지 수사적인 차원으로 끝날 뿐이다. 기교가 승화되려
면, 기운을 통하여야 하며, 기운이 없으면 정신의 차원까지 진입할 수가
없다.

그러면, 그 기운은 어떻게 형성되는가. 기운은 물과 자아가 하나의 몸

---

69) 이규보, 「백운소설」, 『동국이상국집(6)』, 민족문화추진회, 1982, p.267.
70) 徐復觀, 권덕주 옮김, 『중국예술정신』, 동문선, 1993, pp.208-245 참조.

으로 이어질 때 일어나는 에너지이다. 기운은 생명체에만 있는 에너지이다. 생명체는 대사 작용, 감각 작용, 지각 작용, 생각 작용이라는 네 가지 작용을 통해 자기 주체성을 발현하고 있다.[71] 이 네 가지 작용은 각각 독립된 운동이 아니라, 몸과 마음의 전체적인 관계 속에 얽혀 있는 것이다.[72] 그러므로 기운은 물과 자아가 만날 때 일어나는 대사, 감각, 지각, 생각의 통합적 작용을 말한다. 질감, 온도, 빛, 소리, 냄새, 맛 등이 몸을 자극하여 일으키는 촉각, 시각, 청각, 후각, 미각, 통각 등의 감각은 대사 작용과 연결되어 있을 뿐만 아니라, 지각을 거쳐 생각이라는 정신적인 영역까지 확장되는 것이다. 몸과 마음은 하나로써 작용하고 있는 셈이다. 그러므로, 몸에서 일어난 기운이 정신적인 차원인 언어까지 새롭게 하는 결과를 가져 올 수 있는 것이다.

이처럼, 시인이 만나서 일으키는 감흥은 몸의 감각적 체험인 물아 일체를 겪지 않고서는 일어날 수 없다. 이규보는 시문을 짓는 데 있어서 무엇보다 중시되는 것이 물에 촉발된 감흥이라 말했을 때에도[73] 대상과의 직접적인 접촉을 전제하고 있는 것이다. 접촉은 몸의 오감을 통하지 않고서는 일어날 수 없다. 그래서 그는 「동국이상국후집 권제 11」의 ‘主文公菊詩議’에서 “詩者, 興所見也.(시란 본 바를 일으키는 것이다.)”라고 말하고 있다. 여기서 본다는 것은 단순히 시각적인 행위가 아니다. 시적 대상인 물과 시인 자신이 상호 신체적인 접촉에 있어야 상호 교감이 일어나며(興) 비로소 시가 된다는 말이다.

이규보가 용사보다는 신의에 더 관심을 두었음을 상기할 때, 그가 시의 근본 원리로 흥과 취를 제시한 것은 당연하다. 용사가 시인의 독서 체험을 근거로 하는 것이라면, 신의는 물아 일체적 체험이 중요하기 때문이다.

---

71) 최봉영, 『주체와 욕망』, 사계절, 2000, p.41.
72) 최봉영, 앞의 책, p.58.
73) 김경수, 앞의 책, pp.58-60.

마찬가지로, 이태준이 글쓰는 사람을 끊임없이 새 언어를 탐구해야 하는 자라고[74] 얘기하면서 정지용의 시를 칭찬한 것도 단지 문체 자체나 수사법 때문만은 아니었다. 생동하는 시어와 표현을 가능하게 한 더 중요한 작시 원리를 언급하고자 한 것이다.

> 문장을 맛나게 하는 것은 허턱 미사여구가 아니다. 날카로운 감각으로 대상에서 무엇이고 신발견, 신적발해내는 것이 있어야 한다. 감각이 있어야 하는데, 이것은 정밀한 관찰없이는 불가능한 것이다. …… 표현이란 뜻 만으로 전부는 아니다. 언어마다, 문자마다 意 이외에 감정과 체격과 신원이 있다.[75]

대상에 대한 정밀한 관찰 없이는 기운이 생동하는 문장은 불가능하다고 주장하고 있는 글이다. 정지용에게 새롭고 참신한 언어와 그에 따른 선명한 회화적 이미지도 물과의 직접적인 교류에서 비롯된 것이다. 여기서 물과 자아의 교류란 몸을 통로로 삼아야만 가능하다. 몸의 통로란 감각 기관을 가리킨다. 대상을 섬세하게 관찰하는 직관력과 몸의 모든 감각을 총동원하여 대상과의 조응적(照應的) 태도를 지녀야 도달할 수 있는 경지인 것이다.

정지용은 초기시에서부터 후기시까지 이러한 회화적 표현을 일관되게 보일 뿐만 아니라, 후기시로 갈수록 그 진가를 한층 더 발휘하게 된다. 초기시에 우세했던 감각적 표현에 정신적 세계가 긴밀하게 조우하고 있기 때문이다. 물아 일체로서 자연을 수용하는 정경 교융의 세계[76]가 바로 그것이다. 정은 감정이며, 그 감정이 오감을 통해 여과되어야 정서가 생겨나는 세계이다. 물과 자아의 '몸'을 통한 결합이라는 점에서

---

74) 이태준, 『文章講話』, 서음출판사, 1988, p.80.
75) 이태준, 앞의 책, p.216, 226.
76) 최승호, 「정지용 자연시에 나타난 情景에 대한 고찰」, 『한국적 서정시의 본질 탐구』, 다운샘, 1998.

또한 정경 교융과도 같다. 융(融)이라는 '녹이다'라는 뜻에서 잘 드러나고 있다. 즉, 정경 교융이나 물아 일체나 자연과 인간, 물과 자아가 몸으로 만나는 몸의 시학이라고 할 만하다.

몸의 생태 시학, 그 가능성

한시는 원래 서경과 서정이 어울려 한 편의 시가 형성되는 것이 보편적인 양상이다. 시경의 대표적인 세 가지 표현인 홍체(興體)·비체(比體)·부체(賦體)를 보면, 사물을 비유하거나 사물이 중요한 시적 소재로 사용되고 있음을 알 수 있다. 이규보에 따르면, 홍체(興體)에서 사물(자연)은 객관적인 자연물이나 정적인 대상이 아니다. 그것은 홍을 일으켜 동화시키고 일체감을 일으키는 대상이다. 사물은 무생물이 아니며, 오히려 인간의 마음을 움직이게 하는 살아있는 생명체이다.

홍체의 표현법이나 물아 일체는 한시의 생태 시론적 가능성을 형성하기에 충분하다. 생태학에서 지구는 생명체로 구성되어 있다. 그리고 지구의 모든 생물들은 생명이라는 유기적이고 평등한 공동체로서 한 몸을 이루고 있다고 생각한다. 생태학이 동양적 세계관과 잘 맞아떨어지는 이유도 여기에 있다. 이것은 서양의 이미지즘과 비교하면 더 잘 드러날 수 있다.

서구의 이미지즘을 개척한 페놀로사나 에즈라 파운드의 경우는, 언어의 시각적 효과에 지대한 관심을 둘 뿐이지, 한시처럼 자연과 시인 사이의 교감에 대한 이해가 전혀 없었던 것으로 추측된다. 그 결과, 이미지스트들은 대상을 직접 다루기만 했지 그 대상과 일치가 된 시인의 정신을 형상화하는 데까지 나아가지 못하는 한계를 드러내고 만다. 그들은 모든 감각을 총동원하여 대상과 하나의 몸을 이루려는 방식을 모르고 있다. 이러한 서구 이미지즘의 한계는 역으로 이규보의 시론이나 정지용의 이미지즘을 생태 시론으로 볼 수 있는 반증이 되기에 충분하다.

이규보의 시론은 중국의 감물언지설(感物言志說)과 동궤에 둘 수 있다. 전국 시대의 「樂記」에 언급된 "人心之動, 物使之然.(사람의 마음을 감동시키는데, 사물이 그렇게 만드는 것이다.)"라는 물감설(物感說)과 「毛詩序」에 언급된 "情動於中, 而形於言.(정이 마음에서 움직여 말로 드러난다.)"라는 언지설(言志說)이 합쳐진 것이 감물언지설(感物言志說)이다.[77]

이규보는 "매양 흥이 날 때나 물(物)에 접촉했을 때에는 시를 읊지 않은 날이 없다"[78]고 고백하고 있다. 시인 자신과 자연의 접촉은 예리한 감각적 체험을 낳고, 사물은 이미지를 통해 구체화되기 마련이다. 이규보가 회화적 이미지를 통해 자연의 경관을 재현한 경우가 많다는 사실은, 그가 강조한 사물에의 감흥이 가져다 준 결과로 볼 수 있다. 다음의 시가 그 예이다.[79]

내 끼고 바람 살랑거려 하늘 침침하니	煙重風微未掃空
인가가 나타났다 없어졌다 하네	人家掩藹有無中
석양 빛이 붉에 타는 금 소반을 홀연히	夕陽忽掛金盤爛
걸어놓은 것같아	
지는 놀 빨갛게 비치는 것 더욱 사랑스럽네	更愛殘霞暎鬪紅

이 시는 이규보가 직접 사물과 교감함으로써 얻은 흥(興)이 낳은 시이다. 노을과 금 소반의 비유적 관계는 당대 시에서 찾아보기 어려운 경우라고 한다. 이러한 회화적 이미지가 시 속에서 창출될 때에는 사물에 깊이 침잠하지 않고서는 불가능한 것이다. 이것은 입묘(入妙)의 단계로서 사

---

77) 이병한 편저, 『중국 고전 시학의 이해』, 문학과 지성사, 1992, pp.11-12.
78) 이규보, 앞의 책, p.256.
79) 최경환, 앞의 책, pp.106-107 재인용.

물에 깊이 잠겨 물아 일체의 경지에 이를 때에 가능한 것이다. 이규보도 '驅詩魔文'에서 이러한 입묘(入妙)의 경지에 대해 언급한 바 있다.

> 달이 무색할 정도로 달의 이치를 밝혀내고, 하늘이 놀랄 정도로 하늘의 마음(天心)을 꿰뚫어 내니 신이 옳지 않게 생각하고 하늘이 불평하도다. (出賽兮月病 穿心兮天驚 神爲之不念 天爲之不平)[80]

신(神)이 놀라고 하늘이 불평할 정도로 사물의 본질을 통찰해 내는 이 경지는 비범한 직관력 없이는 불가능한 것이다. 그래서 이러한 경지에 이른 시는 그만큼 생생하고 선명한 이미지를 낳을 수밖에 없다.

다음 글은 자연에 대한 이규보의 관점을 보다 분명히 나타내 주고 있다.

> 정상적인 것에 대하여 無聲無色하여 無何有의 경지에 들어가면 구름이 나인지 내가 구름인지 알지 못할 것이다. 만약 이같으면 옛사람들이 얻은 바의 실상에 가깝지 않겠는가.(入於無何有之鄕 不知雲爲我耶 我爲雲耶 若是則其不幾於古人所得之實耶)

구름이 나인지 내가 구름인지 모를 물아 일체의 이 경지는 정지용의 시적 특성과 거의 동일하다. 그러나 영미 이미지즘의 창시자들은 한시를 번역하면서도 이러한 동양의 자연관, 즉 자연과 동화하는 방법까지는 체득하지 못하였던 것이다. 정신과 육체의 이분법에 기초한 서구 근대 정신의 한계라고 할 수 있다. 물아 일체, 입묘, 흥, 기운 생동 등은 정신과 육체가 분리되지 않는 '몸' 의식이 없이는 도달할 수 없는 시적 경지이다.

이러한 몸 의식은 인(人)과 물(物)의 관계가 일방적이지 않고 상생적이라는 인식이 없이는 불가능하다. 그것은 물로부터, 그리고 자기로부터 자유로운 허심(虛心)의 세계이다. 그 허심에서 물(物)과 인(人)은 교융할 수 있고, 물아 일체도 이룰 수 있는 것이다.[81]

---

80) 박성규, 앞의 책, p.35 재인용.

정지용은 「시의 옹호」에서, 시인이 불멸하기 위해서는 시학과 시론에 관심을 가져야 할 것과, 동양화론과 서론(書論)에서 시의 방향을 찾을 것과, 경서 경전류를 심독할 것을 주장한 바 있다. 그는 시적 근원을 인간의 성정(性情)에 두고서, 감정적 속성이 시적 동인으로 작용하고 있다[82]는 태도를 취한 것이다. 이처럼, 자연에 대한 깊은 관조나, 그러한 자연 현상을 맞아서 고무되어진 감정 상태를 흥취(興趣)라고 한다.[83] 흥은 '일으키다', '고무하다', '자극하다'의 뜻이고, 취란 '山上之色', '水中之味', '花中之光', '女中之態'와 같은 것으로 비유되고 있다. 그러므로, 흥취는 자연에 대한 깊은 관조와 직관력 없이는 올바로 포착할 수 없어서, 학문에서보다는 자연에서 얻을 수 있는 것이다.[84]

> 시작을 완료한 후에 다시 시를 위한 휴양기가 길어도 좋다. …… 그 보다도 더 좋은 것은 바다와 구름의 동태를 살핀다든지 절정에 올나 高山식물이 어떠한 몸짓과 호흡을 가지는 것을 본다든지 들에 나려가 一草一葉이, 벌레 울음과 물소리가, 진실히도 시적 운율에서 떠는 것을 나도 따라 같이 떨 수 있는 시간을 가질 수 있음이다.[85]

사물이 시인을 촉발하여 감흥을 일으키기 위한 첫 단계는 이규보의 "詩者, 興所見也.(시란 본 바를 일으키는 것이다)"에 있다. 즉, 사물을 관찰하고, 사물에 동화하여야 "나도 따라 같이 떨 수"있게 될 것이다. 따라 같이 떠는 행위는 곧 한 몸이 되는 체험이다. 정지용의 시세계를 허정(虛靜)의 세계라고 평가하는 것도 바로 사물과의 동화라는 측면에서 이해해야 한다. 사물과의 동화는 온 몸의 감각을 총동원해 대상에 몰입할 때

---

81) 박희병, 앞의 책, p.79, 124.
82) 김학동, 『정지용 연구』, 민음사, 1988.
83) 劉若愚, 이장우 옮김, 『중국문학이론』, 범학도서, 1978, p.82.
84) 박성규, 앞의 책, pp.31-33.
85) 정지용, 『정지용 산문』, 민음사, 1993, p.249.

만 가능하다. 몰입은 대상과 자아의 경계를 무화시키며, 대상과 온전한 감정 이입을 이룰 수 있다.

이렇게 사물에 대한 정교한 관찰은 예리한 감각을 작동시켜서 선명한 회화적 이미지를 창안해 내게 된다. 시적 대상과의 온전한 일체감을 겪어야만 뛰어난 이미지를 낳을 수 있다.

> 바다는 뿔뿔이
> 달어 날랴고 했다.
> 푸른 도마뱀떼 같이
> 재재발렀다.
> 꼬리가 이루
> 잡히지 않었다.
> 흰 발톱에 찢긴
> 珊瑚보다 붉고 슬픈 생채기!

정지용, 「바다 9」[86] 중에서

이 시는 독자의 눈앞에 바다의 물결을 옮겨 놓고 있다. 그만큼 생생하다는 말이다. 바다의 물결을 어지간히 깊이 관찰하고, 그것과 융화되지 않고서는 '도마뱀떼'를 연상시키는 탁월한 감각을 얻기는 어렵다. 그만큼 구체적이고 생생한 시적 효과를 얻는다는 것은 주관적인 체험 없이는 불가능하다. 이런 점에서 정지용의 회화적 이미지 산출은 사물에서 촉발된 감흥이 이루어 낸 산물이다.

요컨대, 시적 대상인 바다를 통해 보여 준 시인의 감흥이 단지 수사적인 시적 표현에 그치지 않고 정신적인 경지로 발전하고 있다는 점에

---

86) 「바다 9」는 정지용 시인이 교직에 있던 시절 해도를 직접 제작하는 과정에서 창작된 시이다. 그렇다고 이 시를 관념 속의 바다를 그렸다고 마는 할 수 없다. 이 시를 쓰기 이전에 이미 바다에 대한 충분히 많은 관찰과 체험이 없었다면, 이러한 생생한 묘사는 불가능하다고 판단된다.

서 영미 이미지즘과 다르다고 할 수 있다. '바다'는 객관적이고 외적인 대상으로 재현되는 것이 아니라, 사물과 시인의 경계가 무화되고 있는 경지이다. 이러한 시 세계는 시적 자아가 하나의 몸이 되어 또 하나의 몸인 시적 대상을 만나 물아 일체의 체험을 하지 않고서는 이루어질 수 없다. 그렇기 때문에 이태준이 말한 대로 정지용의 시어가 수식에 그치지 않고 시가 신원과 체격, 즉 기운과 정신을 획득할 수 있었던 것이다.

이처럼, 정경 교융, 물아 일체, 시화 일여, 기운 생동 등의 동양 시론의 핵심적 요소는 이미지즘이 몸의 시학이 될 단서를 제공하는 중요한 열쇠이다. 그리고, 이것은 정지용의 후기시가 동양적 정신을 드러내는 데 성공할 수 있었던 그 기반이 바로 초기의 이미지즘에 있음을 설명하기에도 충분하다.

은유화된 성, 에로티시즘

에로티시즘의 몇 가지 원리들

에로티시즘을 제대로 이해하려면 우선 에로스와 타나토스에 대한 이해가 선행되어야 한다. 에로스(生의 본능)와 타나토스(死의 본능)는 프로이트가 설정한 인간의 두 가지 본능이다. 에로스는 자기보존의 본능, 종족보존의 본능, 자기애, 대상애 등을 내포, 항상 보다 큰 통일을 만들어내어 이것을 유지하려고 하는 충동이다. 반대로, 죽음의 본능, 곧 파괴의 본능은 결합을 해체하고 사물을 파괴하는 충동이다. 그 궁극의 모습은 죽음의 충동이고, 그것은 생동자가 무생물의 상태로 돌아가는 모습 안에서 볼 수 있다고 한다.[87]

그런데, 이러한 프로이트의 견해는 그의 후기 저작에 와서 이루어진 것으로, 그가 계속해서 주장해 오던 에로스에 대한 의견을 어렵게 수정한 것이다. 칼 융은, 인간의 본능을 에로스에만 한정시켜서 생물학적, 신경증적인 각도로만 접근했던 프로이트가 후기에 와서 초기 이론을 수정한 것을 긍정적으로 평가하고 있다. 융은 프로이트가 제시한 두 가지

---

87) 프로이트, 김종호 역, 『문화의 불안』, 박영사, 1974, pp.113-114.

본능인 에로스와 타나토스의 갈등과 긴장의 관계 속에서 삶의 에너지가 나온다는 점을 착안하였다. 이것은 삶의 역동적 에너지와 에로스의 관계에 대한 탁견이 아닐 수 없다.[88]

이러한 견해들은 성행위의 심리에서 끌어온 것이다. 성행위 자체에는 이미 생명과 죽음의 이원적인 에너지가 개입하고 있다. 프로이드는 성을 두 가지 차원, 즉 종의 운명으로서의 면과 개체의 운명으로서의 면으로 나누고 있다. 종의 운명에서 성이란, 자손을 낳는다는 것으로서 그것은 생명의 창조와 생명의 비약으로 이어진다. 그러나 개체의 운명에서 성이란, 양자(남자와 여자)의 통합이며, 양자가 양자의 폐쇄를 통해 제삼자를 배제한다는 점에서 일종의 체감 혹은 퇴보이며, 그 희열은 깊은 잠이 상징하듯 죽음에 이어지는 것이라고 생각해도 될 만한 면이 있다. 이처럼 성에 있어서 종과 개는 극단적으로 서로 반발하는 관계에 있다. 즉 종에 있어서는 성을 통해 하나가 둘이 되고, 둘이 셋이 되며, 세대를 통해서 오히려 무한대로 이어지는 것이지만, 개체의 운명에서는 둘이 하나가 되고, 하나가 죽음으로 이어진다는 의미에서 영(零, zero)으로 귀착하는 감소의 형태를 취하게 된다. 성은 벡터(vecter)의 상반성, 즉 종에 있어서 전진이자 생(에로스)이면서도, 개체에 있어서는 퇴보이자 죽음(타나토스)이라는 깊은 의미로 이어진다.[89]

에로티시즘이 단순한 성적 담론 이상의 철학적 담론의 성격을 강하게 띠는 것도 에로스와 타나토스의 의미론적 역학관계에 기인한다. 그렇기에 성(性)은 동양의 사유의 중핵을 이루어 온 것이다. 동양철학에서도 성(性)은 삶과 죽음이라는 가장 원초적인 문제에서 시작하여 행복과 불행

---

88) C. G. Jung, tr. by R. F. C. Hull, <u>The Eros Theory</u>, *Two Essays Psychology*, London : Routledge & Kegan Paul, 1966, pp.27-29 참조. 에로스는, 프로이트의 후기 이론인 二代(에로스와 타나토스) 본능설과 그것을 해석한 융의 견해에 따른 것이다.

89) R. 베이커, F. 엘리스튼, 이일환 역,『철학과 성』, 홍성사, 1982, p.138.
今道友信, 백기수 옮김,『애론』, 탐구당, 1981, pp.172-173.

이라는 존재 차원의 문제로 확장되고 있는 것이다.[90] 확실히 성은 생명과 죽음을 인식하게 하는 특별한 매개체이며, 생명과 죽음은 존재의 의미를 묻는 일과 연관되는 것이다. 짐승의 성별이 단순한 종족 보존을 위해서 존재하는 것이라면, 인간의 성별은 실존적 문제이다.[91] 즉 인간의 성은 형이상학적이고 존재론적 차원의 문제이다.

요컨대, 성은 이미 그 자체 내에 정신적인 양상을 지니고 있어,[92] 성적 본능 안에는 어떤 형태로든 정신적인 것이 투사되기 마련이다. "우리가 금욕적인 삶을 살 때, 괴로움을 당하는 것은 우리의 육체라기보다는 오히려 정신이다. 이러한 사실은 성욕이라는 것이 처음에는 육체적인 충동으로부터 생겨나는 욕망이기는 하지만, 오직 육체적인 계기들로써만 이루어진 것이 아니며, 어떤 식으로든 정신적 계기에 의해 매개되어 있는 것임을 말해 준다. 그리하여 우리는 가장 동물적이고 가장 저급한 욕망인 듯 보이는 에로스 속에 도리어 정신적 차원이 깃들어 있는 것이 아닌가 하는 예감을 가질 수 있는 것이다."[93]라는 지적도 그와 같은 이해를 뒷받침해 준다.

에로스는 정신적 계기로서의 육체적 본능일 수도 있고, 육체적 본능 속에 깃들어 있는 정신적 차원일 수도 있다. 그렇기 때문에 에로스는 정신적인 차원과 육체적인 차원이 상호 교차하는 과정 속에서만 그 독자적 의미 영역을 구축하게 된다. 인간은 모태를 벗어나 하나의 독립된 생명으로 태어나는 순간에도 아이러니칼하게도 죽음을 의식하고 있다.[94]

---

90) 이정우, 『인간의 얼굴』, 민음사, 1999, pp.100-103 참조.
91) 창세기에서 짐승을 창조했을 때는 하나 하나 그 種을 들고 있을 뿐이다. 그러나 인간 창조의 경우에는 막연하게 인류가 창조되었다고는 하지 않고, 남성과 여성이 각각 존재 양식으로 창조되어, 동시에 고유 명사를 가진 개인적 존재로서 창조되었다고 기록하고 있다.(今道友信, 앞의 책, pp.211-212)
92) 융은, 신경증에 집착한 프로이드의 성이론을 비판하면서, 정신과 본능이 조화를 이루어야 에로스가 번성할 수 있다고 주장한 바 있다.(C. G. Jung, 앞의 책, p.28)
93) 김상봉, 「성과 에로스에 대한 플라톤적 고찰」, 『감성의 철학』, 민음사, 1996, p.274.

즉 탄생의 순간부터 죽음에 이르는 순간까지 생명체로서의 인간은 언제나 죽음을 환기시키며 살아간다. 인간의 모든 체험은 항상 일정한 지점에서 죽음과 생명의 문제로 귀착하게 된다. 삶은 끊임없이 죽음의 의미 주변을 선회하고 있는 것이다. 그래서 인간의 일상사는 끊임없이 죽음과 생명을 의사적으로 체험하는 과정이라고 할 수 있다.

삶은 마치 시시각각으로 생명과 죽음이라는 두 극 사이를 움직이고 있는 시계추와 같다. 그런데, 융에 따르면 그 생명의 에너지는 에로스(성과 생명)와 타나토스(죽음)의 긴장 관계 속에서 생성되는 것이다. 생명과 죽음의 대립의 강도에 따라 삶의 에너지의 양도 결정된다. 시작은 끝과의 긴장 속에서, 생명은 죽음과의 긴장 속에서, 그 에너지를 더 강하게 발산할 수 있다. 그러므로, 에로스는 타나토스와의 대립 위에서 오히려 자기 에너지를 더 확실하게 방출할 수 있다. 에로스와 타나토스는 양립 불가능한 관계이지만, 오히려 그러한 모순적 관계 때문에 삶의 에너지가 생성되는 것이다. 그래서, 에로스는 타나토스와 같은 원주 위를 달리는 운동이라 할 수 있다.

하지만, 에로스와 타나토스는 단순히 생명과 죽음만의 문제가 아니다. 그 의미는 더 포괄적이고 상징적으로 쓰이고 있다. 즉 에로스는 조화나 보존의 의미로, 타나토스는 부조화나 파괴의 의미로 확장되어 쓰인다. 그렇기 때문에, 에로스의 상상력은 조화와 보존을 유지하고자 하는 의식의 산물이며, 타나토스는 조화를 깨고 파괴를 가져옴으로써 에로스를 자극하고 고무시키는 기제가 되는 것이다. 이러한 점에서 볼 때, 타나토스와의 반대 자장 속에서 형성되는 에로스의 상상력은 획일적이거나 단선적인 것이 아니다.

문학이 반대의 의미 자장 속에서 다층적인 의미를 생성하게 되고, 주

---

94) 에릭 올슨 · 립튼 공저, 이일철 역, 『죽음의 윤리』, 文志社, 1982, p.44, 92.

제의 영역을 확장하는 힘을 얻게 된다는 것은 일반적 사실이다. 그렇다면 타나토스라는 반대항을 성립 조건으로 삼고 있는 에로스는 문학에서 중요한 의미 생성의 영역이 아닐 수 없다. 심미적 경험이 반대항의 통합을 통하여 창출된다는 점을 고려한다면, 에로스의 상상력은 한층 중요해지는 것이다. 심미학과 에로틱한 것의 유사한 의미구조[95]를 보여주는 대립짝을 몇 가지 들어보면 다음과 같다. 살아있는/죽어있는, 안정된/위험한, 움직임/정지, 강함/약함, 분열/통합, 위/아래, 켜짐/꺼짐, 안/밖, 분리/융합, 남성/여성 등이 있다. 우리는 여기서 에로티시즘이 어떻게 그렇게 다층적이고 역동적인 의미를 생성하게 되는지를 알게 될 것이다.

현실이 인간성을 지나치게 억압하여 인간에게 죽음 의식을 팽배하게 만들 때, 그 현실과 대극적 지점에 있는 생명이나 영속성에 대한 의식은 평소보다 훨씬 더 고조되기 마련이다. 에로스가 타나토스와 친족적 관계를 지니는 것은 이 때문이다. 죽음을 많이 의식하면 할수록 역으로 삶의 에너지도 많이 방출되는 것이다. 에로스의 상상력 속에는 그러한 에너지의 운동이 투영되어 있으며, 에로스란 생명성과 창조성의 원천적 에너지가 되는 것이다.

그렇다면, 문학에서 성의 문제가 끊임없이 논의되고 있는 현상도 이상한 일은 아니다. 성은 원심적으로 확장되어 있는 탄생과 죽음이라는 두 개의 축을 응집하는 구심적 원리이고, 그 양극 사이의 왕복 운동 속에서 인간의 근원적 의식을 구축하는 에로스의 영역으로 심화되기 때문이다. 바로 이처럼, 에로스에 내재된 생사의 양극적 자장 속에서 삶에 대한 인간의 근원적인 통찰을 엿볼 수 있다.[96]

---

95) Stoller, R, *Observing the Erotic Imagenation*, New Heven : Yale Univ. Press, 1985, pp.52-53 참조. 이를 통하여, 에로틱한 상상력이 지니는 의미 생성의 자질을 충분히 엿볼 수 있다.

96) Joseph Bristow, *Sexuality*, London : Routledge, 1997, pp.8-9, 122.
성이 인간의 내적 의식을 함유하고 있음을 암시한 이론가는 프로이트이고, 그것을

섹슈얼리티와 에로티시즘

에로스와 타나토스의 두 가지 본능을 통해 살펴 본 대로, 다른 동물들과 달리 인간에게 성은 다양한 자신의 욕망을 표출하는 통로가 되는 것이다. 그렇기에 에로티시즘은 섹슈얼리티와 본질적으로 다르다. 섹슈얼리티가 성행위 자체의 의미나 성욕에 관계된 용어라면, 에로티시즘은 성행위에 내재한 인간의 내적 의식을 가리키는 용어이다. 에로티시즘에서는 성행위 자체가 비유의 세계로서, 하나의 사유를 표출하는 방식인 것이다. 에로티시즘이 무한한 의미의 장을 구축하는 이유도 여기에 있다.

바따이유와 함께 들뢰즈나 가타리도 성행위를 통해 인간의 정신을 해명하려고 하였다. 이들은 성적 행위가 왜 삶과 죽음 사이에서 격렬하게 진동하는지에 관심을 가졌다. 이러한 이론들은 프로이트의 두 가지 본능설, 즉 에로스와 타나토스에 빚지고 있는 것이다. 리비도의 모순이 삶과 죽음의 투쟁으로 인해 형성되었다고 주장하는 프로이트의 신념은 섹슈얼리티와 차별화된 성 담론으로서의 에로티시즘에 대한 논의를 형성하는 실마리가 되었기 때문이다.[97]

프로이트의 후계자인 마르쿠제는 섹슈얼리티와 에로스를 구분하려고 했는데, 그때 에로스의 특질이 에로티시즘과 유사하다. 그에게 섹슈얼리티는 생식과 관련이 있으며, 에로스는 존재의 문제와 관련이 있다. 삶의 본능으로서의 에로스는 생물학적 본능의 확장으로서, 섹슈얼리티 그 자체의 의미를 확장한 개념이라 할 수 있다. 에로스는 섹슈얼리티의 양적이고 질적인 강화인 셈이다.[98] 마르쿠제의 에로스는 이처럼 성욕의 차

더 세련된 이론으로 정립시킨 이론가는 바따이유이다.
97) Joseph Bristow, 앞의 책, pp.8-9.

원에서 더 나아가 생존 본능이라는 존재의 영역으로 확장되어 있다는 점에서 에로티시즘이라고 할 수 있다.

아마도 세계와 자아가 가장 조화롭게 연결되어 있을 때, 존재는 가장 만족스러울 것이다. 이러한 존재 기반이 흔들릴 때 자아는 상실감을 느끼게 된다. 즉 세계와 자아가 불협화음을 일으킬 때 자아 상실감이 발생하는 것이다. 에로티시즘은 이러한 상실감에서 비롯되는 세계라고 할 수 있다. 그렇기에, 주술처럼 에로티시즘도 논리적 사유의 차원이 아니라 정서적 사유 차원에서 생각해야 한다. 에로티시즘은 결핍이 없는 완전한 세계의 회복을 꿈꾸는 것이다. 에로티시즘은 현실의 결핍감에 대한 보상적 심리에서 출발하고 있으며, 은유적인 성적 결합을 통하여 정서적 안정감을 획득하고 있다.

이처럼, 에로티시즘은 생을 지속하려는 욕망[99]과 다름 아니다. 에로티시즘은 어머니와 단단히 결속되어 있던 최초의 완전한 자아를 회복하려고 한다. 하지만 실제로 어머니의 몸과의 합일은 현실적으로 불가능하다. 타자와의 성적 결합을 통해서만이 그 결핍을 충족시킬 수밖에 없다. 에로티시즘의 기저에 깔린 거세 콤플렉스[100]가 인간의 성에 생식성 이상의 의미를 부여하게 만드는 것도 에로티시즘에서의 성이 자기 존속의 문제와 밀착되어 있기 때문이다. 요컨대, 에로티시즘은 자기 발현이나 자기 앙양의 리얼리티[101]에 뿌리를 내리고 있는 정신 세계라고 할 수 있다.

---

98) H. Marcuse, <u>The Transformation of Sexuality into Eros</u>, *Eros and Civilization*, New York : Vintage Books, 1962, pp.184, 187-188.

99) 성을 중심으로 드러나는 욕망이 필요로 하는 것은, 섹스의 문제가 아니라 존속의 문제이다. 그래서 펠루스란 욕망의 상징적 기표로서 고유한 것이 된다.(Chatherine Belsey, *Disire : Love stories in Western culture*, Oxford : UK : Blackwell, 1994, pp.55-61)

100) Peter Brooks, *Body Work : Object of Disire in Modern Narrative*, Cambriedge : Havard Univ. Press, 1993, pp.12-13. 거세 콤플렉스는 자신의 욕망과 관련되는 곳(장소)의 주변을 선회하는 구조로 이해해야 한다.

101) 전봉건, 「續 시와 에로스」, 『현대시학』, 1973, 10.

> 에로티시즘은 자기 아닌 것, 자신에게 결여된 것, 자기가 현재 소
> 유하지 않고 있는 것, 자기가 자유대로 할 수 없는 것에의 갈망이다.
> (중략) 에로티시즘은 단순한 육체, 단순한 생리적 만족에의 추구가
> 아니다.[102]

에로티시즘은 상실, 분리, 구속, 부조화 등의 결핍감에서 발아된 자아
가 회복, 통합, 자유, 조화 등을 통해 자기를 충족시키려는 의식의 산물
이다. 이로써 에로티시즘이 궁극적으로 추구하는 세계가 어떠한 곳인지
짐작할 수 있다. 그곳은 조화와 질서와 생명으로 충일한 세계이며, 원초
적 질서가 회복되는 시공간이다.

> 헤시오도스는 에로스를 한편으로는 사랑의 신이라 하고, 또 한편으
> 로는 가장 오래된 여러 신과 인간까지도 지배하는 위력을 가진 신, 우
> 주 혼돈의 질서화의 원리 중의 하나라고 하였다. 이 사상은 파르메니
> 데스 등의 철학자에게로 흘러가서 플라톤의 ≪심포지온≫이 되고 …[103]

무질서, 혼란, 상실에서 벗어나 질서를 욕망하는 것은 원초적 세계에
대한 갈망 그것이다. 이러한 원초적 세계에 대한 갈망이 에로티시즘을
종교적[104]이게 만드는 결정적인 이유이기도 하다. 이러한 종교적 성향
으로 인해 에로티시즘은 인간이 궁극적으로 추구해야 하는 이상적인 가
치들이 무엇인가를 탐구하게 되는 것이다. 에로티시즘은 이러한 면에서,
인간의 자기 완성을 궁극적 목적으로 삼는 문학의 기본 정신과 상통한
다고 할 수 있다. 에로티시즘은 자기 완성의 아름다움을 이루고자 하는
의식을 그 밑거름으로 하는 정신 세계이다.

---

102) 崔斌洪, 朴有鳳 공편, 『철학대사전』, 휘문출판사, 1985, pp.240-241.
103) 『철학대사전』, 학원사, 1973, p.741.
104) 여기서 말하는 '종교적'이라는 용어는 어떤 종교의 형태를 지칭하는 것이 아니라,
    인류가 유전으로 물려 받은 보편적 정신의 윤곽을 드러낸다는 의미로 사용하고
    있다.

이처럼, 에로티시즘이 지향하는 원초적 세계는 온전한 자아와 온전한 몸과 온전한 생명이 외부 세계의 힘에 의해 훼손되지 않고 본래의 질서를 그대로 간직하고 있는 곳이다. 그렇다면, 에로티시즘이 생태학과의 근친적 성향을 강하게 내보이는 것은 너무 자연스럽다. 물론 성이 생명의 의미 반경에서 벗어나지 않는다는 것도 그 이유가 되긴 하겠다. 그보다 더 중요한 것은 원초적 세계가 지닌 생명성에서 찾을 수 있다. 엘리아데에 따르면, 창조 이전의 원초적 상태의 회복이나, 기원의 시간으로의 회귀[105]는 생명에 대한 상징적 반응이다. 에로티시즘에서 추구하는 원초적 세계는 생명을 교집합으로 하여 생태학의 이상적 세계상과 겹쳐질 수밖에 없다. 이미 이 책 1부에서 다룬 생태학과 관련된 작품들이 관능적 성향으로 기우는 현상이 그 좋은 예가 될 것이다.

몸의 지형학

아무튼 "몸의 문제에서 오는 것은 항상 존속하려는 의지로서, 이것은 욕망의 원동력"[106]이 되는 것이다. 그렇기에 에로티시즘의 의미 지평이라 할 수 있는 몸도 자아를 인식하고, 욕망을 만들어 내는 최초의 장소로서만 의미가 있는 것이다. 에로티시즘은 인식론적 충동에서 시작되는 세계이기 때문이다. 몸은 자아/타자, 하나의 성/또 다른 성, 이 종족/ 저 종족, 건강/비건강, 정상/비정상 등이 통합되거나 분리되는 가장 자리, 즉 경계선상에 위치해 있다.[107] 몸은 자아의 위상과 그 정체성을 인식

---

105) 엘리아데, 이은봉 역, 『종교형태론』, 한길사, 1996, pp.532-535.
　　　　　　　　　　　　, 『성과 속』, 한길사, 1998, pp.98-99.
106) N. Frye, *The Double Vision : Language and Meaning in Religion*, Toronto : Toronto Univ Press, 1991, p.41.

하게 하는 장소가 된다. 이렇게 몸은 자아가 주변부/중심부, 상실/회복, 분리/통합, 불완전/완전, 구속/자유, 부조화/조화 중의 어느 위치에 살고 있는지를 확인시키는 기호로서 기능한다. 따라서, 몸은 '지금-여기'라는 시공간적 입지점을 알려주는 자기 인식의 상징적 장소인 것이다.[108]

이처럼 에로티시즘에서의 몸은 단순히 생물학적인 것이 아니라, 세계에 대한 기호적 매개체(vehicle)이다.[109] 몸은 삶이 감추고 있는 비밀스러운 의미를 드러내는 자아 인식의 비유적, 상징적 장소이기 때문이다.

동양의 전통 속에서도 몸은 자아를 지각하는 중추적 토대가 되어 왔다.[110] 기호학에서 기표 없는 기의를 생각할 수 없듯이, 몸을 경유하지 않은 마음은 영원히 이해될 수 없다. 또한 맹자에게서도 볼 수 있듯이, 유가 전통에서 몸은 자아와 세계와의 교통방식이다. 그러므로, '나'는 곧 정신과 육체의 통합체로서의 몸이다. 공동체의 상호 주관적인 시선에 드러난 몸을 통하여 나는 밖으로 드러나고 공동체의 구성원들에게 읽혀지게 된다. 따라서 몸은 기호의 운반체이며, 눈빛과 낯빛은 곧 한 사람의 정신성(기의)이 밖으로 드러난 것(기표)이다. 이런 의미에서 유가 전통의 몸은 자아와 세계와의 교통방식이기도 하다.[111]

---

107) Sidonie Smith, *Subjectivity, Identity, And The Body : Women's Autobiographical Practices in the Twentieth Century*, Bloomington : Indiana Univ. Press, 1993, p.10, 128.

108) N. Frye, 앞의 책, pp.40-41 참조.

109) Veronica Kelly and Dorothea Von Mücke, *Body & Text in the Eighteenth Century*, Stanford : Stanford Univ. Press, 1994, pp.7-9.
　　몸은 문화를 해석하는 중추적 기능을 한다. 인간의 몸은 문화의 의미를 생산하는 심장부이며, 한계와 복합적이고 다층적인 관계를 유지하는 것이다. 그것은 기호이고, 징후를 함축하는 기호적인 사건을 조직하는 모델의 객체가 된다.

110) 이재선, 앞의 책, pp.158-159.
　　이승환, 「눈빛, 낯빛, 몸짓」, 『감성의 철학』, 민음사, 1996, pp.132-169.
　　"동양적 전통에서 볼 때 <나>란 육체와 정신이 분리되지 않은 <몸> 그 자체이다. 중국에서 가장 오래된 사전인 『이아爾雅』, 『석고釋詁』에서는 <몸>은 곧 <나我>라고 풀이하고 있으며, 『대학』에서는 도덕적 수양을 말하면서 <마음수양修心>대신 <몸수양修身>을 이야기 한다."(p.132)

111) 이승환, 앞의 책, p.169.

자기 정체성에 관심을 두는 자전적 경향의 작품에서, 몸은 세계 속에 자아가 거주하는 지형학적 장소가 되는 것은112) 이러한 점에서 시사하는 바가 크다. 이는 또한 몸을 지각력 있는 장소로 삼고 있는 에로티시즘이 자아 회복의 문제와 깊이 연관되어 있는 세계임을 입증해 주는 것이기도 하다.

에로스가 타나토스를 견제하는 의식이라는 점에서도 몸은 중요할 수밖에 없다. 죽음은 인간의 가장 극한적인 한계이며, 그런 인간의 한계를 직접적으로 노출하고 있는 장소가 몸이기 때문이다. 따라서 죽음과의 연관 속에서 삶의 확실한 중심점이 되는 몸113)은 에로티시즘에서 긴요한 의미체임이 분명하다. 삶과 죽음에 대한 갈등은 언제나 몸에 대한 관심으로 집약될 수밖에 없으며 에로티시즘이 몸에 그 연원을 두는 것은 당연하다. 몸은 한계의 징표이면서 동시에 극복의 대상이 되는 것이다.

에로티시즘에서 몸이 중요한 의미소가 되는 또 다른 이유는 성과 관련되는 문제에서 찾을 수 있다. 이미 언급하였듯이, 에로티시즘에서 자아 인식의 자리는 몸이다. 따라서, 에로티시즘에서 성적 욕망은 다른 문제들을 함축한다. 그러므로, 이 성적 욕망 속에 자아 상실과 회복, 육체성 상실과 회복, 생명 상실과 회복 등의 다층적인 의식들이 투사되어 있다는 점을 주시해야 할 것이다. 성적 욕망이 에로티시즘의 상수이며, 욕망의 의미 지평이 몸인 것이다.

---

112) Sidonie Smith, 앞의 책, pp.128-131 참조.
　　이러한 현상은 18세기 서구 소설의 근대적 특징이 사생활에 대한 관심과 그 결과 사생활에서 가장 비밀스러운 몸이 이야기의 구심점이 된 배경과도 무관하지 않다.(Peter Brooks, 앞의 책, pp.28-47, 278 참조)
113) N. Frye, 앞의 책, p.58.

금기와 위반 의식

역설적이게도 성은 언제나 금기를 통해서 자기 영역을 굳건히 한다는 인상을 지울 수가 없다. 바로 이 금기로 인해 성은 에로티시즘의 주요한 의미소가 되는 것이다. 여러 사회문화적 금기 중에서도 가장 억압이 심한 대상이 성이다. 그러나 그 금기가 도리어 자아를 노출시키는 효과적인 기제가 된다. 금기는 억압을 그 본질로 하며, 억압에서 자아가 노출되기 때문이다. 이러한 측면에서, 금기 위반의 정신을 드러내는 데 가장 적합한 방식이 에로틱한 상상력이라는 주장은 설득력을 얻게 된다.114) 금기로 인한 자아의 억압이 크면 클수록 이에 비례하여 금기를 깨려는 욕구도 더 강하게 나타나게 될 것이다.115) 이렇게 하여, 성과 몸은 대표적 금기(결핍)의 장소이며, 동시에 파기(욕망)을 가능하게 해줄 적절한 통로가 되는 것이다. 그리고, 그 금기와 욕망의 변증법적 관계 속에서 자아의 문제가 파생되어 나오는 것이다.

이처럼, 욕망은 억압의 심리에서 생겨나는 것이다. 이 억압은 프로이트에 따르면, 쾌락 원리와 현실 원리의 갈등에서 빚어지는 현상이다.116)

---

114) Michel Beaujour, <u>Eros and Nonsense : Georges Bataille</u>, *Modern French Criticism*, Chicago : Chicago Univ. Press, 1972, p.149, 163.
　　욕망은 금기의 위반을 전제로 한다. 욕망의 성격을 나타내는 말로 에로스성이 가장 적합하다는 주장도 이와 같은 맥락에 놓인다.(다께다 세이지, 『현대사상의 모험』, 우석, 1996, p.216.)

115) Chatherine Belsey, *Disire : Love srories in Western culure*, Oxford : UK : Blackwell, 1994, p.52.

116) 마르쿠제, 김인환 역, 『에로스와 문명』, 대양서적, 1975, p.35.
　　프로이트는 그의 초기이론에서, 억압이 금지와 처벌이라는 사회적 압력과 리비도적 충족의 욕구가 동시에 존재하는 곳에서 생겨난다는 보면서, 본능의 운명인 억압을 사회적인 것으로 돌리고 있다. 그러나 후기에 오면, 초기의 무의식을 이드로 대체한다. 즉 일차적으로 쾌락 원리에 복종하는 이드와 외부세계와 본능을 매개하는 현실 원리에 따르는 자아를 분류하면서, 이드를 비역사적인 인간학적 요소로 보는 입장을 취한다. 그 이후에, 마르쿠제는 쾌락 원리와 현실 원리를 그대 마르쿠제에 와서, 에로스는 본능만의 문제를 넘어서서, 사회의 문제로 더 확장되고 있다. 그에 따르면, 인간의 본능구조는 생물학적 조건들에 따라서 뿐 아니라, 사회적 지배를 유지하기 위한 특수한 조건들에 따라서도 규정되고 있다.117) 현실 원리는 자아를 억압하는 금기이며, 쾌락 원리는 그 금기에 맞서는 욕망이다. 현실 원리의 예로는 전통이며 인습, 지배자, 지배 논리, 이성 등을 들 수 있다. 이러한 제도적 억압이 현실 원리로서의 규범이다. 이 규범이 자아를 쟁점화시키는 계기가 된다. 자아는 억압을 몸의 촉수로 느끼고, 자기를 보존하고자 한다. 즉 자아의 억압은 몸의 상실감을 유도하고 억압 받는 자아에게 세계를 상실, 구속, 분리, 파괴, 부조화와 같은 죽음의 표상으로 인식하게 한다. 에로티시즘은 이 죽음의 심상과 반대되는 극점을 향해 가려는 정신이다. 그 지향점은 회복, 자유, 통합, 완전, 조화 등으로 표상되는 에로스의 세계이다.118) 따라서 에로스의 본능은 반항 심리를 강하게 노출하는 세계이기도 하다.

이 반항 의식이 내면적으로 더 심화되는 시점에서 제의 의식이 가미되는 것이다. 이때 반항은 위반으로 그 속성을 바꾸게 된다. 위반은 물론 반항의 한 형태이지만, 반항이 현실과 반대 방향을 향한 일방적 운동이라면, 이와 달리 위반은 B로 가기 위해 역설적으로 A라는 교량 역할을 필요로 하는 운동이다. 즉, 위반은 A(죽음)을 벗어나 B(생명)를 얻기 위하여 A(죽음)를 도구로 삼는다는 것이 특징이다. 이것은 제의에서 희생제물을 요구한다는 것과 같은 원리에 속한다. 에로티시즘의 두 가지

로 수용하되, 프로이트의 후기 이론의 결점을 보완하여 에로스에 사회적인 문제를 첨가하고 있다.

117) 허창운 외, 『프로이트의 문학예술이론』, 민음사, 1997, pp.108-119.

118) 마르쿠제, 앞의 책, p.122.
마르쿠제는, 압박과 잔학과 고통의 세계인 인간의 세계는 해방되기를 기다리는데, 이러한 해방은 에로스에 의해 가능하다고 주장하였다.

의미축인 에로스와 타나토스는 이러한 제의성에서 최고조의 긴장을 야기하게 된다.

바따이유에 따르면, 위반은 악(evil)과 과도(excess), 그리고 완성, 극치, 죽음(consummation)과 등가적인 것으로 쓰인다.[119] 그렇기 때문에 위반은 제의적 상황을 동반한다. 에로티시즘에서 제의를 동반하는 반항은 굴광성 혹은 향성과 같은 성질을 보이는 심미적인 의식 운동이라 할 수 있다. 향성은 식물의 생장운동의 하나로, 가령 자극이 오는 방향(양성)과 반대 방향(음성)으로 굽어져 자라나는 성질을 말한다. 즉, 줄기는 빛을 향하여 자라고 뿌리는 빛을 피하는 쪽으로 자라는 성질을 말한다. 앞의 것을 양성, 뒤의 것을 음성이라 한다. 물리학자에 따르면, 나방은 불에 의한 죽음을 걸면서까지 태양을 향해 정복해 가는 것이 굴광성이다. 그리스 철학자 앙페도클에서 연유한 앙페도클 콤플렉스는 바슐라르가 『불의 정신분석』에서 제시한 네 개의 콤플렉스 중 하나인데, 이것은 프로이트류의 정신분석학의 입장에서가 아니라, 심미적 세계에서 추출한 콤플렉스로 삶의 본능과 죽음의 본능의 대립을 나타낸다.

철학자 앙페토클은 말년에 스스로 신이 되기 위하여 에트나 화산에 띄어 들어 이 세상과 저 세상을 연결시키며 삶의 본능에서 자신을 파괴, 다시 재생의 기회를 얻으려 했다고 한다. 이러한 콤플렉스는 인간 내면의 원초적인 본성을 보여주는 것으로, 삐에르 장 주브의 뽈리나가 자신이 수녀처럼 순결하기를 바라면서, 동시에 모든 남자들의 주의를 끌고 싶어하는 것도 그런 예이다. 뽈리나는 순결한 불꽃이다. 그녀 자신의 아름다움이 바로 그녀를 유혹하는 불이다. 이것은 오류 속에서의 순결한 죽음의 드라마가 실행되는 것이다. 이것은 에로스와 타나토스의 종합적 실현이다. 따라서, 대립적으로 보이는 에로스와 타나토스라는 두

---

119) Michel Beaujour, 앞의 책, p.149.

개의 본능은 에로티시즘 속에서 결코 반대적 속성이 아니다.[120]

에로스가 생명의 본능이면서도 죽음의 본능 쪽으로 기울어지는 모순적 행위, 그것이 바로 위반이다. 위반의 최고의 극치는 죽음인데,[121] 그 죽음은 유한한 인간에게 있어서 가장 강력한 경계이며 폭력이다. 죽음이라는 폭력에 죽음이라는 폭력으로 맞서 역설적으로 생명을 구가하는 태도가 위반이다.

사랑이나 성이 의사 죽음이라는 상징적 희생을 함축한다[122]는 점에서 볼 때, 성을 상상력의 근간으로 삼고 있는 에로티시즘은 그 자체에 이미 제의의 속성을 지니고 있는 것이다. 今道友信이 성적 결합에서 인간이 체험하는 황홀(恍惚, 엑스타시스, ekstasis)을 본 것도 이러란 맥락에서 매우 유효하다. 엑스타시스란 말의 올바른 의미는 이 세상으로부터 밖에 나가(ex) 서 있는 상태(stasis), 즉 초출(超出)이란 것이므로, 성적 결합이 에스태틱(ecstatic)하다는 것은 곧 어느 의미에서 죽음을 상징한다고 해도 좋을 만하다. 죽음이야말로 생각해 보면 내적 자기가 완전히 육체와 이별해 버리는 것이기 때문이다.[123] 생명과 죽음을 동시에 환기하는 성행위의 특질은 에로티시즘의 제의적 속성을 입증해 주고 있다. 성이 수많은 해석적 여지를 지니게 된 것도 이러한 제의적 특질과 무관하지 않다. 에로스와 타나토스의 긴장 관계는 제의적 양식을 통해 가장 첨예화, 극대화되는 것이다.

---

120) 가스통 바슐라르, 『초의 불꽃』, 1991, pp.74-77 참조.
121) Michel Beaujour, 앞의 책, p.158.
122) 에로스는 아가페와 동일한 속성을 내재하고 있다.(H. Marcuse, 앞의 책, p.192) 에로스가 타나토스와 절대적인 의미짝을 이루게 되는 것은, 사랑의 대표적인 두 가지 종류와 그 성격을 보면 잘 알 수 있다. 사랑은 항상 한 쪽이나 한 부분의 희생을 요구한다는 점을 상기하면 쉽게 이해될 것이다. 그리고 그 희생은 다른 쪽의 삶이나 생명을 살리는 재생이나 순환을 특징으로 한다. 자기 충족적인 사랑이 에로스의 직접적 투사라면, 희생적 사랑은 타나토스를 거쳐서 형성되는 에로스이기 때문이다.
123) 今道友信, 앞의 책, p.157.

죽음은 넘어섬, 즉 초월의 경험임에 틀림없다. 죽음은 신성하고 연속적인 세계로 넘어가는 문턱이기 때문이다.[124] 그래서, 에로티시즘은 이것과 저것, 여기와 저기, 이 세계와 저 세계의 사이에 위치하는 것으로, 이것에서 저것으로, 여기에서 저기로, 이 세계에서 저 세계로 건너가기 위해 필요한 제의[125]와 만난다. 그리고, 이 경계 위반은 불멸성을 갈망하는 생명욕의 표출이자 그 이면에는 최초의 완전한 삶과 통합하고자 회귀 의식을 내포하고 있는 것이다.

---

124) 죠르주 바따이유(1997), 앞의 책, pp.16-22, 49-50.
125) 반 게넵, 전경수 옮김, 『통과의례』, 을유문화사, 1985, p.51.

제 2의 언어, 몸

● 채호기론 ●

왜 에로티시즘인가

90년대 시단의 화두는 몸이었다. 90년대 초반부터 정진규, 정현종, 김지하, 마광수, 채호기, 김언희, 한승원, 이선영 등의 여러 시인들에게 몸은 새로운 의미 지평을 열었다. 이들은 몸을 이성이 지배하는 세계에 대한 전복적 매체로 삼으면서 하나의 담론을 형성하였다. 몸의 잣대로 세계를 수용하고 세계를 해석하게 된 것이다.

90년대라는 특정 세대와 20세기를 마감하는 현시점에서 인문학적인 주요 화두를 생장시켰던 테마가 왜 몸이었는가. 몸은 오랜 기간 서구 전통의 이분법적 사고의 체계 속에서 일방적으로 방치되어 왔다. 그 몸이 거꾸로 과학이나 이성의 도도한 지배에 대항하는 최전방에 위치하게 되었다. 그 이유는 인류가 불안해졌기 때문이다. 생명의 원천이며 존재의 토대인 몸은 그러한 불안을 가장 민감하게 반응하는 장소이다. 죽음에 임박했을 때, 모든 생물은 에로스의 본능을 극대화시킨다. 에로스는 몸을 그 의미 지평으로 삼는다. 그렇다면, 몸의 등장은 죽음의 심리와도 깊게 연루되어 있는 에로스의 본능과 무관하지 않다. 생태학적 담론의 부상도 같은 맥락에 놓이게 된다.

　그런데, 에로스의 본능은 복합적이다. 따라서, 성적 욕망에 중심을 두면 섹슈얼리티가 되고, 그러한 성적 욕망 속에 심리적인 차원이 개입되어 있으면 에로티시즘으로 발전하게 되는 것이다. 따라서, 에로티시즘은 단순히 성행위 자체를 지칭하거나 성의 과열을 뜻하지 않는다. 에로티시즘은 문학이 보편적으로 관심을 두는 삶과 죽음의 문제를 몸을 통해 풀어나가는 정신 세계이다. 에로스가 인간의 또 다른 본능인 타나토스와의 역학적 관계 속에서 그 본질적인 의미를 더 생생하게 드러내는 것도 이 때문이다. 그것은 타자와의 결합은 단순히 성적 결합만을 의미하지 않는다. 에로티시즘은 심리적인 삶의 결과이기 때문이다. 에로티시즘의 세계에서 타자와의 결합은 가장 완전한 자아의 회복을 의미하게 된다. 요컨대, 에로티시즘은 타자를 통한 완전한 자아를 꿈꾸는 세계이다.

　몸을 시적 모체로 삼고 있는 시인들 중에서 채호기 시인이 눈에 띄는 이유가 여기에 있다. 90년대에 『지독한 사랑』, 『슬픈 게이』, 『밤의 공중전화』 등의 시집을 엮은 채호기는 지속적으로 언어와 몸을 시적 화두로 삼아 왔다. 더욱이, 언어와 몸을 중층화시키는 시적 발상법 자체도 문제적이지만, 그 배면에 에로티시즘의 주제를 강하게 담보하고 있다는 점이 더 주목할 만하다. 몸과 성에 관심을 가진 90년대의 대부분의 시들이 섹슈얼리티에 머물거나, 시적 형상화 면에서 성공을 거두지 못했다는 점을 주시할 때, 채호기의 시적 모체가 에로티시즘에 근거하고 있음은 결코 지나쳐서는 안 되는 부분이다. 이제 그의 시적 궤적을 따라가 보자.

소통의 극점, 몸

　채호기의 시는 언어에서 출발하고 언어에서 마감된다. 그러나, 언어는 언제나 부차적이고, 은유적인 대상일 뿐이다. 언어의 커뮤니케이션이 은유화의 근간이다. 언어는 어김없이 몸을 위해서 봉사하고 있다. 그의 시에서 언어화되지 않은 몸, 즉 언어적 형태를 갖추지 않은 몸은 거의 등장하지 않는다. 어떤 문맥에서는 언어와 몸이 완전히 동일한 대상으로 여겨질 정도로 둘의 경계는 무화되어 있기도 하다. 사실 나/너의 소통 매체라는 점에서 언어와 몸은 서로 일치한다. 그러나, 몸은 언어를 매개로 일정한 거리를 유지해야 하는 너/나의 간격을 확실히 좁혀 준다는 점에서, 언어의 대안적 매체라 할 수 있다.

그러나, 그 몸은 단순히 언어의 대체물이 아니다. 몸은 제 2의 언어이다. 언어가 아닌 것으로 언어처럼 부려서 갑자기 외부로부터 자기를 보호하거나 외부와 접촉할 때, 그것은 제 2의 언어가 된다. 그 제 2의 언어가 그의 시에서는 몸으로 실현되고 있다. 시적 자아는 외계나 타자와 몸으로 대화하고 몸으로 소통하고 있다. 유종호가 말한 바 있는, 우리가 위험에 처했을 때 내미는 손은 제 6의 손가락과 제 3의 다리이며, 또한 외부로부터 나를 보호해주는 제 3의 눈과 동질적이라고 한 그 맥락에 속한다.

언어와 몸은 상호 주관성이라는 동질적인 운동을 행한다. 채호기의 시들은 이러한 전제 위에서 시적 토대를 구축하게 된다. 그 운동과 파장은 언제나 자기 외부에 있는 타자를 향해 있으나, 본질적으로는 타자의 흡수 또는 동화를 통한 자기 완성이기도 하다. 언어와 몸은 타자로 상징되는 외부로부터 자기를 보호하는 단단한 껍질 속에 견고하게 자리 잡고 있다. 그러면서도, 타자에 대해 얼마나 유연하게 문을 여는지 모른다. 세상과 불통되고, 타자와 단절된 현대인의 위기 속에서 시인은 제 2의 언어로 말 걸고 있다. 타자와의 관계가 불안해진 극도의 위기 속에서 즉각적으로 몸이라는 제 2의 언어로 시를 쓰고 있는 것이다.

이것은 세기말적 징후이다. 제 2의 언어인 몸은 비명을 지르듯이, 죽음이라는 무의식에 공략 당하자마자 누군가에게로 손을 내미는 것이다. 동물적이고, 본능적인 행동 양식 그 자체이다. 하지만, 인간이 생물인 이상 에로스의 본능에서 결코 자유로울 수 없다. 그 본능은 언제나 타자와의 합일을 꿈꾸는 자에게서 노출되어 나오기 십상이다.

채호기의 「너의 입」을 보자.

> 나는 너의 몸 속에서 사유-에너지로 소화되어 혈관을 통해 피에 섞여 뇌로, 신경으로, 근육으로, 힘줄로 퍼져나가며 네 몸의 **문장**이 되어 네가 한세월을 살아 가는 바로 **그때** 그곳에서 **너-나**인 하나의 개체로 숨쉬고 살아 움직이며 성쇠하는 한 권의 완전한 책이 된다. **그 책 속에 나-너의 실재하는 삶이 있고, 실재하는 살이 그 책이다.**

몸은 이제 한 권의 책으로 변신한다. 몸은 메를로 퐁티의 상호 주관적 관계성을 단단하게 획득하게 된다. 몸이 없이는 나-너의 소통에 기본적 장애가 발생하게 된다. 몸의 장애는 몸의 성장, 곧 삶의 성장을 방해하게 된다. 몸이라는 한 권의 책은 너/나의 상호성에 뿌리내리고 있기 때문이다. 언어화된 몸이다. 몸은 너와 내가 나누던 단어와 그 단어가 빚어낸 문장이 활자화하고 있는 살아있는 물질이다. 마치 화석처럼, 꼼꼼히 새겨진 문장이 다층적 필름으로 현상되고 있다.

우리는 미완성의 존재이다. 지금 이 순간에도 우리의 살 속에는 수많은 문장이 새겨지고, 지금 이 순간만의 나/너를 건축하고 있기 때문이다. '그때 그곳'은 그 당시 '지금 이 순간'이었다. 계속 진행 중에 있는 우리는 계속 삶 속에 새로운 문장을 박아 넣고 있는 것이다. 그런데, 왜 이러한 작업에 시인은 시적 렌즈를 확대 고정시키고 있는 것일까. 그것은 시인이 존재의 위협을 받고 있어서는 아닐까. 그의 시에서 섹스가 죽음의 틈새에 위치해 있는 것도 이 때문이다. 그래서, 사전적 의미의 개체는 재정의되어야 한다. 개체란 나/너의 소통을 전제로 한다. 그러므로, 나는 너와의 관계, 정확히 말해 너와 나눈 언어들 속에서 나는 투명한 존재로 자리매김될 것이다. 결국, 너 없이 나는 존재할 수 없다. 너 없는 나는 무기물의 상태요 죽음의 상태일 뿐이다.

채호기의 시는 제 2의 언어인 몸을 통해서 '나'는 '너'와의 접촉을 시도한 것이다. 인간이 상호 주관성의 존재이기 때문에 타자와의 접촉이 필요하다. 그러나, 지금 나는 그물망의 관계를 이탈해 있다. 그래서 위험한 상황에서 구출해 달라는 신호를 시인은 제 2의 언어로 보내고 있다. 그 신호음은 타자 '너'를 향하여 발신되고 있는 것이다.

몸은 모든 감각 기관을 돌출시키고 있는 장소이다. 그런데, 그의 시에서 모든 감각은 촉각으로 수렴되고 응집된다. 나머지 감각은 촉각을 거치지 않고서는 존립할 수 없다. 심지어, 시각마저도 감각의 투시력으로 작용하게 된다. 이것은 나/너의 점착성을 의식한 시적 발상이다.

> 손이 넘치면 뱀이 되어 파고든다. 송곳이나 드라이브가 되어 뚫고 조인다. 기계가 되어 욕망을 만들어 내고 성기가 되어 생명을 생산해 낸다.
> 그러나 무엇보다 손이 흘러넘치면 눈이 된다. 몸 밖의 사물을 포착하는 눈이 아니라 살과 근육과 뼈와 피 속에 살아 꿈틀거리는 감각을 포착하는 눈!
> 눈길은 거리를 두지만 손길은 강한 접착력으로 언제나 붙어버린다.
> 네 손에 붙어버린 내 몸, 내 몸에 붙어버린 네 손.
>
> 그리움은 눈으로 들고 사랑은 손끝에서 작렬한다.
>
> 「너의 손」 중에서

몸은 모든 감정을 여과하는 장소이다. 감정은 촉각으로 걸러진다. 감각 운동을 통하여 몸은 새로운 체험을 하면서 타인의 몸과 호환하거나 교차한다. 아니면 타인의 몸과 비슷하게 성형하기까지 한다. 물론 그러한 운동은 의식화되기도 하고 의식화되지 않기도 한다. 그러한 타인의 몸, 외부의 몸을 향한 운동은 어떤 대상과의 합일이나 통합을 원하는 제스처이다. 위의 시에서 손길은 접착력을 그 본질적 속성으로 취하고 있다. 손길은 접착력을 상실하면 무의미해진다. 그래서 손은 뱀으로 은유화되어 있다. 뱀은 촉각과 유혹의 육체성을 강하게 상징하는 동물이다. 그 접착은 사물과 사물의 단순한 연결이 아니다. 살과 근육과 뼈와 피의 화학 작용을 일으키는 동인이 되는 순간 손길은 확실히 뱀의 형상성을 획득할 수 있다. 미끈하게 스미는 뱀의 육체적 자질과 끈끈한 유혹성을 상기하면 접착을 시도하는 손길의 이미지가 잘 느껴질 것이다.

그런 관점에서, 채호기의 시들은 90년대의 새로운 시적 조망을 요구하게 된다. '나/너의 소통'라는 시적 화두는 '나/너의 합일'에 대한 기표적 현상이다. 몸은 언제나 나/너의 경계를 그어주는 지표이면서, 나/너를 통합시켜 줄 징표였다. 이들의 시에서 시적 화자인 내가 '너' 또는 '당신'에게 소통하기 위해 보내는 매체는 육체성을 돌출하고 있다는 점이 특징이다. 그러나, 몸은 '너'와 '나'를 지탱시켜 주는 견고한 힘이지만 확실한 형태를 지니지 않은 아우라이기도 하다.

> 입놀림을 통해 인간은 서로서로의 생각을 주고받는다. 그러나 소통의 저 밑바닥, 본질적 소통에는 언제나 섹스가 숨어 있다.
>
> *
>
> 너의 입술은 말하기 위해서 있는 것이 아니다.(…)너의 입술은 입맞춤을 위해 있다. 꽃의 달콤한 입술에 나비가 조심스럽게 내려앉듯이, 나무의 초록 입술에 미풍이 휘감기듯이, 너의 꼭 다문 혹은 벌어진 입술은 그 색깔로, 그 촉촉함으로, 그 말없음으로, 너 자신에 대해 솔직하게 말하고 있다.
>
> 「너의 입」 중에서

우리는 채호기가 왜 언어를 마치 전면 부정하는 듯 보여왔는지를 알 수 있게 되었다. 언어를 통한 대화의 근저에 깔린 욕망이 섹스 때문이다. 그런데, 섹스는 단순히 성행위 이상을 의미한다. 그것은 타자와의 합일을 모색하는 행위이다. 언어는 부정의 대상이 아님이 더 선명해졌다. 오히려, 언어는 몸이 지향하는 모방적 대상이 되고 있기 때문이다.

이 시에서 '입놀림'은 이중 행위를 내포하게 된다. 입맞춤과 대화, 타자와 소통하는 두 가지 방식이다. 그런데, 이 시에서 원색적인 소통 행위는 입맞춤이다. '소통의 저 밑바닥, 본질적인 소통에는 섹스가 숨어 있'기 때문이다. 우리가 타인과 시도하는 소통 속에는 원초적인 욕망이 도사리고 있다. 그래서, '입술은 말하기 위해서 있는 것이 아니다.' 모든 사물과 대상이 육체화되고, 몸의 상상력적 운동을 배태하고 있는 시의 현장에서, 감각이 아닌 이성에만 전적으로 기대고 있는 언어는 생기를 잃기 마련이다. 따라서, 입술은 '입맞춤을 위해 있다'고 할 수 있다. 그런데, 입맞춤은 어디에서 완성되는가. 재미있게도 자신에 대해 말함으로써이다. 그것도 '솔직하게' 말함으로써 입맞춤은 완성되고 있다.

이쯤되면 독자는 이 시가 처음부터 의사 소통과 섹스를 즉 언어와 몸을 동질적인 질료로 다루고 있음을 눈치챌 것이다. 입맞춤과 대화는 더 이상 이중적이지 않다. 동일한 행위이다. 채호기의 시에서 그 둘은 존재 운동이나 그 질료의 속성 면에서도 너무나 닮아 있다. 타인을 향해 존재의 방향을 움직이는 운동이며, 타인과 동화하거나 일체화되려는 질료적 속성에서 그렇다. 이 단계까지의 포착도 물론 쉽지는 않았다. 몸도 언어 조직을 갖추고 있다는 점의 발견이 그것이다.

그러나, 시의 요체는 다른 데 있다. 말보다 입맞춤이 더 완벽한 대화 행위라는 점이 그것이다. 말하기 위한 입놀림 대신에, 촉촉한 촉각을 통해 너는 '솔직하게' 드러난다. 솔직함보다 더 완벽한 소통이 어디 있겠는가. 대화는 언제나 솔직함을 전제로 한다. 솔직함은 타인에게 문을 열었다는 증거이다. 대화와 소통의 극치라 할 수 있는 솔직함이 섹스로 이미지화되어 있다. 타자와의 경계를 허무는 그 출입구가 입술이다. 따라서, "네 몸에는 너의 내부로 들어가는 문이 두 개 있다. 그 중의 하나가 너의 입술이다."

그 입술은 몸과 언어가 동시에 작동하는 곳이며, 이러한 시적 발상법으로 인해 채호기의 시적 문맥은 다층화되고 해독하기 어려운 국면을 조성하여 왔다. 하지만, 애초부터 그들의 시적 의미의 징후는 분명하게 드러나 있었다. 그것은 첫 시집에서부터 세 번째 시집까지 그들의 시는 나/너의 의미축과 분리/통합이라는 의미축이 중층화되어 있는 데서 드러난다. 이처럼, '입술'은 타자와 만나는 창구이며 통로이다. 통로로서의 입술은 상징적 의미를 부여받게 된다. 입술은 구멍이다. 구멍은 변화의 시점을 고지하는 것이다.

에로스와 타나토스, 그 역학성

구멍은 언제나 굴혈이나 동굴의 삶을 살게 된다. 이중적 방향, 역설적 의미 속에서만 구멍은 구멍의 존재성을 지닐 수 있다. 구멍이 허공이나 무가 아니라 동굴이 되기 위해서는 죽음과 재생을 동시에 투영하는 공간이 되어야 한다. 바흐찐이 주목했듯이, 신체의 구멍은 생명과 죽음이 교차하는 지점으로서, 죽음을 통해 생명을 더 부각시키는 역설적 코드이다. 채호기 시에서 입술이 바로 그러한 기능을 떠맡고 있다.

입술은 '나'라는 존재 전체를 흔드는 장소로 원용되고 있다. 우리는 자기의 의지를 주체할 수 없을 정도로 외부의 힘이 과도하게 압도해 올

때, 자기 존재가 흔들림을 체험한다. 흔들림은 변화 직전에 있는 생의
진동이다.

> 양귀비꽃 같은 너의 입술을 먹고 극도로 긴장한 나의 신경은 들판
> 에 풀을 뜯는 소처럼 독이 퍼져가는 온몸을 느리게 움직이며 너의
> 입술을 열심히 뜯어먹는다. 내 몸은 너의 입술에 서서히 중독된다.

이 시의 시적 자아는 극도로 흔들리고 있다. 중독이 바로 그 흔들림
의 표지이다. 중독은 존재의 화학적 작용이다. 나와 전혀 다른 질료가
내 안에 침투하여 나를 바꾸려고 운동을 시작한 것이다. "나는 너의 몸
속으로 들어가려 한다.//(중략)//갈라진 틈 속으로/터진 구멍 속으로//들어
가서는?//낳아/다른 나를 다른 너를 다른 그를 다른 입술을 다른 나무를
다른 물을 다른 귀를 다른 생각을 다른 마음을 다른 영혼을/낳아! 다른
몸을"(「틈, 구멍」)에서도 잘 나타나듯이, 나의 존재는 세포 분열을 하게
되는 것이다. 「너의 입」을 계속해서 읽어 보자.

> 서쪽 하늘에 붉은 입술 시울로 나타나 저녁의 공간을 따뜻하게 뎁
> 히면서 모든 심장에 펌프질을 해대는 노을은 너의 입술이다. 세상에
> 향기 있는 모든 꽃들은, 꽃들을 찾아 돛을 펴고 항해하는 모든 나비
> 들은 너의 입술이다. 음식을 만드는 불, 쇠를 녹이는 불, 집과 산과
> 바다와 하늘을 태우는, 세상 모든 것들을 변화시키고 소멸시키는 불
> 은, 너의 입술이다.
>
> *
> **너의 입술은 다른 세계로 들어가는 입구이다.**

입술에 중독된 결과, 시적 자아는 저녁 공간을 따뜻하게 뎁히면서 모
든 심장에 펌프질을 해대는 노을을, 그리고 돛을 펴고 항해하는 모든
나비들을 구심점으로 원심 운동을 일으키게 된다. 그 운동은 이미 앞에

서도 지적했듯이, 저너머로 향해 가기 위한 문턱 넘기로 수렴되고 있다. 그것은 불이다. 소멸이고 변화이다.

이렇게 채호기 시에서 입술로 기표화된 타자의 몸은 화산의 상징이다. 입술이 지닌 불의 속성은 제의성에 있다. 불은 변화의 질료이다. 만일, 불이 경계의 징표를 내재하게 되면, 그 불은 소멸 이후의 재생을 향하는 상승 운동이 되는 것이다. 삶의 열정으로 화산에 뛰어든 앙페토클의 행동은 제의성 위에서만 합법화될 수 있다. 이 시에서도 너의 입술은 소멸의 지점으로 끝나지 않고, 다른 세계의 문턱이나 통로가 되고 있다. 그것은 의사(擬似) 죽음의 자리이다. '입술은 격정 그 자체다. 죽음 직전에 찾아오는 격정'이기 때문이다. 죽음 직전에 찾아오는 격정은 의사(擬似) 죽음을 체험케 한다. 죽음의 직전까지 이르는 삶에의 충동이 바따이유가 말한 에로티시즘이다.

앙페토클은 살기 위해 화산에 몸을 던져 죽는다. 이 사건은 죽음을 배경으로 더 강하게 빛을 발하는 생명의 힘을 느끼게 한다. 삶의 격정에서 에로스와 타나토스의 겹치기가 역설적으로 자주 작용하게 되는 것도 이 때문이다. 삶에의 본능과 죽음의 본능이 대칭을 이룰 때 앙페토클은 부활하게 된다. 다음 시는 에로스와 타나토스라는 상극의 운동이 그 대척점에서 일체화되는 역학적 관계를 생생하게 묘파하고 있다.

> 나무의 꼿꼿한 성기가
> 나의 질 속으로 들어온다
> 햇빛의 볼륨을 높여라!
> 내 몸을 초록음의 공명으로 부르르 떨게 하는
> 나무의 힘찬 射精!
> 초록 뒤의 더 짙은 초록 겹쳐지는 청록
> 뒤엉키는 녹색 바르르 떨리는 녹색
> 희미한 녹색

출렁이는 초록닢 사이로 비쳐드는 肥皂
죽어도 좋아! 녹색의 황홀경!
죽음을 치고 튀어오르는 섹스!
나무와의 섹스

「햇빛의 볼륨을 높여라」 중에서

  그러나, 섹스를 통한 죽음의 체험은 축자적 의미에서 죽음이 아니다. 죽음을 치고 튀어오르는 섹스, 그것은 삶의 에너지이다. 그래서 '너의 입은 내 몸의 탈출구'가 되며, '너의 입으로 빨려들어간 나는 다시 너의 심장과 내장과 살과 뼈가 되어 이러한 모든 움직임의 동력이 되는 것이다' 햇빛은 나무의 몸 속으로 들어가 나무의 삶을 활기차게 살려 준다. 혹은 나무의 재료가 된다. 그것은 수동적인 삶으로 해석될 소지가 다분하다. 그러나, 타자와의 합일 추구는 에로티시즘 속에서 적극적인 삶의 표명인 것이다. 이 시에서 죽음은 생을 더 강렬하게 발산하고 있다. 에로티시즘에서 죽음은 더 활기찬 생명, 곧 재생을 의미하는 것이다.

  "그대 몸의 캄캄한 동굴에 꽂히는 기차처럼 시퍼런 칼끝이 죽음을 관통하는/이 지독한 사랑//내 자궁 속에 그대 주검을 묻듯/그대 자궁 속에 내 주검을 묻네"(「지독한 사랑」)에서처럼, 죽음은 자궁 속에 다시 묻힌다. 자궁은 삶의 근원이다. 에로티시즘 속에는 자궁 속에 묻히고 싶다는 욕망이 근원적으로 깔려 있다.

  인간은 에로스와 타나토스의 두 가지 본능을 함께 지니고 있다. 하지만, 그 두 가지가 결합하는 정점에서 동질적인 의식의 다른 양상임이 드러난다. 그것은 살고자 하는 욕구이다. 인간이 살고자 하는 욕구가 최대치에 이르는 지점에서 에로스와 타나토스가 혼용되는 것도 이 때문이다. 죽음과 죽임의 본능은 살기 위한 본능의 연장 선상에 놓여 있는 것이다. 우리가 살기 힘들어질 때, 죽고 싶다고 생각하는 것은, 죽음이 가장 편안한 상태를 예견해 주기 때문이다. 죽음은 사실 어머니의 자궁과 같은 존재가 되는 것이다. 반대로, 죽음에 임박했을 때, 에로스의 본능은 급상승하게 된다. 그것은 동물적인 방어인 셈이다.

바따이유가, 성행위에서의 의사 죽음의 체험을 에로티즘이라고 묘파한 것도 자궁 회귀의 욕망을 갈파하고 있었기에 가능한 작업이었다. 이제 에로티시즘에서 에로스와 타나토스의 충동이 중층화되는 것은 자연스럽기까지 하다. 에로티시즘의 시적 형상화에 기대지 않고서는 원초적 삶에 대한 욕망을 그처럼 생생하게 은유화할 수는 없기 때문이다. 채호기 시도 에로스와 타나토스의 긴장이 만들어내는 의미 자장 속에서 에로티시즘의 시적 정신을 구현하고 있다는 점에서 성공적이라 할 만하다.

나-너의 합일, 에로티시즘

이쯤에 오면, 마틴 부버를 떠올릴 수도 있겠다. 채호기의 시에서도 '나'는 나와 완전히 다른 몸을 지닌 '너'와의 완전한 합일을 통해서 '나'의 완전한 상태를 획득하게 된다. 인간에게 최초의 타자는 어머니의 몸이다. 어머니 몸 속에 있을 때 인간은 가장 완전하였다고 해도 무방할 것이다.

모태와의 분리되는 순간부터 죽을 때까지 모든 인간은 나에게 전체로서의 느낌을 다시 만끽하려고 한다. 그래서 인간의 몸은 늘 타자를 향해 열려 있다. 그리고, 그 전체성의 느낌을 가장 명징하게 체험하게 하는 사건이 바로 섹슈얼리티이다. 그런데 섹슈얼리티가 결핍의 심리와 조우하게 되면 에로티시즘으로 진입할 수 있다. 인간이 체험하는 극적인 순간의 하나 하나가, 거대한 물 속으로 물방울이 떨어지는 순간이 아니고 무엇이겠는가. 그 순간이 바로 나와 너가 합일하는 모습을 적절하게 비유한 것이리라.

> 네 속으로 들어가는 순간 너는 내 속으로 들어왔었다. 그걸 알았을 때 내 몸은 네 속에서 거의 사라지고 없었다. 나를, 내 몸을 찾을 수 있을까? 너를 다 퍼내고 남은 발라진 생선 가시일까? 내 몸은, 네 몸이 증발하고 남은 얼룩일까? 너의 살 속으로 들어갈 때 이미 나는 네 몸에 젖어 있었다.
> 물 속의 물방울이여.

「물 속의 물방울」 중에서

에로티시즘은 너와 나의 몸을 통해 너와 나의 모든 것을 하나의 질료로 융해하는 데 뛰어나다. 에로티시즘은 너와 나를 몸의 최고 정점으로 가져가게 한다. 몸의 최고 정점이란 다름 아닌 가장 원초적인 상태를 살게 하는 지점이 된다. 그것은 물방울이 물 속에 섞여 들어가는 순간에 이루어는 것이다. 물방울은 물 속으로 사라지지 않는다. 오히려 물 속에서 완성된다. 나는 너의 희생물이 아니다. 나는 너를 통해 전체로 회복되는 것이다. 전체란 원초성을 함유하는 것이다. 즉 물방울은 개체의 비유이며, 물 속은 너와 온전히 합일하는 순간이 된다. 그래서, 너를 통한 전체의 체험은, 곧 모태와의 합일이 실현되는 우주적 차원으로 확장되는 것이다. 에로티시즘은 이렇게 완성된다.

타자는 가장 원초적인 삶을 되살게 하는 토대이다. 인간은 태어나는 순간부터 불완전한 몸뚱이로 태어난다. 살아가면서 내내 우리가 타자를 그리워하고 기다리고, 그리고 타자를 환기하는 것도 이 때문이다. 그러면 불완전한 자아를 인식하게 되면 왜 타자를 지향하게 되는 것일까. 타자는 나와 전혀 다른 몸을 가졌기 때문이다. 확실한 경계 지표를 지니면 지닐수록, 즉 나와 이질성의 강도가 높으면 높을수록 타자는 더 확고하게 나를 완전하게 할 가능성의 표지를 지닐 수 있다. 불완전한 나에게 나와 같은 또다른 나는 불필요하다. 나와 완전히 다른 너만이 나를 완전하게 회복시켜 줄 대상이 될 수 있다.

우리가 나와 합일할 너를 어느 때보다도 필요로 하고 있는 것도 이러한 에로스의 본능과 무관하지 않다. 그것은 너/나를 분리시키는 소외와 너/나의 관계를 비틀고 있는 비인간적인 문명의 극점에 이르렀기 때문이다. 너를 통해 원초적 평안을 은유적으로 체험하게 할 에로티시즘이 극도로 고갈된 상태, 인류는 심리적으로 죽음을 체험하고 있는 것이다. 채호기 시인이 왜 몸을 제 2의 언어로 차용했겠는가. 삶의 마지막 비상구, 에로티시즘의 시적 통로를 마련하기 위한 것이었다.

성의 기호학적 편력

몸 위에 새기는 욕망

몸은 삶의 호흡 기관이라 할 수 있다. 몸은 자유와 구속, 수평과 수직, 안정과 불안정, 비상과 하강, 평화와 전쟁, 여자와 남자, 생명과 죽음, 기쁨과 슬픔, 처음과 끝, 상실과 회복, 중심부와 주변부, 완전과 불완전, 조화와 부조화, 정상과 비정상, 건강과 비건강, 만남과 헤어짐, 분리와 결합 등에 한시도 쉬지 않고 반응하면서 수많은 욕망이 교차되고 의미가 생성되는 장소이다.

우리는 외부 현실의 변화를 곧바로 몸에 흡수하고 동화하면서 몸에 변화를 일으키며 살아간다. 프로이트가 말하는 신경증은 몸의 변화가 외부 현실에서 오는 억압, 불안, 구속, 소외 등에서 비롯된다는 사실을 잘 보여주는 좋은 예증이다. 그런가 하면, 몸은 외부의 현실을 바꾸는 매체이기도 하다. 수직적인 존재이지만, 공중으로 날 수 없는 인간의 육체적 한계가 19세기에는 풍선을, 20세기 초에는 비행기를 발명하는 동기로 작용했다는 바슐라르의 주장은, 인간의 몸이 수많은 욕망의 뿌리를 내리고 있는 상징적 장소임을 단적으로 보여주는 예증이 될 것이다.

이처럼 몸은 인간의 꿈이나 욕망을 상징적으로 저장하고 있는 장소이며, 그 꿈이나 욕망이 드나드는 통로이다. 동양에서는 고대부터 정신과 육체의 통합체인 '나'를 '몸'과 동격으로 보아 왔다. 몸은 자아와 세계가 관계를 맺는 의미론적 장소라는 이해가 없이는 불가능한 인식이다. 불을 나타내는 연기나 바람의 방향을 나타내는 바람개비가 하나의 기호로 작용하는 것처럼, 몸은 자아인 '나'를 나타낸다는 점에서 하나의 기호로 작용한다. 즉 몸은 '나'의 기호이다.

기호로서의 몸은, 몸을 단지 사고할 수 없는 맹목적인 살덩어리로만 보는 형이상학적 메카니즘을 파기한다. 피터 부룩스도 몸을 의미화하는 예술에서 몸은 기표, 혹은 메시지가 씌어지는 장소로 보고 있으며, 롤랑 바르뜨, 바따이유, 미셸 푸코, 들뢰즈 가타리에게도 마찬가지로 몸은 글쓰기가 행해지는 상징적 장소, 즉 기호로 이해되고 있다.

에로티시즘은 몸을 수많은 욕망들이 교차하고 있는 상징적 장소라는 인식을 기반으로 몸 위에 자기 실존이나 세계의 의미를 각인시키려는 미적 태도에서 출발한다. 성을 통한 몸 위의 글쓰기, 몸글이 되는 셈이다. 이때 몸은 더 이상 생물학적인 대상이 아니라, 자아가 세계와 어떻게 관계 맺고 있는지를 섬세하게 형상화하는 기호적 매체가 된다. 요컨대 성을 의미의 유전 인자로 삼아 가장 비밀스럽고 은밀한 장소인 몸 위에 수많은 의미를 형상화하는 세계가 에로티시즘이다. 이렇게 다양한 의미의 세계가 가능한 것은 성의 기호학적 편력에서 찾을 수 있다. 성이 심리와 관계 맺고 있는 한, 새로운 기호에 대한 본능적 탐색도 그치지 않을 것이며, 앞으로도 계속해서 다채로운 의미들을 양산해낼 것이다. 이렇게 몸 위에 욕망을 새기려는 기호학적 행위가 바로 에로티시즘이다.

생명의 미적 체험

죽음에 직면하여 일으키는 인간의 생물학적, 정신적인 반사 작용이 바로 에로스이다. 극한적인 상황이 일상적인 상황보다 더 도발적인 만큼 시인들은 원색적인 상상력의 세계로 빠져들기 쉽다. 한국 현대시에서 50년대만큼 에로티시즘에 몰입한 시기도 없을 것이다. 송 욱, 전봉건, 정한모, 김수돈, 조향 등이 그렇다. 전쟁은 죽음을 직·간접적으로 체험하는 사건이다. 에로티시즘은 타나토스의 현실을 견제하여 생성되는 상상력이다. 따라서 관능과 에로틱한 이미지들은 죽음 앞에서 일으키는 동물적인 반사 작용이라고 할 수 있다. 그때 에로스는 잉태를 꿈꾼다. 그렇다. "無限한 奇籍같이 푸른 하늘과 바다를 닮아 둥근 당신의 가슴의/흰 부드러움 속에서 나의 두 손은/綠色의 사랑/綠色의 희망이었다."(전봉건, 「薔薇의 意味」 중에서)에서 관능과 사랑의 행위는 녹색의 생명을 잉태하는 힘이다. 철저하게 생명을 결핍하고 있는 전쟁 직후에 왜 그토록 시인이 에로스에 집착하였는지 그 이유를 명징하게 보여주는 시이다.

한편 미적 체험의 동기가 굳이 죽음을 상징하는 현실이 아닐지라도, 나무나 꽃과 같은 자연이 관능의 육체로 형상화되는 곳에서 성은 자주 왕성한 생명력을 표출하게 된다.

> 숲 사이로 당신 깊은 속살 열리고 참나무 묵은 등걸 불끈 솟는 육질 뜨겁습니다 달아오른 골짜기 물소리에 탱탱해지는 바위들, 칠월 당신의 숲은 생명을 떠받치는 힘의 감당할 수 없는 발기입니다
>
> 김윤배, 「7월」 전문

이 시는 7월의 숲에서 생명을 움트는 식물의 몸을 에로틱하게 형상화하고 있다. 육체의 원색적인 변화를 느끼게 하는 '속살', '불끈 솟는 육

질', '달아오른', '탱탱해지는', '발기' 등의 관능적 시어는 숲의 생명력을 환기시키는 데 효과적이다. 관능과 잉태가 어떠한 매개 고리도 없이 그대로 중첩되고 있는 시적 순간이다.

이러한 관능이 우주적인 차원으로 확장되면 생태학적 상상력을 획득하기도 한다. 인간의 몸과 우주의 몸이 네트워크되어 있다는 미적 인식이 그것이다. "金(김)서운니네는 나이는 올해 쉰 하나지만 이 세상에 나서 처음으로 이뻐졌는데, 이른 새벽 그네 房에서 숨어나오는 사내를 보면 새빨간 코피를 흘리기도 하드라구요. 집 뒤 堂山의 무성한 암느티나무 나이는 올해 七百살, 그 힘이 뻐쳐서 그런다는 것이여요."(서정주, 「堂山나무 밑 女子들」 중에서) 성행위를 암시하고 있는 코피는 생명력이 왕성한 칠백살 먹은 나무의 힘에 대한 환유이다. 관능은 생명력의 상징이다.

위의 시와 그 발상법은 같으나 그 생명력을 전염시키는 주체가 자연에서 인간으로 바뀌는 경우도 있다.

> 날이 푸근하고 눈은 부드러워
> 새살인 듯 숲속으로
> 남녀 발자국 한 쌍이 올라가더니
> 골짜기에 기대어 그 짓을 하는 바람에
> 예년보다 빨리 온 올 봄 그 밤나무는
> 여러날 피울 꽃을 얼떨결에
> 한나절에 다 피워놓고 서 있었습니다

정현종, 「늦겨울 눈오는 날」 전문

성적 상상력 속에 깃든 생태학적 미 인식이 돋보이는 시이다. 남녀의 사랑이 봄이라는 우주의 기운을 생성하고 있다. 예년보다 시기를 앞당겨 핀 밤나무의 꽃은 인간의 성행위가 배태하고 있는 생명력의 환유적 매체이다. 남녀의 성행위가 곧바로 나무의 생식기인 꽃을 피움으로써 자연의 생명력을 감각적으로 형상화한 것이다.

생명을 탐구하는 에로티시즘의 시편들 속에서 관능은 성적 탐닉이 아니다. 그것은 생명의 힘, 생명을 잉태시키는 힘, 생명의 세계를 하나로 이어주는 에너지이다.

반항과 위반

몸은 억압에 대해 가장 민감하게 반응하는 장소이다. 현실이 자아를 억압하는 규범으로 작용할 때 자유에 대한 갈망은 증대되고 억압의 심리가 성적인 욕망으로 치환되어 나타나기도 한다. 반항은 금기의 반작용이다. 성은 동서고금을 막론하고 금기의 대표적인 상징이 아닌가. 성적 반항만큼 금기에 대한 원색적인 반항도 없다. 그만큼 성에 기댄 반항은 도발적이다.

> 더럽히고 싶다.
> 한 방울의 피를
> 순결은 육신의 감옥,
> 수인(囚人)으로 남기보다는 차라리
> 창녀로 살고 싶다.
> (중략)
> 아아, 나는 이제 밝은 햇빛을 보아 버렸다.
> 사내와 눈 맞아 가출을 기도하는
> 소녀처럼
> 울타리를 타고 넘어 허공으로, 허공으로
> 내닫는
> 찔레꽃.

오세영의 「찔레꽃」 중에서

속박하고 있는 세계를 벗어나기 위한 가장 확실한 제스쳐가 찔레꽃에게는 순결 파기이다. 창녀를 희구하는 욕망만큼 도발적인 행위가 어디 있겠는가. 성적인 도발의 감행은 가장 원색적인 반항에 속한다고 해석하면 이상한가. 여자들의 무의식 깊은 곳에서 꿈틀거리고 있는 극단적인 반항 심리가 바로 창녀로 전락하고 싶다는 욕망이 아닌가.

이러한 반항의 심리가 더 극단화되면, 위반으로 심화된다. 반항이 평면적이고 단선적인 반항이라면, 위반은 입체적이고 역설적인 반항이다. 반항은 부정적 현실과 반대 방향으로 움직이지만, 위반은 오히려 그 부정적 현실에 온몸으로 뛰어드는 무모성을 발휘한다. 생명을 얻기 위해 오히려 죽음을, 성스러움을 얻기 위해 오히려 속스러움을, 자유를 얻기 위해 오히려 구속을 추구하는 그 역설적 행위가 위반의 본질이다. 이 위반의 세계는 에로스와 타나토스가 종합적으로 실현하면서 에로티시즘의 정수를 맛보게 한다.

> 이토록 둥근
>
> 유방의 성당
> 의 돔
>
> 순교와 배교의 열 두
> 젖꼭지
>
> ……다시 한번 못이 되어 밝혀줄 수 있겠어요, 나의
> 수족에?
> 제탁 위
> 촛대에 꽂힌 채
> 쾌락의 비지땀을 흘리며
> 녹아내리고 있는
> 희디흰
> 양초들
>
> 김언희, 「성당」 전문

가장 거룩하고 성스러운 곳, 그리스도의 몸이라고 하는 교회를 관능적이고 타락한 육체로 전락시키고 있다. 성스러운 장소인 성당(聖堂)을 의도적으로 쾌락에 젖은 육체로 변질시키는 이 시적 발상 속에는 위반과 전복의 의도가 도사리고 있다. 생명을 얻기 위해 죽음으로 상징되고 있는 타락한 현실에 대해 역설적 도전을 감행하는 시이다. 위반과 전복의 세계에 있어서 관능과 성적 요소만큼 효과적인 것은 없을 것이다.

죽음과 제의성

모순이긴 하지만 에로스와 타나토스를 종합적으로 실현하는 에로티시즘에서 성은 죽음을 강하게 환기시키는 경향이 있다. 에로스가 타나토스의 그림자를 끌고 다니는 것은 성의 심리적인 특질이 작용했기 때문이다.

> 내 자궁 속에 그대 주검을 묻듯
> 그대 자궁 속에 내 주검을 묻네
>
> 채호기, 「지독한 사랑」 중에서

> 그 여자의 몸속에서는 그 남자의 시신屍身이 매장되어 있었다 그 남자의 몸속에는 그 여자의 시신屍身이 매장되어 있었다 서로의 알몸을 더듬을 때마다 살가죽 아래 분주한 벌레들의 움직임을 손끝으로 느꼈다 그 여자의 숨결에서 그는 그의 시취屍臭를 맡았다 그 남자의 정액에서 그녀는 그녀의 시즙屍汁 맛을 보았다.
>
> 김언희, 「그라베」 중에서

이 시들은 바따이유가 말한 성행위에서 겪는 심리적인 의사 죽음의 체험을 구상화한 것이다. 에로스는 타나토스를 완전히 뿌리칠 수 없다. 끊임없이 타나토스를 의식해야 하는 것이 에로스의 숙명이다. 죽음을 불사하면서까지 삶을 희구하는 역설적인 태도는 에로티시즘이 아니면 획득하기 힘든 풍경이다. 바슐라르가 말한 앙페토클 콤플렉스이다.

이러한 상상력에 종교적인 속성이 개입하게 되면 이 죽음은 제의적인 국면을 야기하게 된다. 제의는 언제나 현실을 변화시킬 목적으로 행해진다. 성경에서 유일하게 성을 본격적으로 다루고 있는 아가서는 이스라엘 민족이 죽음을 넘긴 기념으로 지내는 유월절에 낭송되던 경전임은 시사하는 바가 크다. 확실히 죽음은 인간에게 성을 의식하게 만든다. 이것은 인류사에 등장하는 보편적인 심리로 작용해 왔다. 그러한 심리를 유전 인자로 계속 보유하고 있는 정신이 바로 에로티시즘이다.

> 어찌하야 나는 사랑하는 자의 피가 먹고 싶습니까
> 雲母石棺속에 막다아레에나!
> 　　　(중략)
> 임우 다다른 이 絶頂에서
> 사랑이 어떻게 兩立하느냐
> 해바래기 줄거리로 十字架를 엮어
> 죽이리로다. 고요히 침묵하는 내닭을 죽여…
>
> 서정주, 「막달레마리아」 중에서

관능성의 극대화된 표현으로서 살기성이 등장하게 되면 에로티시즘은 그 의미층을 두껍게 한다. 사랑하는 자의 피가 먹고 싶다는 탐식욕을 단순히 비틀린 욕정이라 말할 수 없다. 죽음과 희생의 요구 뒤에는 궁극적으로 죽음 너머에 존재하는 연속성의 세계에 대한 희구가 깔려 있는 것이기 때문이다.

모태회귀 혹은 환상성

피터 부룩스는 모든 욕망은 기본적으로 하나의 육체, 즉 유아기에 있어 행복의 원천이었으나 성장함에 따라 영원히 잃어버린, 어머니의 육체에 대한 욕망임을 암시하는 듯하다고 말하고 있다.

> 나 이제 그대의 몸 속으로
> 내 몸을 밀어넣어
> 그대와 한몸이 되느니
> 그대의 자궁 속에 웅크려
> 그대의 살과 피로
> 新生을 꿈꾸겠네
> 그대여 내 껍데기여

채호기, 「몸」 중에서

요나 콤플렉스의 발동이다. 그대의 몸은 나를 감싸고 있는 자궁, 나를 새로 태어나게 하는 모태의 의미 그 이상이 아니다. 따라서 그대와의 성행위는 모태 회귀의 은유적 행위가 된다. 이러한 모태 회귀의 본능은 나르시시즘의 한 실현이라는 점에서 환상성으로 심화되기도 한다.

> 당신의 소라고둥 같은 내부로 들어서면 저는
> 연기도 없이 어지럽게 타오르고 당신은
> 용수철 같은 탄력으로 저를 안고
> 은하 동굴 * 속으로 날아오릅니다
> 굴절하는 태초의 빛이 됩니다.

한승원, 「금잔디」 중에서

은하동굴은 블랙홀이다. 강력한 중력장이 되어 당신은 블랙홀이 물질을 흡수하듯 나를 흡수한다. 성적 매료의 힘이 얼마나 강한지는 블랙홀의 비유로 충분히 드러난다. 당신과 나의 성행위는 블랙홀과 태초의 빛이 만나는 자리이다. 블랙홀과 태초의 빛은 우주 탄생의 순간에 있었던 두 가지 물질이다. 당신의 몸은 나에게 우주가 탄생하는 태초의 순간을 창조하는 공간이다. 내 몸은 연기도 없이 어지럽게 타오르고, 탄력으로 어둠 속을 날아오르고 태초의 빛으로 변화하는 환상적 변신을 경험하고 있다. 이 시에서 당신의 몸은 우주의 모태이기도 하다.

> 끝모를 고요와 가벼움을 원하는
> 어떤 것이 내 안에 있다
> 한없이 가라앉았다
> 부풀어오르고,
> 다시 가라앉았다
> 부풀어오르는,
>
> 무게 없는 이것,
> 이름할 수 없이 환한 덩어리,
> 몸 속의 몸, 빛의 몸

최승자, 「연인들 3」 전문

이 시도 부유하며, 형체도 없고, 무게도 없는 이미지의 묘사를 통해 꿈과 같은 환상적인 몸을 형상화하고 있다. 그 모호하고 정체 불명의 몸은 그러나 분명 빛의 몸이다. 빛으로 꽉 들어찬 몸은 얼마나 이성을 눈멀게 하는가. 게다가 그 몸은 몸 속의 몸으로서, 경계로서의 이성의 세계를 무화시키는 공간이다. 연인들끼리의 몸은 그렇게 환상적인 세계를 여는 통로이다. 태초의 세계이며 모든 생명의 모태인 빛의 세계로 서로를 인도하는 몸이 되어 준다.

대화, 소통의 한 방식

입놀림을 통해 인간은 서로서로의 생각을 주고받는다. 입놀림은
말을 생산하고, 말은 서로의 소통을 낳는다. 그러나 소통의 저 밑바
닥, 본질적 소통에는 언제나 섹스가 숨어 있다.

채호기, 「너의 입술」 중에서

입은 몸의 최전방에 위치하면서 세계와 경계해 있는 장소이다. 또한
사람의 몸에서 입만큼 원초적인 장소가 어디 있을까. 사람들이 타자와
대화할 때 입은 미세한 진동을 일으킨다. 조광제가 간파했듯이, 타자와
세계에 대한 반응으로 떨리는 몸 전체의 진동이 입술을 통해 전달되는
것이다. 입의 떨림으로 나와 타자의 몸은 서로서로 연결되고 있는 것이
다. 입은 그러니까 타자와 세계와 몸 섞는 통로이다.

물론 타자와의 소통을 가장 확실하게 실천하는 방법은 섹스이다. 위
의 시를 거꾸로 해석해 볼 수도 있다. 그러면 섹스의 궁극적인 목적이
대화나 소통에 있음을 알 수 있다. 섹스는 자기를 열고 타자와 소통하
는 대화의 양식이다. 입은 구멍이다. 구멍의 존재 양식은 열려 있음이
다. 입은 타자와 만나기 위해 열려 있는 구멍이며, 타자와 접촉하는 문
이다. 입은 타자와의 만남이 이루어지는 장소를 상징한다.

타자와의 소통이나 대화를 추구하는 한 방식으로서의 몸 섞음은 자기
존재 확인과 다름 아니다. 이러한 맥락에서 외로움과 소외감과 단절감
을 극복하기 위해 타자와 합일을 추구하는 것은 에로티시즘의 본질이라
고 할 수 있다.

내 몸에서 나가지마
눈썹이 닿고 입술이 닿고

음부 가득 득실거리던 꿈들이 닿았는데
서릿발 같은 인생
겨우 겨우 달랬는데
나가지마
시커멓게 열려 있는 비존재들,
그 허공 속으로
우린 연인들이야

김상미, 「연인들」 중에서

서릿발 같은 인생은 온기가 없는 외로운 몸을, 시커멓게 열려 있는 비존재들은 죽어 있는 몸을, 허공은 비어 있는 몸을 환기한다. 그 결핍의 지표만 있는 몸은 타자의 몸과 닿기를, 접촉하기를 열망하는 것은 당연하다. 몸이 타자로 채워져야 할 하나의 구멍으로 인식되고 있다. 연인들은 상대의 허공을 채워 주며, 비존재에 존재감을 부여해 주는 타자들이다. 타자와의 접촉 부재는 차가움이고 어둠이고 비어 있음이고 무존재이다. 즉, 타자와의 접촉은 따스함이고 빛이고 채워짐이고 존재이다.

웃음, 축제, 카니발리즘

성은 확실히 축제와 어울리는 구석이 있다. 축제는 즐겁지 않고 살아 있지 않으면 축제가 아니다. 성을 즐거운 행위라고 인식할 때, 축제와 성이 어울리는 것이다. 망(亡)한 것에서는 도저히 흥(興)을 느낄 수 없다. 생명력의 젖줄인 흥을 느낄 수 있는 곳이 축제이다. 그리고 즐거운 성행위는 축제의 흥을 돋구는 데 단단히 한몫 한다.

어지러운 축제판이다.
술에 취해 비틀대는 산,

연초록 쇼올에
싱그런 피부를 감춘 채
나무는 나무끼리
풀잎은 풀잎끼리
밀어를 속삭이고
입맞추다 들켜 낯 붉히는 산,
좌중은 온통 웃음판이다.
오랜 快別에서 돌아와
해후의 희열에 들뜨는 봄,
은잔 부딪치는 소리로
쨍!
먼 계곡 얼음장 깨지는데
황홀한 이 봄날 어쩔 수 없어
절벽은 또 한번
금가고 있다.

오세영, 「절벽」 전문

축제의 생명은 웃음이다. 웃음은 살아있다는 증거이다. 웃음은 확실히 굳은 것을 풀고, 닫혀 있는 것을 열고, 언 것을 녹이면서 생명을 불어넣는 기능이 있다. 밀어와 입맞춤으로 산은 온통 떠들썩하고 그 흥으로 절벽마저 금가게 하는 그 생명력은 웃음에서 나오는 것이다. 성과 웃음의 기능은 생명력에 있다.

이러한 축제가 급진적이고 반항적인 성격을 띠면 카니발리즘의 세계로 진입하게 된다. 반항과 위반의 심리를 강하게 내포고 있는 에로티시즘과 카니발리즘의 만남은 이미 예견된 것이다. 앞에서 다룬 시들에서 성이 진지한 대상이었다면, 카니발리즘을 시적 장치로 원용하고 있는 에로티시즘에서 성행위는 웃음을 유발한다. 카니발이 라틴어의 어원상 '홍겨운 몸'을 표현하는 것이라면, 생명을 창조하는 몸은 가장 홍겨운 몸, 웃음을 유발하는 몸이 아니겠는가.

이러한 희극적 에로티시즘은 송 욱의 시에서 지배적으로 나타난다. "賣淫 手淫하다/超脫 脫臼하다/少女를 꿈꾸다가,/아아 새로운 不平은 해묵은 不穩!/皮相을 對自를 愛撫하다/實相에 卽自를 射精한다."(「해인연가 9」 중에서) "슬기로운 無花果나뭇 잎/치마를 벗고,/하늘이 물구나무/선 땅이라,/銀河가 흐르는 넓적다리며,/骨髓에서 솟아 오는/붉은 太陽이여! 부끄럼이여!"(「하여지향·貳」 중에서) "노란 저고리/다홍치마가/머리 위서 굿을/生殖器처럼 해서 깨면/(중략)/세계가 뒤볼 땐/肉體가 뒤집히어/실밥이 난 靈魂이여"(「하여지향 九」 중에서)

카니발리즘은 억압된 본능의 분출로서, 성적 방종과 체제 전복적 행위들이 주축을 이루는 축제이다. 이런 류의 시들은 경전의 문구나 격언 등에 음담 패설을 시도함으로써 기존의 가치를 하락시키거나, 신성한 것들을 격하시키는 특징이 있다. 가치 전도를 시도한다는 것은 세상에서 인정받는 가치와 기준을 웃음거리나 조롱거리로 격하시키려 한다는 점에서 다분히 위반적이다.

카니발리즘이 웃음의 원리를 빌리는 목적은 무질서를 통해 질서를 가능케 하기 위해서이다. 베르그송에 따르면, 웃음은 경직된 것, 틀에 박힌 것, 기계적인 것을 유연한 것, 변화하는 것, 생동적인 것으로 교정시키는 기능이 있다. 웃음은 세계를 무질서화시키면서 질서와 변화를 가져오게 하는 전복적 장치이다. 그리고 그것이 분뇨와 만나게 되면 그 무질서는 더 증폭된다. 이때 무질서화시키는 중요한 도구는 몸의 생식기 주변에 몰려 있음이 특징이다. 무질서가 생명의 원동력이 되고 있다는 예증이 될 것이다.

옛날에 新羅 적에 智度路大王은 연장이 너무 커서 짝이 없다가 겨울 늙은 나무 밑에 長鼓만한 똥을 눈 색시를 만나서 같이 살았는데, 여기 이 마누라님의 오줌 속에도 長鼓만큼 무우밭까지 鼓舞시키는

무슨 그런 신바람도 있었는지 모르지
　　　　서정주, 「小耆 李 생원네 마누라님의 오줌 기운」 중에서

　이 시는 성행위가 오줌과 똥이라는 분뇨와 대칭적 관계로 엮어지면서 웃음의 원리를 효과적으로 사용하고 있다. 분뇨와 성행위가 어울려서 자아내는 웃음의 의미는 무엇일까. 무질서이다. 배설의 장소와 성적 행위가 이루어지는 장소는 외부와 신체의 경계 지점에 위치해 있다는 점에서 예사롭지 않다. 경계는 확실히 외부의 변화에 자주 흔들리는 지대이다. 성을 웃음의 대상으로 전락시키는 이러한 희극적 에로티시즘 저변에는 경직되고 고착화되어서 더 이상 생명이 느껴지지 않는 세계를 뒤흔듦으로써 더 새롭고 생명력 있는 세계를 건설하려는 욕망이 깔려 있는 것이다. 시집 『질마재 신화』의 도처에서 분뇨와 성의 세계가 뒤죽박죽 연결되면서 웃음을 생성하는 카니발리즘, 즉 희극적 에로티시즘을 쉽게 접할 수 있다.
　이처럼 진지한 대상으로 성이 다루어지든 혹은 희극적 대상으로 다루어지든, 세계를 타나토스로 인식하고 그 세계를 상징적 에로스로 회복시키려는 욕망의 세계가 에로티시즘이다. 에로티시즘이 이렇게 입체적인 의미망을 확보할 수 있는 것도 기실 따지고 보면, 몸 자체가 지닌 심리적, 존재론적 특징에 기인하기 때문이라고 정리할 수 있다.

전쟁, 아니마, 연금술

6·25 전쟁과 시적 함수

6·25 전쟁은 많은 작가들에게 전쟁이라는 중요한 창작의 과제를 부여하게 되었다. 종전 직후의 시기나 전쟁을 겪은 세대의 작품에서 전쟁과 관련된 소재나 주제는 어렵지 않게 찾아볼 수 있다. 그래서 1950년대 전후로 작품 활동을 시작한 시인들에게 전쟁은 단순한 소재 이상의 의미를 지닌다. 그들에게 전쟁은 창작의 원체험[126]이라고 할 만하기 때문이다.

죽음은 생명에 대한 관심을 극대화시키는 비일상적 체험의 대표적인 경우에 속한다. 이렇게 죽음의 현실 앞에서 생명을 시적 대안으로 내세운 최초의 예를 한국 시사에서는 『시인부락』을 중심으로 한 생명파에게서 찾아볼 수 있다. 식민지에서 절실하게 느끼는 고독, 죽음, 유한성 등의 문제를 생명파[127]는 생명을 통해 초극하려 하였다. 이들 이후에 한국 시사에서 생명이 쟁점으로 떠오르게 된 또 하나의 시기가 1950년대이다.

---

126) 고 은, 『1950년대』, 민음사, 1973, p.13.
127) 오세영, 『20세기 한국시 연구』, 새문사, 1989, p.218.

그러나, 6·25 전쟁을 체험한 모든 시인이 1950년대의 정신적 특질을 담보하고 있다고 쉽게 단정지을 수는 없다. 또한 특정한 시기에 편중하여 전쟁 체험을 작품에 수용할 수는 있지만, 지속적으로 전쟁을 창작적 모체로 삼는 경우도 드물다. 그렇기 때문에, 전쟁을 원체험으로 삼아 평생 풀어야 할 시 작업의 과제로 삼은 전봉건 시인의 시는 그 자체만으로도 충분한 의미를 지닌다고 할 수 있다. 그는 직접 한국 전쟁에 참전하여 부상을 당한 장본인이면서, 그 전쟁으로 자기 친형을 잃기도 하였다. 이러한 개인사적이고 가족사적인 상처는 그가 전쟁을 시적 원체험으로 삼기에 충분한 여건을 조성하게 된다. 그리고, 그러한 체험을 60, 70년대까지 계속해서 창작적 모체로 삼고 있다는 점만으로도 충분히 주목할 만한 가치가 있는 시인이다.

하지만, 이렇게 전쟁의 체험을 평생의 시적 탐구의 과제로 삼았다는 그 작업의 내용 자체만 가지고 시의 가치를 가늠할 수는 없는 일이다. 중요한 것은, 그러한 꾸준한 작업을 통하여 그가 전쟁을 체험한 세대의 전형적인 정신적 특질을 보여 줄 만한 독자적인 시 세계를 구축하고 있느냐 하는 문제이다.

이러한 관점에서 볼 때, 전봉건의 시는 충분히 문제적이라고 할 수 있다. 6·25 전쟁의 체험을 토대로 형성된 그의 시는 개별적인 작품 세계를 넘어서서 보편적인 정신 세계를 담보하고 있기 때문이다. 그의 대표적인 시적 원리가 되는 아니마 실현, 연금술의 수사법, 그리고 에로스의 상상력이 그 예증이 될 것이다. 이 세 가지 시적 원리는 초기시부터 후기시까지 생명 회복을 주제화하는 데 일관되게 기여하고 있으며, 전쟁이라는 죽음의 상황을 극복하기 위한 현실 응전의 시적 방식이 되고 있다.

이 세 가지 원리에는 전쟁을 시인이 어떻게 수용하고 있는가 하는 내용은 물론, 그 전쟁으로 인해 형성된 시인의 기질, 그리고 다른 시대와 변별되는 그 시대만이 지닌 보편적인 시 정신이 반영되어 있다. 따라서, 전봉건의 시는 1950년대 시의 정신적인 한 단면이라고 할 수 있다. 이와 더불어, 전쟁이 성과 관련하여 인간 정신에 끼치는 보편적인 영향에 대한 탐구가 되기도 할 것이다.

아니마 실현을 위한 여성의 몸

일반적으로 아니마[128]는 고유한 여성적 특질을 일컫는다. 아니마의 지향은 아니무스가 지닌 결핍에서 나온 심층적 욕망이다. 인류의 타락 이후에 상실한 남녀 양성[129]을 다시 회복하려는 아니마의 심층 심리 속에는 원초적인 질서 회복과 완전성에 대한 열망이 자리잡고 있다. 그런데, 이러한 아니마의 본능이 왜 전쟁 상황 속에서 더 적극적으로 표출되는 것일까. 이는 전쟁을 문명의 폭력적 힘, 즉 남성적 논리로서 이해하고 있다[130]는 예증이 아닐 수 없다. 전쟁을 겪은 시인이 표출하는 아니마의 본능은 아니무스의 현실에 대한 반작용의 결과이다.

요컨대, 여성을 향한 열망 이면에 함축된 시인의 욕망이 무엇인지에

---

128) 아니마의 실현은 이상, 조화, 완전을 상징하는 것이다. 아니마와 아니무스는 칼 융이 심층의 여성과 남성을 가리키기 위하여 처음으로사용한 명칭이다. 아니무스에 의해 특징 지워지는 남성도 여성의 특성인 아니마를 갖고 있으며, 아니마에 의해 특징 지워지는 여성도 남성의 특성인 아니무스를 갖고 있다고 한다. 즉 여자의 아니무스는 이상적인 남자를 향해 투사되며, 남자의 아니마는 이상적인 여자를 향해 투사되는 것이다.(가스통 바슐라르, 김 현 옮김, 『몽상의 시학』, 홍성사, 1986, pp.74-87)

129) 가스똥 바슐라르, 앞의 책, p.101.
바슐라르에 따르면, 인류가 타락하면서 원초적인 남녀 양성을 상실한 이후에, 아담은 엄격한 힘의 보관자로, 이브는 부드러움의 관리자로 분리되면서 적대적 관계가 되었다.

130) 전미정, 『한국 현대시와 에로티시즘』, 새미, 2002, pp.39-41.

따라 단순한 육체적 욕정이 될 수도 있고 아니마의 실현이 될 수도 있다. 전봉건은 초기시에서부터 '나'와 '너'라는 인칭어를 많이 사용하고 있다. '나'는 주로 전쟁을 상징하는 남성적인 자아로 설정되어 있으며, 특정인을 지칭하는 경우를 제외하고는, '너'가 대개 여성을 함축하고 있다. 이때 여성은 죽음으로 상징되고 있는 아니무스의 현실이 결핍하고 있는 생명을 회복시켜 줄 아니마의 매개체가 되는 것이다.

> 사랑의 길로 잇닿게 하는 너의 부드러움. 나를 茂盛한 나뭇가지, 그리고 나를 살랑살랑 하늘 가에 춤춘 잎사귀이게 하고 숨쉬듯 반짝이는 돌멩이와, 푸른 빛으로 이어지는 地面이게 하고. 나를 바람과 비와 햇빛 속을 지나서 풀과 벌레들의 곁에 내리는 한 알의 씨앗이게 하는 너의 부드러움.
>
> 「사랑을 위한 되풀이」 중에서

'부드러움'은 여성의 몸을 환기하는 촉각적 특질이다. 여성의 '부드러움'은 나에게 생명력을 불어넣는 촉매제이며, '나'와 '너'의 합일은 생명의 원동력을 생성하는 일이다. 전쟁으로 인해 생명을 상실한 남성 존재로서의 '나'는 여성인 '너'로 인하여 생명을 회복하게 된다.

초기시에서부터 형상화되고 있는 여성은 단지 남성의 성적 욕망을 충족시키는 대상으로 설정되어 있지 않다는 점에 주목해야 한다. 여성은 전쟁으로 생명을 상실한 아니무스의 현실을 복원시킬 수 있는 아니마를 상징하고 있다. 따라서 여성은 생명력과의 친화성을 환기하는 환유적 매개체이다. 요컨대, 여성과의 육체적 합일을 통한 아니마 실현이 생명 회복의 원리가 되는 셈이다.

> 鐵條網의 밤과 검은 나의 裸身과
> 가슴을 曙光처럼 물드리며

뜨거운 당신의
볼의 理由를.-祈禱인가 감겨진 당신의 속눈섭은 떨리이고, 그때
그렇다. 無限한 奇籍같이 푸른 하늘과 바다를 닮아 둥근 당신의 가슴의
흰 부드러움속에서 나의 두 손은
綠色의 사랑
綠色의 희망이었다.

「薔薇의 意味」 중에서

이 시에서도 '부드러움'은 여성과 생명력의 징표이다. '가슴의 흰 부
드러움'을 소유한 여성은 '철조망의 밤'이라는 전쟁에 속해 있는 시적
자아 '나'가 추구하는 생명을 충족시켜 줄 객체이다. 여기서 나신(裸身)
은 아무 것도 없는 생명 상실을 의미한다. 그래서 나는 상실된 몸을 회
복시켜 줄 여성을 갈망한다. 여성은 '나의 裸身과/가슴을 曙光처럼 물들
이'는 '뜨거운 당신'으로서, 춥고 어두운 나의 몸에 생명을 불어 넣어줄
대상이다. 그리고 그 여성으로 인해 나는 '綠色의 사랑 綠色의 희망'으
로 생명을 회복할 수 있다. '녹색'으로 비유되고 있는 생명 회복에 대한
강한 의지가 아니마 본능을 고무시킨 결과이다.

이렇게 시적 자아가 여성만이 지닌 자질이나 속성에 강하게 매료되거
나 동화되려고 하는 경향은 시인의 아니마적 기질을 형성하는 중요한
단초를 제공한다. 그리고 후기시로 갈수록 아니마적 성향은 더 적극적
이고 강하게 표출되고 있다. 이러한 아니마의 투사가 본격화되는 시기
가 두 번째 시집인 장시 『춘향연가』이다. 이 시편들에서 시적 자아는
'춘향'과 완전히 동일화되어 있다. 그 결과, 시적 자아는 모성의 본능으
로 충만한 여성으로 주체화된다. 그리고 '춘향'을 통해 시인은 이상적인
여성에 대한 한 모형을 함축하게 된다.

아니무스로서의 전쟁의 종말은 곧 죽음의 종말을 의미하며 동시에 생
명의 시작을 함축하는 것이다. 따라서 잉태는 전봉건의 시에 있어서 아

니마의 가장 궁극적이고 구체적인 실현에 속한다.

> 女子예요
> 그래요 나는 女子예요
> 그런데 나는 獄에 갇혀 있어요
> 女子는 아기를 낳아요
> 나도 낳을 수 있어요
> 어머니가 나를 낳은 것처럼
>   (중략)
> 나는 텅 빈 달이예요
> 금 간 거울이예요
>   (중략)
> 이 몸이 꺽이고 찢기고 갈라지고 부러지나요
> 모가지는 꺽이고 팔다리는 찢기고
> 어머니 어머니 젖가슴은 갈라지고
> 허리는 부러지나요

「춘향연가」 중에서

「춘향연가」에서의 몸은 주로 절단되거나 파편화되어 있으며 타자와 철저히 격리되어 있음이 특징이다. 이 시에서 감옥은 불임의 상징적 공간으로서, 춘향에게 결핍되어 있는 것이 무엇인지를 단적으로 드러내준다. 춘향이의 욕망은 온통 '잉태'에 집중되어 있기 때문이다. 춘향은 아이를 낳고 싶지만 감금되어 있다. 잉태의 의미 주변을 선회하면서 아니마를 투사하고 있는 이 시에서도 아니무스는 죽음으로 기호화되고 있다.

이처럼 전봉건의 시에서 이상화된 여성은 잉태 능력에 있으며, 그 잉태 능력으로써 자기 정체성을 확립할 수 있다. 죽음이 강요된 전쟁의 현실에서 진정한 휴식이란 평화와 생명이 충일한 세계일 것이다. 그의 시에서 여성의 몸이 관능적인 의미를 넘어설 수 있는 것도 이 때문이다. 여성의 몸은 생명이 충일한 세계와 죽음으로부터의 위협이 전혀 없으며 가장 완전한 휴식을 제공할 수 있는 평화로운 곳의 상징이다. 그 결과, 전봉건 시에서 가장 이상적인 공간은 역시 생명력으로 충만한 자연과 모성으로서의 고향으로 나타난다.

<pre>
열 시   흐릿하다
열한시   가물가물 보인다
열두시   하루가 다하고
          하루가 시작되는 어둠은
          더욱 짙은 어둠이다
          그러나 그때 성큼 한 발자국
          내게로 다가서는 너를 본다
한 시   마침내 너는 어둠을 밀어 낸다
          산이여 강이여 하늘이여
두 시   밭이여 언덕이여 샘이여
          홰나무여 대문이여 안뜰이여
          큰 부엌의 큰 솥이여 작은 솥이여
          마른 나무 활활 불타는 눈부신 아궁이여
세 시   할아버님 할머님
          아버님 어머님이시여
네 시   (네 번 치는 괘종 소리)
다섯시   머리 위에 떠오르는 희끄무레한 창
여섯시   다시 네가 없는 밝음이다
</pre>

밤 10시부터 새벽 여섯 시 이전까지는 생명을 해산하기 위한 잉태의 시간대가 된다. 「여섯시」의 고향은 바로 그 잉태의 시간대에 초점이 맞춰져 있다는 점에서 자궁의 상징이다. 시적 자아가 호명하는 순간 산, 강, 하늘, 밭, 언덕, 샘, 홰나무, 대문, 안뜰, 부엌의 솥, 아궁이, 할아버님, 할머님, 아버님, 어머님 등의 고향의 구성체는 생명을 얻게 된다. 그리고 고향은 잉태를 상징함으로써 아니마를 실현하는 공간으로 수렴되는 것이다.

　고향은 이렇듯 어둠이라는 시간대를 배경으로 하여 밝음의 존재들을 하나씩 잉태하는 자궁이 되고 있다. 밤 열두 시부터 새벽 여섯 시까지는 생명을 잉태하는 자궁의 시간대이면서, 공기의 가벼움을 맛보게 하는 아니마의 시간대이다.[131] 이렇게 생명력의 근원으로서의 고향과 일체화되려는 것도 아니마 실현의 다른 모습인 것이다. 이처럼 그의 시에서 아니마는 원초적 생명을 회복시켜 준다는 점에서 하나의 시적 원리가 되는 것이다. 그리고 고향을 통해 아니무스에 속하는 모든 염려, 야심, 계획으로부터 자유롭게 된다는 점에서 그것은 원초적 휴식의 성취이기도 하다.[132] 이처럼 아니마는 가장 원초적이고 완전한 세계를 여성의 몸에서 찾고자 하는 아니무스의 무의식인 것이다.

생의 찬가로서의 성

　초기시에서부터 후기시까지 일관되게 전봉건 시의 시적 주체가 직면하고 있는 세계는 전쟁으로 인해 생명이 상실되거나 자연이 파괴된 현실이다.

　생명을 세계의 중심에 놓고자 하는 아니마의 세계에서는 자연스럽게 몸에 관심을 두게 되어 있다.[133] 생명은 몸을 일차적 근거로 하여 성립하기 때문이다. 그렇기 때문에 그에게 몸은 남다른 의미를 갖는다. 똑같

---

131) 밤 열두시부터 새벽 여섯시까지는 공기의 시간대이며, 공기는 새의 비상과 음악적인 속성을 지닌 물질로서 우리는 잠 속에서 공기에 실려간다. 그러한 잠은 유년기의 잠이거나 밤의 삶 속에서의 여행이 줄 수 있는 평온함을 가져다 준다.(가스통 바슐라르, 정영란 옮김, 『공기와 꿈』, 민음사, 1993, pp.82-83, 가스똥 바슐라르, 이가림 옮김, 『물과 꿈』, 문예출판사, 1992, p.10 참조)
132) 가스똥 바슐라르(1986), 앞의 책, p.101.
133) 프리쵸프 카프라, 김용정, 김동광 옮김, 『생명의 그물』, 범양사출판부, 1988, p.232.

이 몸을 소재로 다루고 있다고 하더라도, 생명을 문제시하고 있는 시에서는 그 몸이 전혀 다른 의미를 낳게 된다. 전봉건 시가 다루고 있는 몸이 단순히 성애나 관능의 묘사, 즉 성욕에 그치지 않는 것도 이러한 이유 때문이다. 이러한 특징은 에로스[134]의 상상력 안에 잘 응축되어 나타난다.

에로스의 상상력은 전쟁을 배경으로 한 1950년대의 시대 정신을 전형적으로 드러내고 있다는 점만으로도 가치를 지닌다. 에로스의 상상력은 유한한 인간이 전쟁과 같은 극한적인 상황에 처했을 때 투사되어 나타나는 예술적 승화이기[135] 때문이다. 전쟁은 죽음의 위협으로 가득 찬 시기이다. 그래서 전쟁은 죽음에 대한 의식을 극대화하기 마련이고, 죽음에 대한 불안이 극대화되면 될수록 강하게 노출되는 본능이 바로 에로스이다. 즉 에로스의 상상력 또한 아니마의 본능과 마찬가지로 생명을 구가하기 위하여 선택한 현실 대응의 시적 원리가 되는 것이다.

전쟁이라는 생명 파괴의 현실 속에서 사랑에 대한 간절한 노래의 형

---

134) 프로이트는 기본적인 인간의 본능을 에로스(생의 본능)와 타나토스(사의 본능)로 설정하고 있다. 에로스는 자기보존의 본능, 종족 보존의 본능, 자기애, 대상애 등을 내포, 항상 보다 큰 통일을 만들어 내어 이것을 유지하려고 하는 충동이다. 이와 반대로, 죽음의 본능은 결합을 해체하고 사물을 파괴하려고 하는 충동이다. 에로스와 타나토스, 이 두 충동은 저마다 단독으로 활동하는 수도 있고, 공동으로 활동하는 수도 있다.(지크문트 프로이트, 1974, pp.113-114) 이러한 프로이트의 견해는 그의 후기 저작에 와서 이루어진 것이다. 칼 융은, 인간의 본능을 에로스에만 한정시켜서, 생물학적, 신경증적인 각도로만 접근한 프로이트의 초기 이론을 비판하면서, 후기에 와서 수정된 에로스/타나토스 이론을 긍정적으로 평가하고 있다. 융은 프로이트의 두 가지 본능에 기대어 에로스와 타나토스의 갈등과 긴장의 관계 속에서 삶의 에너지가 나온다는 점을 착안한다.(C. G. Jung, tr. by R. F. C. Hull, <u>The Eros Theory</u>, *Two Essays Psychology*, London : Routledge & Kegan Paul, 1966, pp.27-29 참조)

135) 전봉건 시인에게 문명은 폭력과 파괴의 상징이며, 전쟁을 그 문명의 대표적인 양식의 하나로 본다. "하지만 춘향은 그 피를 흘리고 있고 그 피에 젖어 있습니다. 즉 나는 그 피로 해서 에로스가 이제는 더없는 학대를 문명에게서 받고 있다는 것을 말하려고 했던 것입니다만 그와 함께 이러한 것도 말하려 했었지요. 멘스란 잉태의 가능성을 약속하는 그것입니다."(전봉건, 「시와 에로스」, 『현대시학』, 1973, 9.)

식을 띠고 있는 연작시 「사랑을 위한 되풀이」는 모든 생명의 원천을 사랑으로 해석하고 있다. 그 사랑은 생명의 근원지인 것이다.

꽃이파리처럼 안긴 저 어린 것들은 무엇인가

(중략)

오 大砲소리보다도 사납게 힘차게 터지고 터진
사랑의 證據가 아니고 무엇이겠는가
破片 무수히 맞은 바람보다 더 많이 떨려난 四肢. 破片 무수히 맞
은 바람 핏물 들인 피보다 더욱 진하고 뜨거운 땀에 절은 진달래 빛
고운 젖 꽃판

「사랑을 위한 되풀이」 중에서

생명의 탯줄은 사랑이며, 사랑은 대포 소리보다도 더 힘있는 것이다. 이처럼 생명은 사랑의 확증이 되고 있다. 모든 생명은 연속성을 그 동력으로 삼는다. 서로 다른 두 요소나 물질들이 그 이질성을 극복하여 조화를 이루거나, 분리된 것들이 점착력을 회복하지 않으면 아무것도 생성해낼 수 없다. 모든 이율배반적인 요소들이 사라지는 숭고한 지점인 사랑[136]을 생명의 원리로 수용하고 있는 것이다.

이 시는 삶을 온통 파괴하는 전쟁 앞에서도 사랑만 있으면 '진달래 빛 고운 꽃판'으로 상징되는 '어린' 생명들의 탄생도 불가능할 것이 없다는 점을 강조하고 있다. 남녀간의 만남과 사랑은 생명의 원천이다. 그가 초기시에서부터 '나'와 '너'라는 인칭어를 많이 사용하는 것도 사랑에 대한 집요한 의미 탐색의 결과이다. 그 결과, 전봉건의 시에서 성(性)은 생명의 기호만을 띠게 된다. 이것은 초기시부터 후기시까지 예외 없

---

136) 신현숙, 『초현실주의』, 동아출판사, 1992, pp.128-129.

이 모든 시에 적용되고 있다.

> 다음에 나는 뜨뜻한 액체가 질척이는 아랫도리를 틀면서 천천히 넘어져 갔다./(중략)/나는 꽃잎 하나를 헤쳐 내 가슴을 무릎을 등허리를 넣었다. 오로지 꽃 속에서 나도 또한 꽃의 향기, 꽃의 소리 꽃의 빛이었다. … 그때였다. 갑자기 꽃의 등허리가 활처럼 휘면서 눈부신 머리칼은 사납게 흩어지고 내 등허리엔 때리며 박혀드는 충격이 왔다. 틀리는 아랫도리에 질펀한 액체. 질척이는 액체. 질척이는 下降
>
> 「꽃과 下降」 중에서

총에 맞아 죽음이 임박한 상황에서 시적 자아는 여자나 여자의 비유인 꽃을 죽음과 병치시키거나 중첩시킨다. 그래서 죽음에 임박한 순간에 남성 자아의 시선이 포착하는 대상은 꽃에 비유되어 있는 관능적이며 원색적인 여자이다. 그러나 이 시에서 성적 묘사는 생명의 의미에 압도되고 있다. 요컨대, 생명의 근원지인 '아랫도리'가 흘리는 '액체'는 시의 문맥상 피와 정액의 중의적 의미로 해석될 여지가 다분하다. 남자의 죽음과 여성의 관능성이 반복적으로 중첩되고 있기 때문이다. 이렇게 사타구니의 액체가 지닌 양가적 의미에 기대어서, 에로스는 죽음에서 생명을 다시 회복시키는 동력이 되는 것이다.

전쟁이 죽음으로 위협하는 상황이라면, 전쟁 세대는 에로스의 본능을 그 어느 때보다 강하게 드러낼 수밖에 없다. 그런데 그의 시에서 에로스는 죽음과의 역학적인 관계 속에서 보다 깊은 의미를 형성하게 된다는 점을 놓쳐서는 안 된다. 이러한 특질을 통해 전봉건의 시가 보편적인 정신 세계에 편입될 수 있는 것이다. 이렇게 에로스가 죽음과 깊이 연루함으로써 반어적으로 생명욕을 더 고무시키는 보편적인 정신 세계가 바로 에로티시즘이다.

그는 에로티시즘을 생명욕의 한 양태로 수용하고 있으며, 이러한 에로티시즘의 이론을 토대로 시 작업을 수행해 왔음은 시인이 직접 밝힌 바 있다.[137] 그에게 에로티시즘은 생의 찬가이다. 그의 시에서 에로스의 본능이 살기의 본능과 착종되어 나타나는 것도 생명욕의 반어적 표현이다. 살기를 드러내는 이미지는 생명을 더 강렬하게 환기시키고 있기 때문이다. 살기는 죽음을 불러오기보다는 오히려 생명의 에너지로서 전환되고 있다.

> 그리고 豪華로운 네 허리. 神의 눈도 太陽의 눈도 눈부신 비길 데
> 없이 豪華로운 네 허리.
> 그리고 내 이빨과 잇몸도.
> 즉 연한 분홍빛 또는 젖빛 살찐 꽃잎 씹기 신들린 이빨.
> 즉 갖가지 꽃들 무지개처럼 일제히 만발하는 잇몸.
>
> 「사랑을 위한 되풀이」 중에서

이 시에서 살기는 관능화의 기제로 작용하고 있다. 꽃잎을 향한 내 '이빨'에 내포된 살기는 타나토스보다는 에로스를 더 극대화시키게 된다. 살기가 증폭되면 될수록, 호화로운 허리, 연한 분홍빛의 꽃잎, 젖빛으로 살찐 꽃잎, 무지개 같은 꽃들로 묘사된 여성은 매혹성과 관능성의 극치를 이루게 된다. 그의 시에서 에로스와 타나토스는 양가적이면서도 철저하게 상보적 관계로 엮어져 있음을 보여주는 좋은 예이다.

죽음의 관능적인 승화나 살기를 동반하는 에로스의 분출은 죽음과 생명이 동일한 속성이라는 전제가 없이는 성립할 수 없는 것이다. 이러한

---

137) "생명을 축으로 하여 양극에 성과 죽음이 놓여있는 것이다. 그러니까 생명은 성과 죽음이 인식되는 자리에서 빠질 수 없는 의미론적 요소이다. 죽음 속에서 광채를 발하는 생명성은 바로 이러한 맥락으로 이해해야 할 것이다 … 불란서의 어떤 사람은 에로티시즘이란 죽음에 이르기까지 지속되는 생의 찬가라고 했는데요. 간단히 말해서 그건 생명의 리듬인 것입니다. 다른 사람의 경우는 몰라도 적어도 내게 있어서는 그렇습니다."(전봉건, 1973)

인식 태도는 죽음 앞에서 유한한 인간이 취할 수 있는 필멸성, 불멸성에 대한 욕망의 산물로서, 종교적 속성을 은근히 함축하게 된다.

이러한 의식을 기반으로 에로스의 상상력은 자연스럽게 재생을 의미하기도 한다. 재생 제의의 극치를 이루는 작품이라 할 수 있는 「속의 바다 13」을 보자. 이 시에서 총이 노리는 장소가 생명의 근원지라 할 수 있는 남성의 사타구니를 겨냥하고 있다. 이것은 남성이 전쟁의 상징적 인물이라는 발상에서 비롯된 것이다. 그러한 관점에서 볼 때, 남성의 죽음은 곧 생명의 밑거름이 된다. 이러한 독창적인 발상법으로 인해 시 해석도 만만치가 않다.

흠뻑 빗물 젖은
내 사타구니에서도 銃소리였다

(중략)

그 女子를 안고 구르고 펄럭이고 잦히고 솟구치는
나였다
그리고 갑자기 銃소리가 나더니
공중에 못박힌 구멍 뚫린 새였다
그 새가 된 나였다
그 새의 쳐진 두 다리 사이로 떨어지는 精液이었다.
그리고 저만치 내려다보이는 축축한 풀숲에
自動小銃을 들고 서 있는 女子였다.
꽃가루 묻은 알몸 꽃잎처럼 펄럭이는 女子였다

「속의 바다 13」 중에서

이 시에서 '내 사타구니'는 총에 의해 거세된다. 그런데, 두 번째의 총소리에 의해 구멍난 새의 두 다리 사이에는 정액이 떨어진다. 그런데, 그 새는 나의 분신이다. 그렇다면, 총에 맞은 '나'는 죽는 것이 아니다.

따라서, 총이 겨누는 것은 단지 남자가 아니다. 죽음의 상징적 존재로서의 남자 '나'를 죽이는 것이다.

따라서 총은 생명을 살리는 매개체이면서, 동시에 성적 행위를 상징하는 생식기를 함축하게 된다. 따라서 정액은 생명성이 있는 정액이다. 그 정액이 아래쪽을 향해 떨어지는 곳에 꽃잎처럼 펄럭이는 알몸의 여자가 서있기 때문이다. 정액이 '알몸 꽃잎처럼 펄럭이는' 여자를 향해 있다는 것은 생명 잉태를 암시하게 된다. 관능적이고 원색적인 이미지는 생명을 환기하는 속성을 띠고 있다.

그리고, 소총을 들고 있는 사람은 여자이다. 그렇다면, 나는 그 여자가 쏜 소총에 맞아 구멍 뚫린 새이다. 자동 소총을 들고 있는 여자는 '꽃잎'에 비유되고 있다. 결국 생명을 상징하는 여자가 죽음을 상징하는 새를 향해 총을 겨누는 것이다. 그로 인해서 생명을 상징하는 정액을 생성하게 된다. 이 시에서 정액은 죽음에 직면한 마지막 순간에 등장하지만, 결정적으로는 생명을 생성시키는 기능을 하게 되는 것도 이 때문이다. 이처럼 겉보기에는 남자의 죽음만을 다루고 있는 듯하지만, 여성의 위치를 통해서 드러난 대로 재생을 함축하는 죽음인 것이다. 그 결과, 거세된 페니스와 정액의 결합은 관능적인 효과를 배가시키게 된다. 이러한 시적 발상법의 이면에는, 관능성을 통하여 생명에의 욕망을 고조시키려는 상상력의 의도가 깔려 있는 것이다.

죽음의 관능적 승화는 죽음과 생명을 다른 차원에 속한 것으로 보지 않으려는 종교적 의식에 속한다. 이것은 생에 대한 집요한 관심과 애정이 없이는 도저히 도달할 수 없는 세계이다. 이러한 에로스의 상상력은 한국 전쟁을 컨텍스트로 하여 형성된 현실 대응의 시적 방식이라는 점만으로도 시사적 가치를 지닌다고 할 수 있다.

물과 불, 연금술의 수사법

연금술[138]의 수사법도 생명을 탐구하려는 시적 의식의 연장선상에서 살펴 보아야 한다. 수사법의 장식성은 허식이나 잉여의 의미가 아니라, 표현하고자 하는 사상을 적합하게 드러내는 것이다. 똑같은 관념이 어휘나 통사의 선택에 따라 다양한 감정의 편차를 드러내기 때문이다.[139]

물과 불이라는 이질적 물질을 통해 구사되는 그의 대표적인 모순어법을 연금술의 시도로 보는 이유는 그 수사법에 세계 변혁에 대한 의지가 내포되어 있기 때문이다. 물과 불의 이미지 결합이 궁극적으로 생명의 질료로 작용하고 있다는 점에서 그렇다. 물과 불은 여자와 남자의 몸을 상징하는 물질들이다. 여자와 남자의 몸이 결합해야 그것은 생명의 질료가 될 수 있다. 생명의 질료가 되는 물과 불은 남녀의 성적 결합을 상징한다. 연금술에서 변형에 대한 갈망이 흔히 성적 갈망을 통해 구현되고 있다는[140] 점은 이에 좋은 근거가 될 것이다. 그렇다면 세계를 변혁시키려는 꿈을 남녀의 몸을 상징하는 물과 불의 결합에 투사하여 새로운 생명의 창조를 구가하고 있는 시적 방식은 충분히 연금술의 수사법이라고 할 만한 것이다.

---

138) 초현실주의의 대표적인 수사법은 연금술적 특징을 지니는 것으로 알려져 있다. (김열규, 『한국문학사』, 탐구당, 1986, pp.309-310, 신현숙, 앞의 책, p.56, 82 참조) 필자는 연금술의 수사법을 단순히 모순어법과 동일한 것으로 사용하지 않는다. 모순어법이 궁극적으로 창조적인 물질을 생성해 내기 위한 수사적 도구가 될 때만 그것은 연금술의 수사법이 되는 것이다. 연금술은 이질적인 것들끼리의 통합을 통해 새로운 물질의 생성을 꿈꾸는 창조적 욕망에 뿌리내려진 세계이다. 전봉건의 시에서 물과 불을 통합해내는 모순어법은 생명 회복을 이루는 시적 원리라는 점에서 연금술에 속하는 것이다.

139) 박성창, 『수사학』, 문학과 지성사, 2000, p.88, 187 참조.

140) 연금술사들이 사용하는 화덕과 증류기는 남여의 생식기 모양을 본딴 것이라고 한다. 변형이 성적 양상을 띨 수 있는 근거는 연금술의 용기 모양이 지닌 이치에서 찾을 수 있다.(신현숙, 앞의 책, p.38, 가스똥 바슐라르(1993), 앞의 책, p.77)

女子의/乳房이 불꽃으로 이글거리고

「속의 바다 6」 중에서

모래의 記憶, 그래도 太陽은 女子의 등허리에서 젖고./모래의 記憶,
벌린 두 다리 사이에서 이글거리고/뒤차기고 … 바다는.

「속의 바다 11」 중에서

햇빛과 젖이 있으면/빛나는 젖이라는 게 있을까/여자는 젖을 마시
고 있었다/젖빛과 햇빛의 모습으로

「속의 바다 13」 중에서

바다의 물결 새의 太陽처럼 빛나는/바다의 물결 새의 달처럼 빛나는

「사랑을 위한 되풀이」 중에서

그의 시에서 여성의 젖가슴은 물의 질료화이다. 따라서 "불꽃으로 이
글거리는 유방"에서도 물과 불의 융합이 확연히 나타나고 있다. "태양
은 여자의 등허리에서 젖고"에서도 태양이 물의 질료와 결합하고 있고,
바다는 불의 질료와 결합하여 이글거리고 있다. 그리고 "빛나는 젖"이
나 바다의 물결을 태양처럼 빛나게 형상화하고 있는 구절에서도 물과
불의 결합은 두드러진다.

이처럼, 그의 시에서 물은 불의 질료와 동질적인 상태로, 불은 물의
질료와 동질적인 상태로 흡수되거나 융해되고 있다. 따라서 물과 불의
융합 과정에서 한쪽이 다른 한쪽을 일방적으로 편입하는 방식은 극히
드물다. 그들은 대등한 관계로 상호 융해되면서 생명의 질료를 만들어
내는 에너지를 발산하게 된다.

빛나는 바람 속에서 태양을 바라/꽃 피고 익은 젖가슴을 주십시오.

「願」 중에서

> 옥수수 씨알마다/太陽은 하나씩/빛나고 있었다.//옥수수가 자란 자리에/남은 것은 밤길이었다./한 사람의 女子가/한 사람의 男子에게/말했다./<비가 내렸으면 자고 갈 건데……>/검은 밤길에 잠시 젖빛 같은 것이 번졌다.

「옥수수 幻想歌」 중에서

여성을 환유하는 '젖가슴'은 생명의 상징인 꽃을 피우기 위해 남성의 상징인 태양을 바라본다. 「옥수수 환상가」에서 태양이 사라진 밤길 위에서 여성은 남성에게 성적 결합을 유도하고 있다. 그때 여성적 질료로 쓰이고 있는 물질은 물이다. 물의 질료인 여성이 남성과의 성적 결합을 갈망하는 순간 밤길의 어둠은 젖빛에 잠식당하게 된다. "젖빛"은 물과 불의 질료적 융합의 결과이다.

물을 여성의 은유로, 그리고 불을 남성의 은유로 대칭시키고 있는 구조도 궁극적으로는 성적 결합을 환기하려는 시적 의도이다. 모든 상상력 속에서 두 가지 물질의 결합은 결혼과 같은 의미를 부여받는다. 물과 불은 4원소 중 이질성의 기호를 가장 뚜렷하게 담보하고 있는 물질이다. 그렇기에 모든 양가적 가치를 지니는 힘 중에서도 물과 불의 결합만큼 생식적 행위를 강하게 드러내는[141] 예도 없을 것이다.

> 女子만이 있는 곳이 있었건만
> 한없이 부드럽고 매끄러운 물기 따뜻한 곳이 있었건만
> 깊디깊은 뜨거운 곳이 있었건만
> 지금은 없네 아무것도 없네.
> (중략)
> 나는 다시 꽃이 되어야 해
> 나는 다시 꽃잎 속에서 뽑아 낸 꽃술이 되어야 해
> 뽑아 낸 꽃술 같은 벌거숭이 알몸이 되어야 해

---

141) 가스똥 바슐라르(1992), 앞의 책, p.137, 141, 158.

> 그 알몸 다시 방 안 가득히 밤새도록 일렁이는
> 불춤의 바다가 되어야 해
>
> 「춘향연가」 중에서

"일렁이는 불춤의 바다"로 묘사된 물과 불의 결합은 남녀의 성행위에 대한 환유이다. 그러나, 물과 불의 이질적 이미지의 결합은 남성과 여성을 육체적으로 결합시키는 의미 이상의 것을 함유하게 된다. 물과 불의 두 원소가 융해되면서 남녀의 몸이 일으키는 파동은 그래서 단선적이지 않다.

물과 불이 결합하면 건조한 속성의 뜨거움이 아니라 습한 속성의 뜨거움을 창출하게 된다. 이렇게 물과 불의 결합은 불의 속성만으로 획득할 수 없는 습기를 동반하게 된다. 습기를 동반하는 뜨거움은 불의 질료만으로도, 물의 질료만으로도 이루어질 수 없다. 그러므로 여자의 정체성을 상징하는 공간인 자궁이 "물기 따뜻한 곳", 즉 뜨거운 습기로 묘사되어 있는 데 주시해야 한다. 자궁은 꽃잎 즉 생명을 잉태하는 장소이다. 뜨거운 습기만이 자궁의 제 기능을 발휘할 수 있게 하는 질료인 것이다. 습기가 활기없는 대지에 생기를 불어 넣어 대지로 하여금 살아 있는 모든 형태를 출현시키도록 하는 데 효과적이라는[142] 견해는 전봉건의 시에서 상당히 유효하다. 전봉건의 시에서 물과 불의 결합으로 생성되고 있는 습한 열기는 생명에 대한 환유적 실현이 되는 것이다.

> 내가 본 것은 무엇이었던가. 그것은 항아리였다. 항아리 하나가 거기서 어슴푸레한 어둠 속에서 희고 맑은 젖빛 스스로의 살빛을 풀어내고 있었다. 나는 그것을 똑똑히 確認하기 위하여 두 눈을 지긋이 감았다가 다시 떠 보았다. 그런데 모를 일이었다. 내가 다시 눈 떠 본 것은 항아리가 아니라 한 女子였다. 가느다란 모가지 고운 젖무덤

---

142) 가스똥 바슐라르(1992), 앞의 책, pp.143-144.

> 늘신한 허리 豊滿한 엉덩이 한 젊은 女子가 거기서 어슴푸레한 어둠
> 속에서 희고 맑은 젖빛 스스로의 살빛을 풀어내고 있었다. 풀어내는
> 스스로의 살빛으로 피 냄새 절은 어슴푸레한 어둠을 조금씩 조금씩
> 밀어내고 있었다.
>
> 「暗黑을 지탱하는」 중에서

또한 항아리는 그의 여러 시편들에서 여자의 몸에 대한 대표적인 상
징으로 쓰이고 있다. 이 시에서도 항아리는 여성의 몸을 특징짓는 '고
운 젖무덤 늘신한 허리 豊滿한 엉덩이'로 묘사되고 있다. 그리고, 그 항
아리는 생명을 잉태하는 자궁에 의미를 집중하고 있다. 어둠이 약화되
는 양에 비례하여 항아리는 젖빛의 질료로 차오르게 된다. 젖이나 자궁
은 여성의 몸에서 물의 질료성을 강하게 환기하는 장소이다. 따라서 불
과 물이 결합하고 있는 젖빛을 통해 항아리는 생명의 원동력을 얻게 된
다. 어둠을 밀어낸다는 의미는 생명이 잉태된다는 의미와 등가를 이루게
되면서, 물과 불은 여기서도 그 연금술의 수사적 힘을 발휘하게 된다.

이렇게 이질적인 두 물질의 혼합하려는 집요한 천착 속에는 현실을
변혁하고자 하는 시적 의지가 뚜렷하게 내포되어 있는 것이다. 그것은
곧 창조의 의지이며, 생명을 파괴한 전쟁의 현실에 대한 독특한 시적
응전의 방식을 이루게 된다. 이러한 시에서 성적 결합은 생명의 환유로
서 작용하고 있으며, 생명의 질료를 창출한다는 점에서 연금술의 원리
라고 할 수 있다.

그런데, 생명의 창조는 신의 영역이다. 따라서 생명의 질료를 생성하
는 데 집중되어 있는 모순어법은 신의 창조 능력에 대한 일종의 모방이
되는 셈이다. 창조 의지에 내포되어 있는 신에 대한 모방 심리를 잘 보
여주고 있는 시가 「儀式 2」이다.

> 나는 하느님 안으로
> 하느님은 나의 안으로 기어들면서
> 우리는 알몸으로 놀았다.
> 시계 바늘은 춤을 추면서 거꾸로 돌아갔지.
> 조그만 하느님의 여린 젖꽃의 중심에서
> 열중한 우리 벌거숭이 장난은 하늘의 끝과
> 땅의 끝을 분질러다 훨훨 불을 질렀지.
> 그 때다 겹쳐서 펄떡이는 불의 알몸둥이 돛, 조그만 나의 하느님
> 과 우유빛 바다가
> 밀려 오고
> 또 밀려 오고
> 밀려 온 것은.
> 그 날 밤
> 먼 억천만 개의 별은
> 아 억천만 개로 자욱한
> 우유 방울이었다.

「儀式 2」 중에서

이 시에서 하느님은 우유 냄새가 나는 신생아로 그려져 있다. 우유는 신생아의 환유물이고, 신생아는 싱싱한 생명력을 과시하는 존재이다. 신생아는 창조의 하느님과 동일시되고 있다. 그 신생아와 시적 자아는 서로 상대의 '안으로' 기어들면서 연합되고 있다. 알몸으로 놀고 있는 이유는 새생명의 창조에 있다. 여기서 안으로 들어가고 있다는 방향성은 창조의 하느님과 합일되고자 하는 시적 욕망의 표출이다.

한편, 거꾸로 돌아가는 시계 바늘은 원초적 시간을, 불에 타고 있는 하늘과 땅의 끝은 원초적 공간을 각각 환기하게 된다. 알몸으로 노는 행위는 결국 원초적 시공간으로 회귀하려는 욕망이 내포된 것이다. 그리고 그 원초적 시공간은 "불의 알몸둥이 돛"을 통한 불의 질료와 "우유빛 바다"를 통한 물의 질료를 동시에 생성하게 된다. 하느님의 젖꽃

에서 시작된 알몸 놀이는 생명의 질료를 생성하게 된 것이다. 전봉건의 시에서 꽃이 주로 불로 형상화되고 있다는 점에서, '젖꽃'도 엄밀히 말해 물과 불의 결합이다.

알몸 놀이는 이미 존재하고 있는 세계에 대한 변혁에의 의지를 강하게 투사한 것이다. 알몸 놀이가 시도하고 있는, 하느님과 나의 육체적 결합은 물과 불의 동시적 생성을 통한 생명 창조의 놀이로 환원되고 있다. 그리고 그 창조의 규모는 마지막 "먼 억천만 개의 별"에서처럼 우주 창조로까지 이어지고 있다.

이제까지 살펴 본 대로, 전봉건 시에서 성적 상상력과 관련된 시적 원리는 세 가지로 나타난다. 첫째, 생명 회복의 첫 번째 원리로 시적 자아의 아니마적 기질을 살펴 보았다. 김소월이나 한용운의 경우에서처럼 전봉건의 시에서도 아니마 기질은 현실이라는 컨텍스트를 결코 배제하고 얘기할 수 없는 요소임을 알 수 있었다. 아니마는 시적 자아의 성향과 시인의 내면적 기질을 반영하는 심리적인 요소로 현실과 결코 무관하지 않다. 전봉건 시의 시적 자아가 강하게 지향하는 아니마적 기질은 시인이 현실을 아니무스적인 것으로 이해하고 있다는 반증이 된다는 점에서 시사적 가치를 지니게 된다.

둘째, 생명 회복의 두 번째 원리는 에로티시즘의 원리이다. 에로스의 상상력을 통해서 형성되는 에로티시즘의 원리는 타나토스와 에로스라는 양가적 이미지 운동에 기초하고 있다. 그래서 에로스의 상상력은 죽음과 생명의 순환 원리에 기반하고 있다. 그의 시에서는 생명 그 자체보다는, 죽음 속에서 빛을 발하는 생명의 역설적 의미가 더 중요하다. 에로티시즘은 전봉건 시인에게 불멸하는 생명에 대한 일종의 찬가가 되는 셈이다.

이렇게 몸을 중요한 시적 소재로 삼고 있는 생명 탐구의 시에서, 여성의 몸은 생명의 기호로 작용할 때에만 의미가 있다. 이때 여성의 몸은 생명력의 상징이다. 이렇게 여성의 몸이 단순한 관능의 의미를 넘어서서 생명의 근원적 의미를 회복하는 상징이 될 때 에로스의 상상력은 에로티시즘의 정신 세계에 이를 수 있게 된다. 이러한 세계는 전쟁이라는 특수한 창작 배경과 생명에 대한 집요한 탐구 정신이 있었기에 가능했다는 점에서 의의를 지닌다.

셋째, 생명 회복의 세 번째 원리는 연금술의 수사법이다. 이질적 물질인 물과 불의 결합을 통한 모순어법이 생명을 창조해 내는 시적 원리가 될 때 연금술의 수사법이 되는 것이다. 전봉건의 시에서 불의 이미지가 지배적이라는 사실은 논자들의 공통된 논지이며 틀리지 않다. 그러나, 전봉건의 시에서 불은 단독으로 의미를 구축하기보다는 물과의 연합 속에서 오히려 그 효과를 배가시키는 이미지로 사용되고 있다. 물과 불의 연합이라는 모순어법 속에는 창조에 대한 시인의 의지가 강하게 작용하고 있는 것이다. 그 결과, 물과 불의 이미지 결합은 생명의 질료를 생성하는 시적 원리로 작용하게 된다. 이러한 연금술적 수사법을 통해, 전봉건의 시에서 물의 이미지가 불의 이미지만큼이나 중요함을 새롭게 파악할 수 있었다.

에로티시즘 시를 읽는 몇 가지 독법

성은 인간의 삶을 구심적인 곳으로 끌어당기는 자력이 있다. 성의 힘은 본질적이고 근원적인 곳을 향하는 운동성을 내재하고 있다. 그러한 운동이 가능한 것은 성이 심리적 에너지에 뿌리내리고 있기 때문이다. 성이 생물학적인 본능에서 출발하였을지라도 종교적인 차원으로 은밀히 확장 심화되는 것도 이러한 성의 심리적 속성 때문이다.

이러한 특성을 통해 바따이유는 섹슈얼리티를 생물학적인 개념으로, 에로티시즘을 심리학적인 개념으로 구분할 수 있었다. 심리적인 성격을 강하게 띠는 에로티시즘은 그만큼 복잡하고 난삽한 의미 구조를 띠게 된다. 성스러움과 속스러움이 씨줄 날줄이 되어 의미의 그물망을 짜나가는 이 세계는 그만큼 역동적이고 깊다. 성과 속의 경계가 무화되는 역설적 세계를 이처럼 밀도 있게 보여주는 예술 세계도 드물 것이다.

성을 테마로 삼은 시들을 볼 때 대개의 독자들은 엿보거나 힐끔거리는 관음증 환자가 되기 일수다. 그 결과는 빤하다. 말초적이고 자극적인 시어나 시행만을 부분부분 조합하는 엉성한 읽기는 건강하지 않은 성적 상상력만을 부추길 뿐이다. 에로티시즘 시가 수많은 상상력으로 가득 차 있음을 놓친 결과이다.

에로티시즘 시들을 꼼꼼히 읽다 보면 성적 욕망이 뿌리내리고 있는 무수한 의미의 줄기를 이곳 저곳에서 캐내게 될 것이다. 그 의미 줄기는 사회에도, 자연에도, 생리에도, 종교에까지도 뻗어 있다. 그것은 날카로운 의미의 메스를 지니고 있다는 점에서 일종의 잠언이라 할 수 있다. 에로티시즘 계열의 시들은, 때로는 문명에 대한 반항을, 때로는 폭력을, 때로는 웃음을, 때로는 생명을, 때로는 원초적 회귀를, 때로는 죽음을, 때로는 모성을, 때로는 녹색 사유를, 때로는 위반 의식을 모티프로 원용하기도 한다.

수많은 방향으로 뻗어 있는 에로티시즘 시의 의미를 여기서 모두 해석해낼 수는 없다. 다만 여기 선정된 여섯 편의 시를 함께 읽다 보면 에로티시즘 시의 미적 인식에 대한 몇 가지 단초라도 잡아낼 수 있으리라 기대한다.

꽃의 '性스러움'과 '聖스러움'

도봉산 진달래 꽃바다 – 알 51

정진규

쩌억 벌리고 있는 살들의 입, 입술들의 바다, 대음순 소음순들의 바다, 분홍바다, 속은 차마 들여다보지 못했다 햇살들은 살들의 끝에 그 정수리에 쥐눈을 하나씩 달고 반짝거리며 떼로 달겨들고 있었다 그러나 웬 까닭이냐 적멸이 가득 넘쳤다 만져지도록! 지난 봄 도봉산 진달래 꽃바다, 거기서 나는 혼절했다 내 혼마저 지웠다 알마저 지웠다 애를 지웠다 꽃을 상징으로 하여 종교를 가로지르고 있는 에로스의 상상력이 돋보이는 시이다.

동물들이 아무리 아름답게 꾸미려 해도 될 법하지도 않은 생식기, 그 생식기를 식물들은 꽃이라는 이름으로 나무 위에서든 땅에서든 담벼락에서든 어디서든 대담하게 꺼내 놓을 수가 있다니 부럽지 않을 수 없다.
그러니 여성의 그곳을 연상시키는 진달래꽃, 그것도 시인 앞에서 입을 쩌억 벌리고 있는 소음순 대음순들의 꽃물결 바다를 맞대하는 시인이 어떻게 흥분하지 않을 수가 있겠는가. 모르긴 몰라도 한번쯤 시인은 진달래꽃과 그 짓을 감행할지도 모른다. 분명 쥐눈은 욕망으로 타오르는 시인의 눈빛임이 분명하다.

꽃을 향해 절제할 수 없는 이 욕정, 이건 분명 자연 모독이며 불경한 구석이 엿보이지 않는가. 과연 그런가. 꽃과 시인의 성적 교감을 금기로 설정한 나라라도 있다는 말인가. 그런 나라가 있다면 그곳은 성이 아예 전면 부정되는 곳이리라.
꽃을 보며 단 한번도 가슴이 두근거려 보지 않은 사람이 있는가. 모든 흥분은 성기를 본다는 기대에 얽혀 있다는 롤랑 바르뜨의 지적은 유효하다. 꽃을 식물의 생식기로도 아니고, 여성의 그것에 비유하는 눈을 지닌 이 시의 주인공은 성적인 유혹을 완전히 떨쳐버리기 힘들었을 것이다.
헌데 왜 그럴까. 이 시는 구체적인 성행위를 묘사하고 있지 않다. 아니, 독자들이 가장 궁금해 하는 성애의 묘사가 생략되어 있으니 말이다. 성은 흔히 생각하듯 행위가 아니라, 심리적인 일체감으로 더 완성된 경지에 오를 수 있다. 시인은 이것을 말하고 싶었다. 심리적인 성적 교감을 이루기가 얼마나 힘든 일인가. 그래서 그 자체가 경지라고, 적멸이라고 일축하고 있다.

모든 걱정과 번민을 다 녹여버리는 불생 불멸의 경지. 시인이 그토록 갈망하던 알도, 애도 다 지워지는 경지. 혼마저 끊어지는 경지. 성적 교감이 이루어지는 그 지점에서 시적 자아는 이미 혼절하고 있다. 혼절은 모든 세속적인 욕망이 끊겨나갔음을 의미한다. 니르바나를 향한 오르가즘. 성(性)의 성성(聖性).

꽃을 정부로 가진 시인은 얼마나 행복한가!

에로스와 타나토스의 근친상간성

햇빛의 볼륨을 높여라

채호기

나무의 손목을 잘라 그 피를 마신다
녹색 피의 황홀
햇볕의 볼륨을 높여라!
푸른 하늘에 구름의 커튼을 쳐라
자지러지고 메아리 치는 새소리의 튕기,
튕글, 튕굴, 굴렁, 령혼의 폭발!
하여 몸 밖으로 뛰쳐 나오는
자지러지고 메아리 치는 히로뽕
새소리의 환각 속에
햇빛의 볼륨을 높여라
푸른 하늘에 구름의 커튼을 쳐라
옷을 벗고 잎잎에 누우면
소용돌이 치면서 바닥으로 떨어지는 물결 위에 뜨는 숨결

나무의 꼿꼿한 성기가
나의 질 속으로 들어온다
햇빛의 볼륨을 높여라!
내 몸을 초록음의 공명으로 부르르 떨게 하는
나무의 힘찬 射精!
초록 뒤의 더 짙은 초록 겹쳐지는 초록
뒤엉키는 녹색 바르르 떨리는 녹색
희미한 녹색
출렁이는 초록닢 사이로 비쳐드는 肥音
죽어도 좋아! 녹색의 황홀경!
죽음을 치고 튀어오르는 섹스!
나무와의 섹스

"죽음을 치고 튀어오르는 섹스". 에로티시즘에서 에로스와 타나토스는 근친상간적이다.

욕망의 대상인 나무의 손목을 잘라 피를 마시는 행위는 이상 심리가 아닌가. 그 피가 관능의 향기를 내뿜고 있기 때문에 더욱 그렇다. 흡혈귀로의 변신보다 더 거칠고 도발적인 에로스가 있을까.

나는 옷을 벗고 잎에 눕는다. 나무의 성기가 나의 질 속으로 들어온다. 나무와의 성교가 흥분과 절정을 향해 치달을수록 나무와 나는 녹색의 에너지로 충만해져 간다. 그래서 그 절정에서 나는 소리는 비음(鼻音)이 아니다. 비음(肥音)이다. 나무가 풍성해지고 초록으로 살찌는 소리.

묘한 것은 그 다음이다. 그 비음이 죽음의 문턱에 이르러 있다. 가장 생명력이 왕성한 순간이 죽음과 겹쳐지게 되는가. 에로스와 타나토스의 모순관계 때문이다. 그 둘은 아니마와 아니무스와 닮았다. 에로스의 무의식 속에는 타나토스가, 타나토스의 무의식 속에는 에로스가 숨겨져 있다. 숙명이다. 동물의 세계에서 성교는 언제나 죽음과 맞물려 있다. 바따이유가 말한 대로, 인간도 성행위를 통해 의사죽음을 심리적으로 체험하게 된다.

그래서 그런가. 피와 죽음과 관능이 결합하는 즉시 관능성이 강등되기보다는 그 에너지가 오히려 더 증폭되는 기운을 느끼게 되니 말이다.

헌데, 이 시에서 나무와 성교하는 나는 누구인가. 미심쩍다. 나는 하늘도 아니고 햇볕도 아니고 바람도 아니다. 미셸 투르니의 소설 『방드르디, 태평양의 끝』의 주인공 방드르디가 대지와 성교하던 그 장면을 떠오르게 한다. 대지를 한 여자와 동일시하거나 나무를 남자와 동일시하는 성행위가 과연 상징적이기만 한 것일까?

방드르디가 대지와 성교를 마치고 난 뒤 그 장소에 자라난 기이한 흰 꽃의 식물, 만드라고라[143)가 피었던 것처럼, 이 시에서 나는 나무와의 섹스를 통해 몸 속에 무엇을 잉태하고 싶은 것인가? 문명으로 황폐화된 이 땅에 초록의 공명으로 가득 찬 한 그루 싱싱한 녹색의 몸을 낳고 싶은 것일까! 자연의 기운생동을 느껴 보려는 이 욕망이 성적 상상력이 아니고서는 이렇게 생생하게 표현될 수 없을 것 같다.

자연을 바라보는 시인의 눈이 이토록 뜨거운 이유를 알겠다. 녹색 욕망!

---

143) 미셸 투르니에 따르면, 십자가의 아래, 형벌 받은 사람들이 마지막 정액을 뿌려 놓은 장소에서 자라는 가지과 식물이다. 한글판 표준 새번역 성경에는 자귀나무로 해석되어 있다.

허기진 관능

늙은 창녀의 노래·1

김언희

활짝 벗었어
배때기꺼정 열어젖혀 놓았어
닭전 골목 평상 위
관능의 닭살 오소소 돋아오른
갓 마흔 나의 누드
헤벌어진 배때기 속에
마늘 대신 쑥 대신 당신
당신을 집어넣고
통째 우겨넣고
끓는 기름의 고요
속으로 투신하고 싶어
자그르르
튀겨지고 싶어, 쉴새없이
가로젓던 대가릴랑
토막쳐버렸어, 이리 와
당신, 이리 와
배때기째 벌려지는, 이
허기 속으로

늙은 창녀가 희망하는 섹스는 무엇일까?

이 시에서 늙은 창녀는 흔히 생각하는 대로 돈만 넣으면 반응하는 자동판매기가 아니다. 늙은 창녀가 열망하는 것은 자신의 몸을 소비의 대상으로 취급하는 불특정 다수의 고객이 아니다. 특정인으로 규명된 바로 '당신'이다. 그 특정인 당신만이 창녀의 허기를 채울 자격이 있다.

그녀가 얼마나 허기져 있는지는 내장을 다 뺀 닭의 뱃속과 그 뱃속이 얼마나 많은 것들을 채울 수 있는 공간인가를 상상해 보는 것만으로도 충분하다. 작은 공간이 아니다.

닭 뱃속의 크기는 분명 늙은 창녀의 궁핍의 크기와 비례하고 있다. 그러면 잘 봐야 한다. 이 늙은 창녀의 허기 즉, 뱃속은 한없이 늘어나는 공간이다. 그 뱃속은 당신을 통째로 우겨 넣을 수 있는 공간이다. 닭의 뱃속으로 비유된 늙은 창녀의 허기는 계산을 불허하는 절대적인 허기의 공간인 셈이다. 무한대의 허기이다. 존재 전체의 외로움은 어떠한 수치도 사상시키지 않는가.

창녀는 손님과의 거래 관계에서 그녀의 외로움과 허기를 채워 줄 본질적인 관계로 전환하고 싶다. 가로젓던 대가리는 이성이다. 그 이성을 왜 토막내었을까. 이성만으로 가능한 섹스가 아니라 온 몸, 온 삶으로 가능한 섹스에 대한 욕망 때문이다.

이 시를 읽으며 고물로 취급받거나 폐기처분에 직면한 한 불쌍한 늙은 창녀의 몸값에 대해 호기심이나 동정심을 유발하지 말자. 이 속에는 섹스가 지닌 본질적인 욕망이 숨겨져 있다. 몸은 근원적인 욕망으로 매 시간 숨쉬고 있다. 이 욕망은 단순히 생물학적 본능을 넘어서는 타자와 합일하려는 욕망에 다름 아니다. 상실된 존재 확인에의 욕망이다.

늙은 창녀는 자기 허기와 외로움의 뱃속을 채워줄 당신을 욕망할 때마다 관능의 닭살 오소소 돋아 오른다. 관능의 수사적 도구인 닭살이 곧장 관능과 불협화음을 일으키게 됨을 독자들도 느꼈을 것이다. 관능이 징그럽게 묘사되었으니 말이다. 허기와 외로움을 못이길 때 관능이 어떻게 변질되는가. 온통 관능으로 돋아 있는 늙은 창녀의 몸처럼 우리도 모두 존재의 외로움으로 흉측하게 닭살 돋아 있지 않은가.

관능은 허기다!

대사 기능으로서의 성(性)

늦겨울 눈 오는 날

정현종

날이 푸근하고 눈은 부드러워
새살인 듯 숲속으로
남녀 발자국 한 쌍이 올라가더니
골짜기에 기대어 그 짓을 하는 바람에
예년보다 빨리 온 올 봄 그 밤나무는
여러날 피울 꽃을 얼떨결에
한나절에 다 피워놓고 서 있었습니다

성적 상상력 속에 깃든 생태학적 미적 인식이 돋보이는 시이다.

이 시는, 사냥이 남성적인 성애의 이미지를, 숲이 성적인 추적의 대상이라고 탐구한 프라이의 주장에 충분히 동조하게끔 한다. 숲은 성적 상징의 장소임에는 틀림없다. 숲은 새살인 듯 눈으로 덮인 환상적인 분위기에 싸여 있으며, 한 쌍의 남녀 발자국이 향하는 밀애의 장소이기에 더욱 그렇다.

푸근하고 부드럽고 희며 새살인 듯한 숲 속은 봄의 환유이다. 그러한 봄의 기운에 따르듯 숲을 향하는 남녀의 이 자연스러운 밀애는 단순한 성애 이상의 의미를 내포한다. 남녀의 사랑이 우주의 기운에 따라 생동하는 봄의 에너지를 공급하는 역할을 하기 때문이다.

나비 효과인가. 이 한 쌍의 남녀가 나누는 밀애로 인한 체온의 상승이 숲 전체의 온도를 상승시키게 되고, 그 밤나무의 꽃피는 시기까지 좌우하기에 이른다. 예년보다 시기를 앞당겨 핀 밤나무의 꽃은 인간의 성행위가 전이된 상징물이다. 에로틱한 시에 등장하는 꽃은 그냥 꽃들보다 더 에로틱하다. 여기서도 남녀의 성행위가 곧바로 생식기 꽃을 피움으로써 숲 전체를 성적으로 자극하고 있다. 여러 날 걸려야 피우는 꽃을 무더기로 피우고 있으니 남녀의 사랑이 얼마나 강렬했다는 증거인가.

물론 남녀의 성애는 생명욕과 맞물려 있다. 인간의 성행위를 자연의 생명력으로 확장시키고 있는 상상력이 독특하다. 몸의 대사 기능에 따라 식물과 동물이 호흡할 때마다 산소와 이산화탄소를 교환하듯이, 인간과 자연이 상호 숨결을 교환하고 있다. 생태학적 원리이다. 인간의 생식과 자연의 생식도 동질적인 에너지의 영향 관계 아래 놓여 있다는 이러한 인식은 성이 본질적으로 가치 있고 아름답다는 지각이 있어야만 가능하지 않겠는가.

이렇게 읽을 수도 있겠다. 이 시가 통째로 성적 상징이라고 해보자.

이 시에서 숲은 감미로움과 포근함과 부드러움과 흰색의 이미지를 한데 응집시키면서 신비로움을 주도한다. 숲의 신비로운 이미지는 자주 여성의 자궁과 빗대어지곤 한다. 여성의 자궁과 같은 숲의 신비로운 공간에서 행하는 남녀의 밀애는 숲과의 또 다른 성적 행위인 셈이다. 남

녀의 밀애는, 자연의 자궁인 숲에 대한 상징적인 성행위라고, 그리고 숲
은 그 밤나무의 꽃을 무더기로 잉태하였다고……

자연의 운행까지도 주도할 수 있는 아름다운 성의 힘과 울림……

관능을 극대화시키는 거세

속의 바다 · 13

전봉건

그러나 내게는 보이는 것이 있었다
바람이었다 바람 부는 空中에 떠서 꽃가루 묻은 알몸
꽃잎처럼 펄럭이는 女子였다
그 女子 껴안고 구르고 펄럭이고 잦히고 솟구치는
나였다
그리고 갑자기 銃소리가 나더니
空中에 못박힌 구멍 뚫린 새였다
그 새가 된 나였다
그 새의 쳐진 두 다리 사이로 떨어지는 精液이었다
그리고 저만치 내려다보이는 축축한 풀숲에
自動小銃을 들고 서 있는 女子였다
꽃가루 묻은 알몸 꽃잎처럼 펄럭이는 女子였다
또 銃소리가 나고
또 한 번 空中에 못박혀서
또 한 번 구멍 뚫린 나였다
쳐진 두 다리 사이로
또 한 번 떨어지는 精液이었다

* 일부 인용

거세 모티프가 관능적인 효과를 한층 증폭시키고 있는 시이다.

공중을 나는 새가 성애를 나누는 바람은 꽃잎처럼 펄럭이는 여자로 비유되고 있다. 바람은 새에게 관능적인 한 여성이다. 문제는 거세당할까 불안한 남자의 심리다. 공포의 특징은 이미 그 안에 현실화될 가능성을 감지하고 있다는 데 있다. 아니나 다를까 갑작스러운 총소리다.

나, 곧 새가 바라보는 꽃잎처럼 펄럭이는 알몸의 여자는 착시 현상이 아닌가. 총소리 또한 환청이 아닌가. 문제는 착시든 환청이든 새와 여자는 무의식적 상징이라는 사실이다. 전봉건의 시에서 거세 심리는 전쟁을 통해 체험한 죽음에 대한 공포, 즉 포비아이다.

전쟁과 종말론적 불안은 에로티시즘을 부른다. 이때 야기되는 성적 욕망은 쾌락이 목적이 아니다. 생식이다. 죽음의 공포에서 반사되어 나온 생명욕이다.

총이 노리는 곳은 남성의 사타구니이다. 그 많은 장소 중에 왜 하필 사타구니를 노리는 것일까. 총에 맞아 구멍 뚫린 사타구니에서 정액이 떨어지는 순간 나는 아래쪽에 꽃잎처럼 펄럭이는 알몸의 여자를 응시하게 된다. 응시는 늘 욕망의 대상을 향한다는 점에서 관성적이다. 그 대상은 바로 여자이다. 종족 번식의 욕망이다. 여자의 소총은 남자의 사타구니를 향해 발사되고, 그 죽음을 통한 정액의 하강은 관능적 여자가 있는 방향으로, 그리고 궁극적으로는 여자의 몸 속으로 들어가고 싶은 것이다.

그런데, 총은 여성보다는 남성에게 더 어울릴 법하지 않은가. 인류사에서 볼록과 오목이라는 기하학적 모양은 어김없이 남녀의 생식기를 기억하게 만드는 구석이 있다. 그런데 이 시에서는 '여자/생명/총'과 '남자/죽음/구멍'으로 도착된 상상력이 특이하다. 하지만 결국 오목과 볼록의 근본적인 관계성은 해체되지 않고 있다. 여자의 총에 맞아야 남자의 사타구니는 구멍이 뚫리고 그곳으로 정액을 흘릴 수 있기 때문이다.

원색적이다. 정액의 색깔이 붉다. 붉은 피가 되어 꽃가루 묻은 알몸 꽃잎처럼 펄럭이는 여자를 향해 흘러가는 정액, 이렇게 원색적인 생명 욕은 보기 드물다.

세계는 그녀의 남근

그녀가 혼자 있는 방은 뜨겁게 불타오른다

이선영

그녀의 조그만 방은 문이 닫혀 있고
그녀는 종일을 방 속에서 나오지 않는다
아침이 지나 정오에 이르면 그녀의 방은
온도가 높아지기 시작한다
책을 들고 있기도 하고
펜을 들고 있기도 하고
어느새 그녀의 손이 절로 제 젖가슴을 움켜쥐면
그녀의 하반신은 뜨겁게 불타오른다
오후의 숨가쁜 언덕을 오르는 그녀의 방
그녀의 몸에선 연기가 피어오른다
……식지 않은
……그칠 줄 모르는
……못내 사그러들지 않는

> ······그을음 섞인······연기
> 흰 벽지는 누렇게 바래가고 있다
> 오후 4시, 시간이 무르익은
> 그녀의 방엔 불길이 일기 시작한다 불타오른다
> 그녀는 불 속에 소리없이 앉아 있다
> 뜨겁게,
> 활활 불타오르며 그녀의 방은
> 그 방을 가둔 집을 박차고 튀어나간다

세계는 현대인의 식욕에 대해서 하나의 커다란 유방이 된다고 말한 에리히 프롬의 생각을 응용해 본다면, 이 시에서 세계는 그녀의 성욕에 대해서 하나의 거대한 남근이 되고 있는 것이다.

이 시에서 몸으로 구조화되고 있는 방은 그녀의 삶이다. 혼자서 자기 인생을 즐기고 혼자 흥분하고 살아갈 수밖에 없는 외로운 여자의 자위 행위는 성적 상징이다. 세상과 소통할 수 없는 그녀, 세상과 관계를 맺어야 하지만 그럴 수 없는 여자의 현실을 잘 갈파하고 있다.

그녀는 자신이 공백의 상징인 종이로 존재해야 함에도 불구하고 펜이나 책을 들게 된다. 이것은 탈금기이다. 원래 펜이나 책은 남성의 전유물이 아니었던가. 초기 페미니즘 비평가들이 제일선에서 문제삼았던 것이 바로 남성만이 펜을 쥘 수 있다는 남근중심주의자들의 뒤틀린 생각이었다. 인간은 그 대상이 인간이든 사회든 뭔가 소통하고 싶은 욕망이 있다. 그 소통의 욕망을 가장 생생하게 보여주는 시적 현장이 있다면 그것은 바로 에로티시즘이다. 몸만큼 소통의 상징적 장소로 적당한 곳이 어디 있겠는가.

대화하고 싶은, 어딘가에 소속감을 느끼고 싶은, 누군가와 일체감을 맛보고 싶은 것은 인간의 원초적인 욕망이다. 타자의 몸과 대화하고 그 몸에 소속되어 일체감을 맛볼 수 있듯이, 그녀가 사회에서 자유롭게 말하고 싶은 욕망이 사회와 몸섞고 싶다는 욕망으로 상징화하고 있다.

그녀는 방을 가둔 집을 박차고 나간다. 그 집은 바로 방을 감금하고 있는 하나의 막이라는 점에서 여성의 처녀막과 겹쳐진다. 여성의 처녀막은 그동안 얼마나 억압당해 왔는가. 이 시에서 집은 사회의 구조이다. 그녀는 사회가 그녀의 글쓰기 욕망을 굴레지우고 있음을 잘 알고 있다. 더 이상 참을 수 없는 그녀는 자기 젖가슴을 움켜쥐고 자위행위라도 감행할 수밖에 없다. 그녀는 남성이라는 펜이나 책으로가 아니라 자기 스스로 펜과 책이 되어 섹스를 즐기고 하반신이 뜨겁게 타오르게 된다.

성적 상상력으로 대체하여 세계와 소통의 욕망을 증폭시키고 있는 이 시의 전략이 놀랍다.

3 몸 위의 성, 페미니즘

자연화된 여성, 여성화된 자연

에코페미니즘과 유토피아

황석우의 시 세계를 대표할 수 있는 시집 『자연송』[144]을 일관되게 관통하고 있는 주된 관심은 자연과 여성이다. 그런데, 그의 시에 등장하는 자연이나 여성은 20년대 다른 시인들의 시와는 처음부터 그 출발을 달리 하고 있다는 점에서 새롭다. 물론 자연과 여성에 대한 형상화가 당시 시단과는 완전히 이질적이라는 사실 자체만으로 의미를 지닌다고 단언할 수는 없다. 자연을 소재로 삼은 모든 시가 생태학[145]에 걸맞는 반인간중심적 세계관에 반드시 기초하고 있는 것은 아니다.[146] 그런 점에

---

144) 『자연송』에 실리지 않았을지라도, 이후에 발표된 시들이 『자연송』의 계열에 속한다고 판단되는 경우에 한해서는 함께 논의하려고 한다.

145) 생태학(ecology)은 크게 표층(shallow)생태학과 심층(deep)생태학으로 분류된다. 표층 생태학은 보통 인간 중심적 또는 신인동형동성론적 환경론으로 1940년대 말까지 유행했으며, 심층 생태학은 1940년대 말부터 등장하여, 자연을 유기체로 보고 세계를 상호 의존적인 현상들의 네트워크로 보고 있다. 즉 심층 생태학은 모든 생물들이 지닌 본질적인 가치를 인정하고 인간을 생명이라는 직물 속에 포함된 씨줄 날줄로 보는 패러다임의 전환을 가져왔다.(이소영 외 편역, 『자연, 여성, 환경』, 한신문화사, 2000, p.6, 프리쵸프 카프라, 『생명의 그물』, 범양사출판부, 1998, pp.22-23, Bill Devall & George Sessions, ed, *Deep Ecology*, Salt Lake City : Gibbs M. Smith Inc, 1985, pp.65-66)

서 볼 때, 그의 시에 등장하는 자연이나 여성이 생태학과 페미니즘이라는 두 축의 의미망 위에 기초하고 있다는 사실은 그 자체만으로도 논의 거리가 되기에 충분한 것이다.

그에게 자연과 여성은 인간중심 문화나 남성중심 문화 속에서 배태될 수 있는 도구적 타자가 더 이상 아니다. 물론 그 당시 황석우 시인이 생태학이나 페미니즘에 대한 개념을 정립하고 있었던 것은 아니다. 하지만 개념이나 용어에 대한 선지식이 있어야 그러한 세계를 형상화할 수 있는 것 또한 아니다. 시인 자신이 그것에 대한 이해가 선행되지 않았을지라도 그러한 세계관에 기반하고 있음은 시가 스스로 말해 주는 것이다.

그런데 그의 생태학적 페미니즘, 즉 에코페미니즘을 이해하기 위해서는 우선 상징주의와 아나키즘에 대한 이해가 필요하다. 그의 시적 요체라고 할 수 있는 상징주의나 아나키즘[147]은 둘 다 유토피아적 성향[148]을 강하게 노출시키고 있다. 이는 두 세계가 외형적인 성향과 무관하게 서로 동질적인 데 뿌리를 두고 있다는 단서인 것이다. 그렇다면, 그 시의 본질을 총체적으로 밝히기 위해서는 이제까지 그의 문학을 가늠하는 잣대가 되어 온 문학 외형적인 형태로서의 상징주의나 아나키즘을 아우르는 보다 포괄적인 패러다임으로서의 유토피아에 주목해야 할 것이다. 유토피아는 황석우의 시에서 상징주의와 아나키즘이라는 외형적인 문학 형태의 차이를 무화시키는 내적 동질성을 찾는 작업이 될 것이다. 여기서는 자연과 여성을 통한 유토피아의 실현 방식에 주목하고자 한다.

---

146) 강규한, 「문학생태학의 전개 과정과 새로운 가능성」, 『실천문학』, 2003년 겨울호, pp.63-69 참조.
147) 김학동, 『현대시인연구』, 새문사, 1995.
　　　 김경복, 『한국 아나키즘시와 생태학적 유토피아』, 다운샘, 1999.
148) 조두섭, 「황석우의 상징주의시론과 아나키즘론의 연속성」, 『대구어문논총』(14호), 우리말글학회, 1996.

『자연송』은 1920년 이전과 만주방랑시대인 1923년부터 28년 8월까지에 해당하는 시기에 창작된 시들이다. 이 시집에서 가난과 그로 인한 슬픔이나 설움, 불평등한 현실과의 갈등이나 원망의 감정들을 직접 찾아보기는 힘들다. 부정적인 현실에 대한 대안으로서 유토피아를 그린 시편들을 싣고 있기 때문이다. 그 유토피아를 그는 자연과 여성을 중요한 의미축으로 삼고 있는 에코페미니즘을 통하여 실현하고 있다. 에코페미니즘은 자연과 여성의 긍정적인 의미들이 톱니바퀴처럼 서로 맞물려 있는 이상적인 세계상이다.

생태학과 페미니즘은 자연과 여성을 의미짝으로 취하면서 강하게 연합하는 경향이 있다. 생태학과 페미니즘이 동시에 작용하는 곳에서 자연과 여성의 문제는 곧 생명의 문제로 환원되고 있기 때문이다. 에코페미니즘에서 성과 관능이 양각화되는 현상도 바로 이러한 생명의 문제와 무관하지 않다. 에코페미니즘이 에코에로티시즘으로 쉽게 확장될 수 있는 이유도 여기에 있다. 요컨대, 에코페미니즘은 유토피아를 실현하는 한 방식이며, 그의 시적 정신의 패러다임이 되는 것이다. 황석우 시인이 그의 시에서 유토피아를 실현하고 있는 에코페미니즘의 양상은 세 가지이다.

자연의 여성성과 생명 탐구

자연과 인간과의 관계 설정은 시인의 세계 인식의 바탕을 구성하는 데 가장 기본적인 요소 중 하나이다. 특히 에코페미니즘은 자연이 문학에서 재현되는 방식들과 자연이 성별, 종족, 계급, 섹슈얼리티의 재현과 연계되는 방식들을 논구하는 중요한 해석 잣대가 되어준다.[149) 에코페미니즘에서의 자연은 더 이상 인간 중심적인 눈으로 바라보는 낭만적인 시적 대상이나 부차적인 배경이 아닌 것이다. 황석우 시의 자연이 다층적인 의미망을 확보하고 있는 것도 이에 기인한다. 그에게 자연은 생명을 창조해 내는 주체로서만 의미가 있다. 자연에 대한 본격적인 시적 탐구는 생명에 대한 집요한 관심에서 비롯되었기 때문이다. 다음 시가 그 단적인 예이다.

> 그리하여내生命이너와갓치빗날수잇다면
> 나는네의싀ㅅ썰것케타는逆旋風의불가운데라도벌거벗고들어가타서
> 라도바리겟다
> 오오내동무태양아
>
> 「내동무태양아」 중에서

　나방이 죽음을 불사하고 불 속으로 뛰어들어가는 앙페토클 콤플렉스[150]를 모티프로 취하고 있는 시이다. 앙페토클은 죽음을 동반하면서까지 생명을 절대적인 대상으로 승격시켜버린 상징적 인물이다. 여기서 시적 화자가 품고 있는 생명에 대한 열망의 강도를 충분히 감지할 수 있다. 생명을 위하여 태양과 하나가 되려는 이 욕망 속에는 죽음을 불사하고서라도 생명을 얻으려는 반어적 열망이 내포되어 있는 것이다.

　1920년대에 황석우 시인만큼 생명에 몰입한 시인도 없다. 게다가 그

---

149) 이소영 외 편역, 앞의 책, p.172.

150) 나방은 불에 의한 죽음을 걸면서까지 태양을 향해 정복해 가는 것에 자주 비유되고 있으며, 그리스 철학자 앙페도클에서 연유한 이 앙페도클 콤플렉스는 바슐라르가 『불의 정신분석』에서 제시한 네 개의 콤플렉스 중 하나이다. 물리학자들은 이것을 향성이나 굴광성이라고 하는 이러한 삶의 본능은 죽음의 본능과 의미 짝을 이루는 것이 특징이다. 철학자 앙페토클은 말년에 스스로 신이 되기 위하여 에트나 화산에 떡어 들어 이 세상과 저 세상을 연결시키며 삶의 본능에서 자신을 파괴, 다시 재생의 기회를 얻으려 했다고 한다.(가스통 바슐라르, 이가림 옮김, 『초불의 미학』, 문예출판사, 1991, pp.74-77 참조)

러한 태도가 막연한 생명 예찬에 그치지 않고 과학적이며 생태학적 시선을 섬세하게 이용하고 있기까지 하다. 이러한 생명애는 자력처럼 자연을 상상력 속으로 끌고 들어오게 되어 있다. 그러한 생명 탐구가 궁극적으로 자연을 신체 언어로 형상화함으로써 무생물에 생명을 불어넣는 역할을 담당시키고 있다[151] 자연의 여성성에 몰입하는 것도 이와 같은 맥락에서 읽을 수 있다. 자연과 여성은 생명의 문제에 있어서는 동질적인 삶의 패턴을 보여주기 때문이다. 자연의 몸이 모체로서 형상화되는 예가 그것이다.

落葉은
풀과
나무들의
그産後의몸씨서내리는것

「落 葉」 중에서

이 시에서 나무는 산모이다. 나무가 꽃을 피우고 열매를 맺는 과정이 임산부가 아이를 출산하는 과정으로, 낙엽을 떨구며 이제 겨울 휴식에 들어가는 과정을 산후 조리로 형상화하고 있다. 이처럼 생명의 형상화가 몸을 직·간접적으로 환기시키는 이미지나 비유를 통해 이루어지고 있음은 당연하다. 생명에 관심을 두는 생태학은 추상적 대상보다 물리적 대상에 더 관심을 둔다. 생명에 대한 관심이 몸에 대한 관심을 파생하게 되고 그 관심이 다시 물리적 대상에게로 확장된 결과이다. 추상적인 대상보다는 사물에 관련된 표현들이 더 자주 인체나 신체에 연결되어 있기 때문이다.[152] 이처럼, 자연과 생명이 동시에 문제시되는 데서

---

151) 정화열, 『몸의 정치』, 민음사, 2000, p.60.
152) 정화열, 위의 책, p.60, 각주 54) 참조.

몸에 관련된 표현이 자주 등장하는 것은 너무나 자연스러운 현상이라고
할 수 있다.

　여기서 몸을 의미화 하고 있는 자연이 남성의 몸이 아니라 여성의 몸
과 동일시되려는 이유를 신중하게 생각해 볼 필요가 있다. 그것은 여성
과 자연이 은유적으로 닮아 있기 때문이다. 인체가 생명과 연대하게 되
는 순간 여성과 자연의 몸은 동등한 자격을 얻게 된다. 이것이 또한 생
태학과 페미니즘이 중요한 동반자로 엮일 수 있는 부분이다. 그들에게
몸은 생명을 창조하는 기관이다.[153]

> 잠은젓!
> 그는밤의살찐젓쏙지에서흘너나오는
> 葡萄빗의젓..
> 生物들은타임쎄ㅅ도우에누어
> 밤의그잠의젓을쌜어
> 새는날에運動할새로운生命의힘을배불닙니다
>
> 　　　　　　　　　　　　　　　　「葡萄빗의젓」 전문

　이 시에서도 생명의 새로운 힘은 여성에게서 나온다. "젓"과 "새는
날"은 생명의 순환 관계로 단단히 짜여져 있다. 그로 말미암아 어머니
의 젓은 곧 원초적 시간대의 성격을 강하게 환기하게 된다. 원초적 시
간은 단절도 결핍도 없는 것이 특질이다. 생물들이 하나의 유기적 생명
체가 되어 에너지를 서로 교환하는 생명의 운동성을 잘 표현한 시이다.

　이와 같이, 몸을 통해 자연과 여성은 등가적 대상으로 탈바꿈하게 된
다. 자연과 여성은 서로에게 은유적 매체가 되어 주면서 생명의 의미를
상승시키는 의미 관계로 단단히 결속되어 있는 것이 에코페미니즘의 세
계이다.

---

153) 정화열, 위의 책, pp.193-195 참조.

> 싀ㅅ쌜건짤기! 그肉은여름의마음쪼각
> 싀ㅅ쌜건짤기! 그肉은여름의마음주머니
> 곳그는여름의마음이나흔알(卵)
> 그속에는여름의사랑이! 魂이들어잇다
> 곳그속에는여름의사랑이, 魂이배여잇다
> 곳그속에는여름의胎兒가 自己의즐겁은「産의날」을우수며 울며가슴
> 조려기둘느고잇다

「싀ㅅ쌜건짤기」 전문

비코가 마음의 기관인 몸으로부터 언어가 나온다는 사실에 주목한 것은, 몸에 대한 황석우 시인의 생각을 잴 수 있는 유용한 잣대가 되어 줄 것이다. 딸기의 "肉"(몸)은 "여름의 마음의 주머니"이다. 몸을 마음의 기관으로 해석하는 몸 이론가들에 어울리는 발상법이다. 생태학에서 몸은 마음과 종속적 관계에 있지 않다. 여기서 황석우 시인의 생태학적 사유를 단적으로 엿볼 수 있다.

인간과 땅의 관계를 바라보는 관점과 마음과 몸의 관계를 바라보는 관점은 다르지 않다. 인간과 땅을 분리시켜 보게 되면 역시 마음과 몸도 분리시켜 보게 된다. 이와 반대로, 인간과 땅을 통합된 관계로 보게 되면 역시 마음과 몸도 통합된 관계로 보게 된다. 몸을 의미의 원천으로 삼는 이론가들은 마음과 몸을 하나로 보는 생태학적 사유를 기본적으로 견지하고 있는 것이 일반적이다.[154] 이러한 관점에서 볼 때 황석우 시인이 맹목적으로 생명을 구가하고 있지 않음이 드러난 셈이다. 이처럼 그의 시가 가지고 있는 시문학적 의미는 이러한 그 시대에 보기 드물게 몸에 대한 새로운 천착을 했다는 데 있다.

다음은 황석우 시에서 형상성이 뛰어난 작품이면서 에코페미니즘 시의 진수를 잘 보여 주고 있는 절편이라 할 수 있다.

---

154) 비코, 니체, 메를로 퐁티, 마틴 부버, 바흐찐 등을 들 수 있다.

　　나무와풀들은
　　머리를땅속으로박고
　　그가랑이를한울노向하여벌니고잇다
　　솟은곳그들의말하기어려운어느秘密한곳
　　花蜜은그들의아릿다운月經液이란다

「나무와풀의生理解」 전문

　　관능성과 신성함이 묘하게 융해되어 있는 독특한 시이다. 나무와 풀들은 여성의 가랑이와, 꽃은 여성의 생식기와, 그리고 꽃가루는 여성의 월경과 각각 대칭을 이루고 있다. 나무와 풀의 몸이 여성의 몸과 관능적 자태를 통해 그대로 겹쳐져 있는 것이다. 벌려진 가랑이와 비밀한 곳이라는 묘사만으로도 이 시는 충분히 관능적이다. 그런데 이 시는 벌려진 가랑이와 비밀한 곳으로 환기되고 있는 관능성이 월경에서 다시 한번 더 극대화되면서 독특한 시세계를 구축하게 된다. 다름 아니라, 월경이 꿀로 비유되어 있다는 자체가 그렇다. 감미로움은 관능성을 배가시키는 감각적 특질이 있다.

　　화밀, 즉 꽃 속의 꿀이 여성의 월경에 비유되면서, 월경은 감미로움을 동반하게 되고 관능적인 색채를 확보하게 되는 것이다. 꽃 속의 꿀로서 묘사된 여성의 월경이 이렇게 미각적이며 동시에 시각적 관능성을 띠는 발상법은 독창적이 아닐 수 없다.

　　생명을 존중하면서도 세계 여러 민속에서 출산과 직접 관련이 있는 여성의 월경은 사실 부정한 것으로 취급되어 온 것이 보편적인 양상이다. 그러한 점에서 볼 때, 월경을 소재로 삼은 것 자체도 낯설지만, 그것이 아름다운 미각적 물질로 은유화되고 있기까지 하다. 아마도 미적 대상으로서 삼은 것도 그렇지만, 월경을 이렇게 아름답게 묘사한 시는 현대시에서 유일한 것이라고 생각된다. 이러한 시적 형상성은 자연과 여성을 바라보는 페미니스트적인 눈이 없이는 쉽게 얻어질 수 없는 것이다.

가이아 원리로서의 '자연 – 여성'

에코페미니즘은 여성과 자연이 자율성, 생산성, 순환성을 가지고 있음을 부정해 온 가부장제의 이원론적 토대가 지닌 근본적인 문제점을 전면 비판하는 데서 시작되었다.[155] 이원론에서 여성과 자연은 언제나 열등하거나 비생산적인 대상으로 폄하되어 왔다는 것이 그 쟁점이다. 그런 담론적 성격으로 인해, 순환성과 생산성은 생명의 가치로 곧장 환원되지 않고 여성과 자연이라는 우회로를 거치는 것이 특징이다. 그렇기 때문에 에코페미니즘에서의 자연은 끊임없이 모성의 원리에 기대고 있는 가이아에 그 정체성을 둘 수밖에 없다.

황석우의 시가 자연의 시간대 중에서 봄에 편중되어 있는 것도 이와 같은 맥락에서 읽어야 한다. 봄은 생명의 잉태를 상징하는 계절로서, 모성의 몸과 상동적인 구조를 취하고 있다.

> 어느해던가
> 나무가지와
> 흙속에서 「아야야, 애고배야」하고외치길네
> 쌈작놀내 「왜그럼니가무엇에滯하셧서요」
> 무럿더니 그들이얼골쌜애저對答하되 「안이예요
> 아마애기가나올려나봐요
> 싹(芽)이, 봄의魂이」

「왜그러심닛가」 전문

땅은 몸과, 봄은 마음과 각각 대칭 관계를 형성하고 있다. '싹은 봄의 혼'이라는 표현은 그러한 전제에서 비롯한 발상이다. 여기서 봄의 혼은

---

155) 꿈지모, 「생태비평 일각의 오만과 독단」, 『환경과 생명』(29호), 사단법인환경과생명, 2001, pp.187-188.

프쉬케156)에 해당한다. 프쉬케는 물(物)이나 몸(肉) 위에 있으면서 물과 몸에 상관하면서 그 존재를 지탱하는 힘이다. 즉 숨이나 의식을 붙어 있도록 하는 생명의 정기이다. 요컨대, 봄의 혼에 붙어 있지 않으면 싹은 생명을 유지할 수가 없다. 그러므로, 「왜그러심닛가」에서 땅은 어머니의 몸에, 봄은 어머니의 혼에 해당한다. 어쨌든 어머니는 식물의 숨줄인 셈이다. '숨'은 생명체의 필수적인 운동이며, 그것의 원동력은 봄이고, 봄은 모체의 상징이 되는 것이다.

> 봄의職業은꽃製造, 빗創造, 노래創造!
> 봄은곳아릿다운生命을맨드는女流技師!
> 봄은太陽의젊은令夫人!
>
> 「봄」 전문

　봄은 아예 '생명을 만드는 기술자'로 명명되기도 한다. 창조할 때만 봄은 봄다울 수 있다. 그런데, 시인은 봄에서만 생명을 보고 있지 않는다는 점이 중요하다. 시인에게 모성성을 지탱해 주는 것은 생명의 순환성이다. 따라서, 가이아 원리에 따라 움직이는 모성성만이 유의미하게 되는 것이다.

　그렇게 영원한 생명성에 몰입한 결과, 겨울은 죽음의 원리가 아니라 여전히 생명의 원리로 작용하게 된다. 겨울은 봄의 부활을 고지하는 계절이 될 때 존재 의미가 있는 것이다. 겨울과 시간상 인접해 있는 봄으로 말미암아 겨울은 그냥 죽음으로 끝나지 않는다. 겨울은 생명의 부활이며, 순환과 영원을 상징하는 계절로 격상하게 된다. 에코페미니즘적 시선만이, 죽음을 상징하는 겨울의 땅 속에서도 움직이고 있는 생명과 봄의 기운을 꿰뚫어 볼 수 있는 것이다. 생명의 순환성을 통해 발휘되지 않는 모성성은 그 위력을 곧장 상실하고 말기 때문이다.

---

156) 떼야르 드 샤르뎅, 양명수 옮김, 『인간현상』, 한길사, 1997, p.174, 역주 1) 참조

> 겨울을尊敬하라
> 겨울은偉大한農夫이다
> 겨울은어-ㄴ짱속에 봄을
> 봄의아릿다운生命을심는農夫!
> 흰눈은곳그淨한거름(肥料)!
> 쏘한겨울바람은그밧가는소의씩씩한소리외잇침!

「겨울을尊敬하라」 전문

이 시에는 또한 그물망적 사고가 전제되어 있다. 그의 시에서 사계절이 다른 계절과 연쇄적인 의미의 관계망을 이루고 있는 것도 모두 이에 기인하는 것이다. 이러한 그물망적 사고 방식은 생태학의 핵심적 요소이다. 생명체는 독립된 개체가 아니라 전체와 연합해 있을 때에만 생명력을 온전하게 발휘할 수 있다는 것이다. 그물망은 생명을 계속 순환시키는 메커니즘인 것이다.

또한, 황석우 시인이 모든 계절을 노동으로 수용하고 있거나, 생명의 의미로 환원시키고 있다는 점에도 주목할 필요가 있다. 그에게 노동은 신성한 행위이다. 노동은 생명의 통로로 사용되고 있기 때문이다. 노동은 생명이라는 정당한 대가를 가져오기에 신성한 것이다. 그렇기에 사계절은 모두 그 계절에 걸맞은 자기만의 독자적인 노동의 형태가 주어진다. 겨울은 인간 중심적인 관점에서 바라볼 때처럼 더 이상 휴식이나 정지된 시간이 아니다. 생명이라는 거대한 그물망 속에서 겨울은 여전히 생명을 창출하는 노동에 집중하고 있다. 이러한 노동의 겨울 또한 생태학적 렌즈를 통해서만 포착할 수 있는 현상이다.

황석우 시에 등장하는 계절의 첫 번째 특징은 다른 계절들과 생명의 끈으로 연결되어 있다는 것이다. 두 번째 특징은 계절이 주기적이고 순환적인 시간대로 구성되어 있다는 것이다. 요컨대, 그의 시에서 계절은 문명 세계에서 흔히 시간의 분절을 인식시키는 도구로서의 기능을 넘어서 있다. 가이아적 시간의 면모를 단단히 구축하고 있는 것이다.

> 大地가끈힘업시
> 生物을낫는 것은
> 한울과
> 짜사희의큰虛空을멧구려는長遠한計劃이람니다
>
> 「虛空을메ㅅ구는計劃」 전문

　대지 또한 가이아로서가 아니면 아무 의미가 없다. 이 시에서 허공에 대한 시공간적 인식을 눈여겨봐야 한다. '허공'과 '長遠'이라는 공간어와 시간어는 생명의 영원성과 순환성을 함축하고 있다. 그리고, '生物을낫는것은'의 주체는 생물을 생명을 창조하는 어머니 곧 가이아적 존재이다. 이러한 시적 인식을 종합하면, 가이아적 존재로 사는 것이 대지의 정체성이며, 곧 자연의 정체성이다.

　이렇게 생명은 근본적으로 다양성을 전제로 한 관계성, 그리고 순환성을 기초로 성립되는 세계이다.[157] 획일성, 고립성, 그리고 비순환성은 시간의 정지를 뜻하기 때문이다. 생명의 연속적인 순환은 연속적인 시간의 흐름 속에서 가능한 것이다. 시간을 극복하는 것이 모성의 본질이라는 말[158]은 이러한 연속적인 시간에 어울리는 말이다. 여성은 아기를 낳는 자로서 생명을 무한에로 전달하는 것처럼 무한의 요소를 시간 속에 끌어들이기 때문이다. 이러한 측면에서, 황석우의 시는 충분히 에코페미니즘적이며, 그래서 또한 문제적이다. 이러한 생명의 순환성에 대한 관심과 집요한 탐구가 성을 생명 창조의 원리로 삼고 있는 에코에로티시즘의 세계를 가능하게 한 것이다.

---

157) 문순홍, 『생태학 담론』, 솔, 1999, pp.146-148 참조.
158) G. 르 포르, 김대식 옮김, 『영원한 여성』, 성바오로 출판사, 1970, p.111.

관능적 자연과 에코에로티시즘

생명에 대한 탐구는 궁극적으로 성의 세계로 수렴되는 것이 특징이다. 성이 생명의 원천이며 원리이기 때문이다. 따라서, 생명 탐구에 몰입하고 있는 작가에게서 성적인 묘사는 너무나 자연스러운 일이다. 동일한 성적인 묘사라 할지라도 그것이 자연을 대상으로 삼고 있으면서, 궁극적으로 생명을 구가하고 있다면 생태학적 몸에 통합시킬 수 있다. 인간의 낭만적이며 목가적인 대상으로써만 자연의 의미가 제한될 때 인간 중심적이고 비생태학적이 된다. 또한 여성이나 여성의 몸도 남성의 성적 충족이나 낭만적인 대상으로써 제한되거나 전락될 때도 비생태학적이기는 마찬가지이다.

대지와 인간의 관계를 주제로 삼는 에코페미니스트들은 전략적으로 인간과 자연의 대화 수단으로 성애화나 제식적인 성교 행위를 형상화하려고 시도해 왔다.[159] 에코페미니스트에게 에로티시즘은 생명과 직결되는 문제이기 때문이다. 황석우의 시에서 자연의 몸이 관능화되어 있는 것도 이와 다르지 않다.

江우나
바다우에빗친달은
물속에서노-ㄴ닐느는
볼기흠어러지게發育된裸體의處女갓흠니다

「江과바다우의달」 중에서

이 시도 시인의 다른 시들과의 문맥 속에 넣고 살펴야 해석의 오류를 범하지 않을 것이다. 이 시에서 "볼기흠어러지게발육된나체의처녀"로

---

159) 이소영 외 편역, 앞의 책, p.179.

표현된 관능적 자연은 곧 자연의 생명력으로 치환시킬 수 있다. 강과 바다의 물 이미지가 '나체의 처녀'와 만나 그 관능성을 극대화시키면 시킬수록 물의 모성성은 증폭된다. '발육된나체의처녀'는 이제 생명을 잉태할 수 있는 모체로서 성장하였음을 암시하는 것이다. 이처럼 생태학에서는 관능성이 강조되면 될수록 자연은 건강한 몸과 그에 따르는 왕성한 생명력을 부여받게 된다.

> 가을바람이한울에서
> 휘ㅅ파람불고짜우에내려오면
> 풀과나무들은깁흔밤중이라도
> 잠째여소리치고
> 그에게응석부리고달녀들어
> 그의키-스를밧으며 그의抱擁을밧고
> 그에게마음다한모든熱情을밧침니다

「가을바람과풀과나무」 전문

에코페미니스트들은 신성하고 아름다운 생명력으로 수렴되는 성에 관심을 둔다. 그러므로 생태학이 에로티시즘을 통하여 생명으로 충일한 원초적 질서를 회복하려는 그 의식 속에서 유토피아를 엿보는 것은 어렵지 않다. 생물들간의 성적인 행위는 역동적이며 건강한 자연을 형상화하기 위한 중요한 수사법이다. 자연의 질서는 생명의 생성순환 관계에 있다. 따라서 생명을 전제로 한 성적 행위는 자연 본연의 질서를 효과적으로 보여주는 수사법이 되는 것이다. 「가을바람과풀과나무」에서도 풀과 나무들은 가을 바람과의 성행위를 통해 생명의 에너지를 공급받고 있다. 생명을 잉태하는 데 온 에너지를 쏟고 있는 자연이 이상적인 자연의 모습이라고 시인은 에로티시즘을 통해 말하고 있는 것이다.

에로티시즘은 본질적으로 섹슈얼리티와 다르기 때문에 이러한 상상력이 가능하다. 에로티시즘은 생물학적 성을 뛰어 넘어 심리학적 성을 문제삼는 것이다. 에로티시즘에서의 성은 성행위 자체의 의미에 만족하지 않고, 그 행위를 통한 생명에 더 관심을 갖는다. 에로스의 이론가인 마르쿠제가 생태 운동이 해방을 향한 심리 운동이며 에로스의 운동임을 강조하고 있는 것도[160] 이 때문이다. 그에 따르면, 인간의 일차적 충동은 가장 완전한 생명의 충일을 지향하는 것이며, 그것이 생태학 운동의 핵심이 된다.

요컨대, 자연을 관능화시키는 시적 발상법에는 중요한 시적 인식이 담보되어 있는 것이다. 자연을 생명의 근원으로 조명하는 해석적 관점이 그것이다. 황석우에게 자연은 모체와 다름없다. 그에게 관능적으로 묘사된 여체는 생명의 의미를 떠나서는 아무 의미가 없다.

봄은 옵니다
봄은모든말는나무와
어-ㄴ짜우에
임마ㅅ추며옵니다
그입술한번슷치는곳에는
나뭇가지사희와
흙속에서 파란
어린싹들이입술을쪽쪽빨며

---

160) 허버트 마르쿠제, 「정신분석학적 생태학 : 생태학과 현대 사회 비판」, 『생태학 담론』, 솔, 1999, pp.50-65 참조. 생태학적 관점에 입각한 이 글을 통해 마르쿠제가 해석한, 프로이트의 두가지 충동인 에로스와 타나토스의 특성은 다음과 같다. 프로이트에 따르면, 인간의 일차적인 충동은 고통이 없는 가장 자유로운 상태에 대한 갈망이다. 이러한 완성과 자유의 상태는 생명의 초기 상태, 즉 자궁 내 삶에서 맛보았다고 한다. 그리고, 죽임과 파괴의 본능도 탄생 이전 상태로 회귀하려는 열망에 다름 아니다. 그렇기 때문에, 고통에서 자유로운 상태에 도달하려는 갈망은 결국 에로스 곧 생명의 본능에 속하게 된다. 따라서, 에로스적인 열망은 생명의 만개와 성숙에서 자기 목표를 발견해야 하고, 그러한 관점에서 생태 운동이 진행되어야 하는 것이다. 에로스의 충동은 살아있는 것을 보호하고 돌보는 것 속에서 자신을 완성해야 하기 때문이다.

봄의단키-스를더맛보려고벗채는듯히
머리쏠근쏠근치켜들고나옵니다

「싹」 전문

관능성이 극대화되는 지점에서 「싹」의 관능은 생명으로 그 이미지가
전환된다. '어린 싹'들과 봄과의 입맞춤은 생명이라는 물리적 에너지로
작용하고 있다는 점이 이 시를 해석하는 주요한 관건이다. 봄과 입맞추
려는 어린싹들의 욕망이 크면 클수록 그에 비례하여 싹들의 키는 땅 위
로 쑥쑥 자라 올라온다. 이렇게 자연의 몸을 형상화하면서 생명과 동등
한 의미 자질을 성에다 부여하는 지점에서 에로티시즘은 생태학적 세계
와 결합하게 된다.

아ㅅ침이슬에저진꼿들은
밤사희의秘密한享樂에힘짓친
머리ㅅ뒤늣처진
불탁이홀숙하고
눈째ㅅ군한쇠집갓간색씨들갓구료

「아ㅅ츰이슬에저진꼿들」 전문

이 시는 향락과 퇴폐에 빠진 꽃들을 묘사하고 있는 듯하다. 그러나,
그 이슬은 꽃들에게 생기를 불어 넣어줄 하루치의 생명력일 뿐이다. 그
물질에 충만히 젖어 있는 관능적인 꽃을 통해 자연은 아름답고 신성한
대상이 되는 것이다.

이렇게, 에로티시즘과 생태학을 동시에 의미화시키고 있는 세계를 에
코에로티시즘이라고 불러도 무방할 것이다. 이 에코에로티시즘은 페미
니즘적 인식을 바탕으로 형성될 수 있는 세계이다. 생명으로 충일한 가
장 이상적이고 질서정연한 상태를 자연의 몸을 통해 획득하려는 시적

시도에 있어서 성애적인 행위들은 생명의 비유적 행위로서만 그 가치를
얻게 되는 것이다. 요컨대, 에코에로티시즘은 자연을 여성의 관능적인
신체에 비유하고, 관능성을 모성화하면서 생명으로 충일한 이상적인 세
계를 지향하는 세계관이라고 요약할 수 있다.

> 가을날에는大自然의舞踏會가열닌다
> 시내와江과바다에는물이춤추고
> 山에서는나무가춤추고
> 들에서는풀들이춤춤니다
> 그러나그들은가을바람과맛쪄안는雙舞를춤니다
> 가을바람은곳自然界의아릿다운勞動者-물과, 풀과나무들과
> 시냇가의舞臺, 江우의舞臺,
> 들과山숲속의舞臺에서
> 그들의봄, 여름동안의勞動의勝利를祝賀하는춤추러온젊은童貞男이
> 람니다 그몸에는靑丹楓의 無依를입엇담니다

「가을自然의舞踏」 전문

이 시에서 형상화된 대로 에로티시즘은 생명의 축제이다. 그것은 성
자체가 아니라, 그 성행위가 가져 올 생명으로 충일한 모태나 원초적
시공간을 향한 몸짓의 은유화이기 때문이다. 에코에로티시즘이 가장 아
름답게 그려진 시이다. 춤은 생명체의 원동력이다. 춤은 생명체가 자기
생명의 절정에서만 드러낼 수 있는 흥겨운 몸짓이다. 몸이 병들어 있으
면 춤을 출 수가 없다. 생태학과 에로티시즘이 만나 에코에로티시즘이
라는 독특한 의미 영역을 창출해 낼 수 있는 것도 몸에 대한 사유에서
그들이 일치하고 있기 때문이다. 그들에게 몸은 생명의 근원지로서만
의미가 있는 것이다.

이처럼, 생명력으로 충일한 원시적 삶이 황석우 시인이 추구했던 유
토피아의 세계인 것이다. 보존과 안정에 대한 열망이 그로 하여금 관능

화된 자연, 그물망으로서의 자연, 모성화된 자연을 시의 패러다임을 낳게 된 것이다. 이것이 그의 세계관이다. 세계관은 시인이 옳다고 생각하는 데에서 찾을 수 있다. 그리고 그 세계관은 시 속에 고스란히 스며 있기 마련이다. 생태학에서 가장 바람직하고 옳은 것은 원상 보존, 안정, 생물계의 아름다움을 향해 있을 때임[161]을 주지한다면, 황석우의 시적 정신의 윤곽이 드러난 셈이 된다. 에코페미니즘이 그것이다.

시 한편만을 텍스트로 삼는다면, 남성 중심적인 관점이 강한 한국 근현대시의 보편적인 경향에 잘못 편입될 요소들이 없는 것은 아니다. 그러나 단편적인 특성을 가지고 이제까지 논의한 황석우 시 전체를 남성 중심적이라고 환원하는 오류를 범하거나 그의 시 전체를 폄하시키지 않았으면 하는 바람이다. 한 시인의 세계관은 시 전체의 문맥을 통해서 보아야 하는 것이다. 비가시적으로 연결되어 있는 정신적 궤적은 총체적 접근을 통해서만 의미를 확보할 수 있기 때문이다.

그런 대표적인 예가 '태양'에 대한 해석이다. 그의 시에서 태양은 남성적 이미지를, 봄은 여성의 이미지를 환기하는 경우가 많다. 이러한 양상은 표면상 충분히 남성 중심적이라 판단될 수 있다. 그러나 황석우의 시에서 태양이 남성을 상징하고 있을 때에라도 그것은 전혀 지배자를 함축하고 있지 않다. 태양은 여성을 상징하는 봄과 함께 조화롭게 모든 생명을 길러 내는 공동의 일꾼일 뿐이다. 즉 남성과 여성이 태양과 봄이라는 단순 대칭관계로 설정되어 있다고 할지라도, 그들은 대립이나 상하, 또는 주종의 이원론적 가치에 전혀 기대고 있지 않다는 점이 중요하다. 이것은 그의 시에서 남성이냐 여성이냐를 굳이 구별하여 해석하려는 것이 무의미함을 잘 보여주는 예이다.

---

161) Sueellen Campbll, <u>The and Language of Desire</u>, *The Ecocriticism Reader*, Athens and London : Georgia Univ. Press, 1996, p.131.

　이성과 감성, 정신과 육체, 남자와 여자, 인간과 자연 등의 이분법적 사고를 지양함으로써 타자들 사이의 다양성과 관계성을 인정하는 이러한 생태학적 태도 속에는 이미 페미니즘의 싹이 자연스럽게 깃들여 있는 것이다. 1부에서 다룬 '아나키로 귀환하려는 몸'에서 다룬 아나키스트로서의 세계관이 없었다면, 에코페미니즘은 불가능했다고 보인다.

불임과 잉태 사이에서

글쓰기와 존재의 불임

언어는 가부장적이고, 남성 중심적인 문화에서 여성을 열등한 존재로 인식하게 하는 대표적인 도구였다. 여성의 개체성을 삭제시키는 데 언어의 금기만한 도구가 어디 있을까. 근대 이전의 불운한 시기에 태어난 여성들이, 여성들에게 무거운 언어의 족쇄를 채우는 가부장적 사회의 희생물이 되어 사라졌다면, 근대의 여성들은 제한적이나마, 글쓰기의 통로를 얻을 수 있었다는 점에서 행운아들이라고 할 수 있다.

그러나, 남성 중심의 사회는 그렇게 너그럽게 여성에게 행운아의 자리를 내주지 않았다. 근대의 대부분 여성 문인들은 '여류'라는 이름아래 남성 문화에 의해 가지치기 당했으며, 그나마 재능 있는 여성들은 기구한 생을 살다 갔다. 여성은 글쓰기라는 행위에서 강제적인 불임을 경험해야 했다.

그런 면에서 보면, 80년대는 현대시사에서 한 획을 긋는 시기라고 할 수 있다. 강은교, 김혜순, 최승자, 김승희, 고정희 시인들을 선두로 여성 시들이 '여류'라는 묵은 각질을 벗기 시작하면서, 후배 여성 시인들에게 도전이 되었기 때문이다. 그리고, 이 바톤을 감격적으로 이어받은 90년대 초 여성 시인들은 양적으로나 질적으로 상당히 고무되기 시작하였다. 새로운 의미의 '여류'가 부화하기 시작한 것이다. 새로운 의미의 '여류'란 적극적인 여성 의식이나 여성 정신을 뜻한다.

확실히, 90년대 여성시들은 그들의 창작 행위를 통해 여성의 정체성, 여성 정신을 제대로 펼치고 있다. 무엇보다 여성이라는 창작자 자신의 몸을 시적 화두로 삼고 있다는 점이 예사롭지 않다. 그들은 자신들의 정체성을 생물학적 성을 가늠하게 하는 몸에서 과감하고 적나라하게 찾고 있는 것이다. 너무나 자연스러운 현상이 아닐 수 없다. 자신의 정체성을 가장 잘 드러내고 있는 장소의 하나가 몸이기 때문이다.

'여성들에게 있어서 글쓰기는 무엇을 의미하는가'라는 화두를 가장 심각하게 던진 시인은 김혜순이다. 이 화두는 상당히 중요하게 보인다. 왜냐하면, 여성의 글쓰기란 단순히 언어 조합하기의 능력이 아니기 때문이다. 여성의 글쓰기는 곧 여성이 자기의 존재를 인식하는 첫걸음이기 때문이다.

그런 의미에서, 90년대 여성시의 주류를 형성한 자성적 시의 등장은 바람직한 현상으로 보인다. 그들은 여성의 글쓰기가 남성 중심의 사회에서 어떠한 의미를 지니는가 하는 고민에서 출발한다. 그래서 그런지, 그들에게 글쓰기는 생물학적 기반인 몸과 분리되어 있지 않다. 여성들이 몸으로 글을 쓰려고 하는 이유는 몸이 여성의 존재성, 정체성과 맞물려 있는 자리이기 때문이다. 여성의 몸은 질료와 같으며, 글쓰기는 그 형상이라고 할 수 있다. 글쓰기는 여성의 몸을 빚는 행위요, 몸을 빚는 것은 여성들 자신의 정체성을 확인하는 행위이다.

90년대 여성시들이 추구한 진정한 자기식 언어 찾기는, 남성들의 글판에 종속된 글쓰기가 아니라, 곧 자신만의 글판을 만들기 위한 주체적 글쓰기이다. 그러한 주체적 글쓰기에 대한 고민은, 그렇기에 자신의 비

주체적인 몸에 대한 반성과 성찰을 시도하게 된다. 주변인과 변두리적 몸, 불임의 몸에 대한 자각이 그것이다.

이선영의 시집『오 가엾은 비눗갑들』은 확실히 몸을 소재로 한 물음과 반성의 시학이다. 「잘못 찍힌 도장」은 이제까지 살아온 삶을 몸이라는 질료를 통해 파고들고 있다.

어떤 서툰 손이 나를 이곳에 찍어 놓았는가?
질 나쁜 종이 위에 채 반밖에 드러나지 않은 보기 흉한 이 몸뚱어리
나를 움직이는 손의 정체가 나는 궁금하다
나는 선명한 흔적을 남기고 싶었다,
잘못 찍힌 도장이 되고 싶지는 않았다. 나는
언제나 좋은 종이와 인주를 갖고 싶었다, 그리고
진정 나를 다룰 줄 아는 손을
그러나 만일 내가 애초에 잘못 만들어진 도장이라면?

「잘못 찍힌 도장」 중에서

자기 반성은, 시인의 삶을 '잘못 찍힌 도장'으로 규정하고 있는 데서 시작되고 있다. 그 손을 구체적으로 밝혀 보이지는 않고 있지만, 어쨌든 시인은 '몸뚱어리'를 움직이는 '손'이 있음을 분명히 깨닫고 있다. 나의 존재를 형성한 지배자, 주체자에 대한 원천적인 의문이며, 자기 각성의 조짐을 보이는 시이다. 보이지 않는 일상의 거대한 힘에 대한 인식, 그리고 그 힘에 의해 자신의 삶이 해체되거나, 비틀려 왔다는 인식은 확실히 아웃사이더의 의식에 기반하고 있다.

시인은 잘못 도장 찍힌 몸이 되고 싶지 않을 뿐 아니라 더 나아가 '좋은 종이와 인주'를, 또한 '나를 다룰 줄 아는 손'을 갖고 싶었다고 고백하고 있다. 내가 내 삶의 주체가 되고 싶다는 언표임이 분명하다. 종이와 인주는 인쇄라는 차원에서 글쓰기에 필요한 종이나 펜과 동일한

기구이다. 주체자가 될 수 없는 수동적이고 주변적인 삶은 타인(남성)이 찍어주는 도장일 뿐이다. 종이와 인주도 없을 뿐더러, 그것이 있다할지라도 도장을 찍을 수 있는 손이 없기 때문이다. 나는 찍는 대로 찍히고 흔적만 남는 도장자국일 뿐이다. 나를 낳는 주체는 나가 아니다. 나는 불임중인 것이다.

　그런데, 시인에게 자신의 삶을 마음대로 주도하는 '손'보다도 더 참을 수 없는 부분은, '나'의 방식이나 태도이다.

> 내가 후회하는 것이 있다면
> 애써 내것으로 만든 물건이 내 마음에 썩 드는 물건이 아니었을
> 경우에도
> 내가 그것을 굳이 무르려 하지 않았던 일이다
> 　　　　(중략)
> 그러나 내가 무엇보다 더 후회하는 것은
> 이 무를 수 없는 것들의 소유주인 나를 무를 수 없다는 사실이다
> 　　　　　　　　　　　　　　　　　「기정사실」 중에서

　타자인 '손'이 형성한 가짜의 내 몸을 무르지 않는 안일한 '나'에 대한 자괴심을 잘 드러내고 있다. 자기가 잘못 살고 있지나 않은가 하는 의문은, 아웃사이더의 본질 아닌가. 거대한 일상의 벽에 갇혀 있는 자신의 삶을 점검하는 반성의 기회를 통해 진정으로 여성들은 그들이 살고 있는 현실이 어떠한 것인가를 깨달을 수 있다.

　이러한 탐색은 이경림 시인의 시집 『그곳에도 사거리는 있다』에서도 시도되고 있다.

> 그날, 햇살은 툭툭 이파리처럼 터지고
> 나는 꿈꾸었네 한 마리 물고기가 되는 꿈
> 푸른 비늘 번쩍이며 잎새들 사이로 헤엄치는 꿈

> 나무 사이로 햇살 사이로 색색의 울음 사이로, 휘익
> 그가, 낚시를 던졌네 이파리 사이로 번쩍
> 낚시바늘이 내 등에 꽂혔네, 푸드덕
> 허공에서 나는 잡혔네
>
> 「환상은 종양을 만든다 2」 중에서

이선영의 시에서 '손'이, 이 시에서는 '그'로 등장한다. 여전히 나는 주체가 될 수 없다. 오로지 그의 낚시 바늘에 "내 등"이 꽂히는 그런 수동적인 존재일 뿐이다. 시적 문맥으로 봤을 때, '그'의 정체는 '꿈꾸는 물고기'의 몸을 구속하거나, 폭력을 행사하는 어떤 힘이다. 제목이 함축하고 있는 대로 '환상(꿈)'은 '종양(상처, 고통)'을 만든다. 자신의 몸을 남자들이 낚아채 가길 기다리고 있었던 여성들의 수동적인 태도에 대한 반성이기도 하다. 여성들의 이러한 잘못된 환상이 여성들에게 종양이 된다는 자각이다. 이렇듯 여성은 늘 중심이 아니다. 행위의 주체가 아니라는 말이다. 가장 자리에 속한 주변인들이다.

가장 자리는 늘 불안하다. 그 가장 자리에서 느끼는 불안의 의식들은, 그러나, 좋은 의미에서, 심상치 않다. 가장 자리, 변두리는 변화를 예고하는 장소적 특징을 지니기 때문이다. 불안, 분열, 갈등만이 가장 자리에 변화를 주는 원천적 힘이 될 수 있다. 중심부와의 긴장은 변화의 에너지가 될 수 있기 때문이다. 여성에게 중심부는 자신들을 억압하고 구속하는 남성 이데올로기들이다. 그러므로, 여성시의 불안증은 건강한 의식을 반증하는 것이다.

여성은 남자에게만이 아니라 아기에게서도 여전히 주변인일 뿐이다. 안정옥의 시 「백합」이 좋은 예이다.

> 여자들은 그들 이름을 아이에게 건네주었다
> 아이가 말을 할 때 여자는 문이 없어진 걸 알았다

> 거리는 막혀 있고 편지는 늘 되돌아왔다
> 낮이 끊긴 날은 거미줄에 숨은 거미가 되어
> 서로 껴안으며 흘리는 말들을 주워담았다
> 고여있는 것은 무거워 들 수 없는 무게를
> 여자는 전전긍긍하고
> 멀리서 남자는 배부른 호강이라고 말했다

 '이름'과 '말(언어)'는 한 인간을 존재하게 하는 데 가장 기본적인 요건이다. 그런데, 여자들은 아이때문에 자기 이름을 잃고, 언어를 잃는다. 봉건 시대의 여성이 평생 자기 이름을 가질 수 없었다면, 현대의 여성들은 원칙적으로는 자신의 이름을 얻기는 하나, 엄밀히 따지면, 아이를 낳는 시기를 기점으로 자기 이름을 상실하고 만다. 아기는 자기 상실의 징표이다. 이름의 상실은 존재의 상실과 다르지 않다.

 이 시에서 여자의 몸은 표현되지 못한 말들에 짓눌려 있다. 그래서 그 몸이 무겁다. 그 무게와 씨름하고 있는 여성을 향해 오히려 남자는 배부른 호강이라고 비웃기나 할 뿐이다. 글쓰기의 억압이 얼마나 심각한 문제인가는 여성의 무거운 몸에 잘 투영되고 있다. 글을 쓸 수 없는 것, 그것이 존재의 불임이다.

 이러한 상황에서, 여자들의 이름 찾기와 언어 찾기 행위는 곧 존재 찾기의 일환이라는 점에서 중요하다. 거미줄처럼 쉴 새없이(언어는 인간의 본능이니까) 흘러나오는 감당하기 힘든 양의 말을 도로 '주워담어야' 하니, 내뱉지 못한 언어를 평생토록 질질 끌고 살아가야 하는 그 존재가 얼마나 무겁게 느껴지겠는가. 그러나, 여성들이 존재 확인의 문(언어)을 열려고(표현하려고) 전전긍긍하는 모습이, 남자들에게는 사치스러운 일로 비칠 뿐이니, 현대에 이르기까지 언어의 족쇄가 얼마나 무겁고 끈질기게 여성의 삶을 일그러뜨렸는지 짐작할 만하다.

 여성들은 자기 안에 쌓여 있는 말과 글들을 맘껏 잉태하면서 가벼운 몸으로 살아가기를 희구한다. 신현림 시인의 『지루한 세상에 불타는 구두를 던져라』도 이러한 의식의 편린들이다.

아가야 깍꿍. 왠지모를 이 불안을 기뻐하지 않을래?
아가야 까꿍. 바깥은 쓰레기폭탄창고란다
바깥은 분노한 흑인이 폭동중이고
핵무기 실험장이란다
눈뜨고 두 번 볼 수 없는 영화,
아주 아름답고 쓰라린 풍경이지
그런 바깥은 남자들의 구역이 많아서란다
너의 외출에 목숨 걸 날이 많을 거란다

「아이란 여자의 죽음」 중에서

아이가 여자의 죽음이라니. 잔인한 발언이 아닐 수 없다. 아이가 여성의 정체성을 단단히 굳혀주는 존재가 되지 못하고, 오히려 여성의 존재 자체를 위협하는 존재로 형상화되어 있다. 왜냐하면, 아가는 나의 분신, 그 자체이기 때문이다. 아가는 남자들과 다른 존재로서, 곧 나와 한 몸이다. 아가는 여성의 불안증 정도가 얼마나 심각한가를 잘 예시하고 있다. 사실, 이 시가 보여주는 구속, 억압, 불안의 심리는, 억압의 상황을 억압으로 인식하는 존재에게만 건강한 것이다. 깨어 있는 여성이라면 불안한 것이 당연하다. 가부장제 사회에서 피지배자, 종속자, 주변자의 입장에 서있는 여성이 겪는 소외나 불안 의식은 그런 의미에서, 깨어 있는 여성 정신의 징후로 보인다.

이러한 구속, 소외, 불안의 심리는 독특한 신현림의 문체를 형성하게 된다. 시인의 시적 열정이나, 치열한 삶에의 몸부림을 전달하기에 적절한 문체임에는 틀림없을 것이다. 그래서, 때로는 시의 어법 자체가 불안의 흔적을 지니고 있기도 하다.

> 그대 슬픔의 한 드럼통 내가 받으리라
> 감미로울 때까지 마시리라 평화로운 우유가 되어
> 그대에게 흐르리라 또한 태풍같이 휘몰아쳐
> 그대 삼키는 고통의 식인종을 몰아내고
> 모든 먹고 사는 고뇌는 단순화시켜 게우리라
> 술에 찌든 그대 대신 내가 술마시고
> 기쁜 내 마음 안주로 놓으리라
> 그대 병든 살 병든 뼈 바람으로 소독하리라
> 추억의 금고에서 아픈 기억의 동전은 없애고 말리라
>
> 「그대 혼자가 아니리라」 중에서

이 시에서 그대는 나와 같은 존재이다. 고통, 슬픔, 병, 아픔이 있으나, 잘 표현할 수 없는 여성으로서 살아가기에 너무 버거운 몸의 노폐물들을 토해내고 싶은 심정이 잘 드러나 있다. 다른 각도에서 보자면, 새로운 세계를 희구하는 무의식들의 전시장이라고 할 만하다. 이 무의식의 흔적은 고통의 무게를 담고 있기에, 시적 분위기를 무겁게 몰고 간다. 너무 무거워서 폭발 직전에 있는 말들의 몸부림으로 느껴진다.

그러나, '받으리라', '마시리라', '흐르리라', '게우리라', '놓으리라', '소독하리라', '없애고 말리라' 등의 시어들은 역동적인 비상의 의지를 보여 준다. 고통의 무게를 탈피하여 날아오르는 이미지들이다. 마치, 대지의 무거운 고통, 번민, 슬픔을 다 삼키듯 내뱉듯 하면서도 무거운 몸짓의 상승을 보여주는 고호의 그림 「Walled Field」와 닮아 있다. 신현림의 시들은 그만큼 고통, 슬픔의 언어를 꽉꽉 채워서, 더이상 참지 못하고 당장이라도 터져 버릴 불안한 화산과 같다. 시가 가끔 무질서한 언어의 행렬로 비치는 것도 이 때문일 것이다. 그러나, 주체할 수 없는 감정의 화산을 무책임하게 터트리면서 일시적인 카타르시스로 시인 자신의 결핍 심리를 언어로 메꾸는 것처럼 보이기도 한다.

몸에 쌓인 감정의 노폐물들과 욕망을 풀 수 없는 불합리한 젠더적 몸

은 불임의 몸과 다를 바 없다. 이제 그러한 불임의 젠더적 몸을 스스로
벗어던질 때 잉태를 감행할 수 있는 것이다.

'종이 아이'의 잉태

이제 여성이 지닌 생물학적 몸이 여성 작가들에게는 더 이상 열등한
대상이 아니다. 자신의 몸에 대해 열등 심리가 있었다면, 그들은 자신의
몸을 객관화시키지도 않았을 것이다. 글쓰기는 여성 시인들에게 확실히
잉태의 상징적 행위가 되고 있기까지 하다. 그들은 모성의 몸을 글쓰기로
발휘하려는 듯, 그들은 불임에서 잉태로 과감한 탈주을 시도한 것이다.

먼저, 김정란 시인의 시집 『매혹, 혹은 겹침』은 가부장제 사회에서 여
성의 글쓰기가 얼마나 고통스러운 것인지를 극명하게 표출하면서, 90년
대 여성의 글쓰기가 어디에 위치하고 있는지를 잘 드러내고 있다는 점
에서 돋보인다. 그녀는 비유나 상징의 형태로, 때로는 직설적인 어조로
남성 위주의 언어 문화가 지닌 모순을 날카롭게 집어내고 있다. 김정란
시인에게 글과 말은 곧 폭력이 지배하는 사회의 허위나 위선의 도구이
다. 그래서, 시인의 어조는 냉소적일 수밖에 없다. 그러면서도, 한편으로
는 권위적인 언어를 향한 대항이 얼마나 고통스러운지에 대해 자탄하기
도 한다.

그녀는 시 곳곳에서 글쓰기를 아이 잉태로 비유하고 있다. 비록 잉태는
하지만, 분만하기 힘든 여성 글쓰기의 고뇌를 비유로 잘 드러내고 있다.

> 또박또박 걷는 네 걸음소리
> 내 영혼의 결마다에서 들려오네
> 어디 둘 데 없어 내가 천 겹씩

꽁꽁 싸서 내 존재의 저곳

보이지 않는 어딘가에 넣어두네

아가, 오래 기다려야 해, 엄마가
네 존재의 형식을 찾아낼 때까지
　　　　　「미지의 언어 또는 쓰여진 글의 이면」 중에서

글쓰기는 곧 잉태를 의미한다. 글쓰기의 욕망은 모성과 맞먹는 본능이다. 여성에게 글쓰기는 아가의 존재 형식을 찾아내는 일과 같기 때문이다. 하지만, 그것은 쉬운 일이 아직도 아님을 안다. 시적 자아는 자신의 언어를 순조롭게 생산하지 못하고 만다. 오래 기다려야 한다고 단정하고 있다. 왜 그럴까. 그 이유는 "가짜의 삶, 가짜의 언어들"(「사건X」)이 판을 치고 있기 때문이다. "남자의 펜이 어디에 들려있든, 그건 결국 마찬가지였다"(「<장미>, 보내지지 않는 늙은 여자」)에서 추측 할 수 있듯이, 가짜의 언어는 남자 중심의 언어이고, 그리고 여성의 언어를 일방적으로 획일화시킨 가부장적 여성 언어이기도 하다.

시적 화자(여성)는 남성들이 요구한 기성의 언어로는 자신의 말을 잘 부릴 수가 없다. 그것은 자기만의 존재의 형식을 갖출 때 제대로 이루어질 수 있다. 자유로운 여성의 언어 형식을 발견할 때까지 '꽁꽁 싸서 보이지 않는 어딘가에 넣어 둘 수밖에' 없다. 여성들의 공식적으로 글을 쓸 수 있는 시대에 살고 있지만, 여전히 그들이 쓰는 글의 이면에는 어떠한 보이지 않는 억압이 있는 것이다.

확실히, 김정란의 시는 권위적인 남성 언어에 대한 저항의 의미를 지닌다. 어차피 여성이란, 가부장제의 문화 속에서 주변적이고, 변두리적 존재이기 때문에, 그 안에서 여성의 언어를 찾는다는 행위는 권위나 기존 체제에 대한 도전의 의미요, 중심부를 해체시키는 행위의 하나다.

그러나 보아요 내 펄럭이는 살들 속에서
노래의 순결한 아기들이 움직이기 시작해요
맙소사 이 애들이 성큼 나를 넘어서는 걸 보아요
엄마 우리가 엄마를 뛰어넘었어 우린
엄마의 갇혀 있는 현실에 관심 없어 그래요 가엾은 엄마
「보송보송한 현실 또는 폭발하는 말들」 중에서

이 시는 아이 눈에 비친 여성의 삶과, 여성 언어와 기성 언어간의 갈등을 그리고 있다. 아이(글)는 엄마의 갇혀 있는 삶을 비웃고 있다. 왜냐하면, 엄마는 현실에 갇혀 있는 종속적 존재이기 때문이다. 엄마가 현실을 극복하기 전까지, 아이(글)는 계속해서 엄마를 불행한 존재로 파악할 것이다. 이 시는 거꾸로 접근해야 한다. 시인은 어쩌면 자신의 글이나 말들이 자신보다 더 적극적인 삶을 살 수 있는, 그러한 진취적인 글쓰기를 잉태하고 싶은 욕망을 표현하고 있는지도 모른다. 자신이 잉태한 글(아이)이 나를 넘어서고 뛰어넘어 세상을 움직일 수 힘이 되기를 간절히 원하는 것이리라.

여성의 삶이 그렇듯, 여성의 글쓰기도 기성의 언어에도 갇혀 있는 셈이다. 그러니까, '나(여성 시인)'와 '아기(언어)' 사이의 운명적인 갈등은 이미 예견된 것이다. '노래의 순결한 아기'(여성의 언어)와 '엄마의 갇혀 있는 현실'(기성의 언어) 사이에는 단시간 내에 해결할 수 없는 팽팽한 줄다리기가 계속된다. 어차피, 여성들의 언어란 남성들에 의해 너무나 오랫동안 길들여져 왔기 때문이다. 그 단단한 언어의 감옥을 부수고 나오기란 그리 만만치 않다. 그것을 알기 때문에 시인은, 여성이 자신의 언어를 잉태하기는 하나, 불행히도 유산할 수밖에 없는 아픔을 '엄마/아기'의 은유를 통해 잘 지적한 것이다.

이렇게 여성의 글쓰기는 자유롭지 못하다. 남성이라는 타자에 의해서 길들여진 언어 형식에서 벗어날 것인가와, 계속해서 가짜 언어에 안주

할 것인가의 줄다리기 위에 여성의 글쓰기 운명이 달려있기 때문이다. 김정란 시는, 여성 언어의 현실을 제대로 직시한 점에서, 그리고 글쓰기에 대한 여성 작가들의 무의식을 엿보게 한다는 점에서 의의가 있다.

그래서 그런지, 시인은 여러 시편에서 시적 형태, 행의 배열, 어법, 어조, 구성 면에서 다양한 실험을 시도하고 있다. 전통적 형식의 파괴가 주는 낯설게 하기의 효과 속에는 부정적인 현실 인식이 함축되어 있는 것이다. 현실 부정의 심리는 흔히 문학 속에서 형태적 파괴를 동반하게 된다.

어쨌든 이제까지 남성 중심의 문화가 여성에게 규정해 온 기성 언어에 대한 문제 의식 속에는 기성 언어를 탈피하고, 보다 새로운 의미의 글쓰기에 대한 소망이 깔려있는 것이다. 그리고, 그 소망 뒤에는 존재에의 욕망이 더 강하게 자리잡게 될 것이다. 언어에 대한 자각은, 언어를 싸고 있는 가부장제 문화에 대한 자각이며, 그런 문화에 대한 부정적 인식은 곧 여성 존재에 대한 각성으로 이어지기 때문이다. 진정한 여성 언어의 찾기란 궁극적으로는 여성의 진정한 자아 찾기로 이어진다. 곧 여성의 글쓰기를 불임시키고 유산시켜 온 현실에서 어렵게 잉태를 소망하는 본능적 탈주라고 할 수 있다.

앞서 이선영 시인이 종이와 인주를 통해서 글쓰기의 불임 상태를 한탄했다면, 이제 신현림 시인은 과감하게 "펜"을 들고 고통의 나발을 불면서 몸을 구원하고 있다.

나는 펜으로
그렇게 삶은 구원의 귓구멍에 대고
고통의 나발을 부는 것일까

「호소의 表裏」 중에서

시인이 왜 시를 쓰는지 그 이유를 확실히 알겠다. 여성의 글쓰기란, 이 갑갑한 현실에서 여성을 구원시킬 유일한 수단인 것이다. 그것은 여성만이 불 수 있는 고통의 나발이다. 그러나, 펜으로 글쓰기는 고통스럽지만 시인을 구원하는 것임에는 틀림없다. 그것은 주변인으로서의 삶, 수동적인 삶을 벗어나 주체적인 인간으로 탈주해 나가는 일이다.

>   우린 걱정말고 그만 시집가거라 시는 겨울산 밝히는 봉황불같아
> 쓸쓸하니 자식낳아 기르거라
>   시도 제 핏덩이에요
>
> 「북풍과 은장도」 중에서

시쓰기는 여성의 몸, 모성의 몸으로 충실히 사는 일과 다를 바 없다. 시가 그녀를 구원할 수 있는 것은, 시인에게 시쓰기는 잉태이며, 시는 아기와 등가물이기 때문이다. 확실히 여성들에게 아기는 자신의 존재 기반이며 구원의 화신이다. 여성의 몸이 본능적으로 그것을 알 듯이, 여성 시인들도 시가 자신이 잉태한 아기와 같은 존재임을 창작의 본능으로 알고 있는 것이다.

김언희의 시 「마리아의 노래」도 같은 계열의 시에 속한다.

>   건드리면 모가지가 떨어져버리는 紙狀兒를
>   안아본 적이 있어?
>   자궁 속에서 이미 구겨버려진
>   꾸깃꾸깃한 종이아이를
>   손아귀에
>   뭉쳐 쥐어본 적이 있어?
>   가까운 휴지통 속에 던져넣어본 것이?

‘마리아’는 ‘여성 시인’이며, ‘아이’는 ‘여성 글’이다. 이제까지 살펴

본 대로, 이러한 비유를 90년대 여성시들의 일시적인 유행 풍조쯤으로 여겨서는 안 될 것이다. 아이와 잉태와 연결되어 있는 여성 자신의 몸에 대한 혹독한 비하가 아니다. 잉태만으로 여성 정체성을 확인하는 남성 문화를 향한 반항적인 비유 어법이며, 풍자로 읽어야 할 것이다. 여성은 글쓰기에 있어서 이제까지 강제적인 불임을 당해 왔다. '구겨버려진 꾸깃꾸깃한 종이아이'는 여성에게 제한적이던 남성적 글판을 향한 억울한 항변이 아니고 무엇이겠는가.

거세의 도구, 여성의 몸

단순히 잉태라는 글쓰기 차원을 넘어서고 있는 시들도 눈에 띤다. 김언희 시인의 시집 『트렁크』는 대단히 파격적이다. 여성의 몸을 무기로 남성 세계의 전복을 시도하고 있기 때문이다. 가부장제 사회에서, 여성 시가 보이는 성적 상상력은 그 자체만으로도 상당히 도전적 의미를 지닌다. 그도 그럴 것이, '성'에 관계되는 한, 남자와 달리, 유독 여성에게만 터부시되어 오던 것 아닌가. 그러나, 단지 금기를 깼다는 자체에 의미가 있는 것은 아니다. 기존 질서에 대한 반전이나 전도에 초점을 둔 많은 텍스트들이 '성'의 방종에 큰 의미를 두었다는 점을 상기하길 바란다. 이러한 발상법은, 부권 사회에 대한 정면 도전일 때 그 진가를 발휘할 수 있는 것이다. 남녀의 성기를 비유의 전면적 도구로 삼고 있으니 더욱 그렇다.

　박혀 있는 게
　못의 힘인 줄 아니
　바보

먹통

못 느끼겠니……?

못의 엉덩이를 두드려가며 깊이
깊이 못과 교접하는
상처의
질

의 탄력?

「못에게」 전문

이 시에서 '못'은 부권 사회이며, '질'은 부권 사회에서 상처 입은 여성의 상징이다. 바보, 먹통이라는 야유와 냉소는 '못'을 향해 있다. '못(남성)'으로 비유된 남성의 실존은 오히려 질(여성)의 탄력이 있기에 가능하다. 여성의 상징인 '질'에 기댈 때만이 남성들이 존재할 수 있다는 발상은, 남성은 타자(여성)를 쫓아버릴 때조차도 그 타자를 필요로 한다는 해체주의적 발상이다. 여성의 몸이 남성의 필요 조건이라는 점에서 페미니즘적 발상이기도 하다. 못(남성)의 엉덩이를 두드리는 질의 탄력은, 여성의 몸에 종속되어 있는 남성의 몸에 대한 지독한 폄하이다. 그것도 여성들 스스로 꺼려하도록 만든, 몸의 최전선에 위치한 생식기를 통해서 말이다.

몸체를 격렬히 떨며
회전 수축하는
기계 질(膣)

　　(중략)

혀를
배어물도록 쥐어짜인

　　쭈글쭈글한 껍데기 세상을
　　퉤 뱉어버리기 위하여

「탈수중」 중에서

　이 시에서 여성의 몸은 더 대담하게 변신하고 있다. 여성의 몸체는 세탁기와 똑같다. 여성의 몸을 지닌 여성 시인에게만 나올 수 있는 참으로 기발한 발상이다. 여성은 자신의 몸을 이용하여 '껍데기 세상(기존 질서)'를 뱉어내기 위하여 질을 회전 수축하면서 세상을 탈수하고 있는 중이다. '껍데기 세상'은 김언희 시집의 전체적인 문맥으로 추측컨대, 몸이 없는 남성들이 지배하는 세상이다. 몸이 없으면 무존재와 같다. 여성은 그렇게 몸이 없는 남성들 앞에서 보란듯이 자기 몸을 격렬하게 움직이고 있다. '탈수'를 통해 여성의 질은 남성의 몸을 완전히 사라지게 할 수도 있는 놀라운 거세의 도구로 변신하고 있다.

　「아버지, 아버지」에서도 부권의 힘을 실추시키는 마찬가지이다.

　　모든 애비는
　　의붓애비

　　아버지,

　　아버지,

　　개가죽을 쓰고 오세요……

　이 시는 가장 권위적인 존재인 '아버지'의 권위를 '개가죽'에 비유하고 있다. 실상, 의붓 아버지는 자식에게 아무 존재 의미가 없는 것이 아닌가. 남자의 몸, 그것도 아버지의 몸에 '개가죽'을 씌우는 일만큼 모독적인 일이 어디 있을까. 이것 또한 남성의 몸을 거세시키고자 하는 전복 심리의 노출이라고 볼 수밖에 없다.

박서원 시인의 시집 『난간 위의 고양이』도 도발적인 여성의 몸을 그리는 데 있어서 김언희에게 뒤지지 않는다. 여인의 성적 매력을 독으로 삼아 남성의 몸을 전복시키는 도구로 사용하고 있기까지 하다.

> 아무리 도시가 휘황해도 번개보다 빨라도
> 클레오파트라의 毒을 무너뜨리진 못하리
> 윤회는 해마다 잎의 무성함을 달리해도 소나무
> 와 같으니
> 나 따라갈 수밖에 없으나
> 毒은 찬미될 지어다 클레오파트라

「클레오파트라」 중에서

이렇게 생경하게 위악의 제스처나 노골적인 악마주의를 상상력으로 원용한 여성 시인은, 한국에서 아마 처음일 것이다. 이 시집에 실린 시에는 광기, 환몽, 착란, 자학, 기괴, 망상이 난무하고 있다. 이러한 검은 상상력들이 여성의 관능적 몸을 대표할 만한 인물들을 통해 펼쳐지고 있다. 망상, 환상, 광기는 비현실적, 현실 일탈적 현상이지만, 현실이나 체제 부정적 의미를 띤다는 점에서 볼 때, 지극히 현실적이다. 즉, 이런 시적 특성 또한, 남성이 지배하는 사회에서 정체성이 불확실한 여성이 지니는 불안, 소외, 억압의 심리를 대변해주는 것이다. 그러한 심리를 단지 비틀리게 어둡게 표현했을 뿐이다.

부권 사회가 여성에게 지우는 금기를 해체시키고 싶은 욕망이 극단적으로 표출되면, 사카이엔과 닮은 시의 공간을 만날 수 있다. 사카이엔은 기존 질서의 전복, 반전을 골자로 하는 축제로서, 신성한 것과 세속적인 것이 뒤바뀌고, 왕과 죄수가 서로의 위치를 바꾸는 방종을 일삼음으로써 억눌렸던 자의 억압 심리를 풀어주는 기회를 허락하는데 그 의의가 있다.

이러한 사카이엔적 공간에 성공하고 있는 경우가, 「마리아가 목수의 아들 예수에게 주는 메시지」이다. 이 시가 의도하는 것도, 일종의 카타르시스이다. 비록 현실이 불가능하다면, 어떠한 형태를 빌어서라도 심리적 보상을 원하는 측은, 늘 피지배자, 국외자, 주변자들이다.

> 主여
> 主여
> 主여
> 씹새끼
>
> 노란 위액을 흘리며 공이 날아온다 골고다 아기무덤이 먼저 골대
> 에 골인한다 총을 멘 병사가 공대를 난사한다 철조망에 멍울꽃이 부
> 서진 어린 유골들의 축제로 매음녀 막달레나로 살아난다

순결한 몸의 상징인 막달라 마리아를 불결한 대상으로 실추시키는 것만큼 불안한 심리를 조장하는 경우도 드물 것이다. 성스러워야 할 마리아를 '매음녀 막달라'로 부각시키고 있는 것이 그 예이다. 자해와 같은 행위이다. 여성 자신의 몸을 불결하게 하는 일은 자신을 포함한 모든 몸에 대한 자폭적 행위이다. "여인들이여 간음하라／천국의 열쇠는 음부 사이에 꼭 달라붙어있다"(「간음」)라는 악마주의적 발상도 마찬가지이다. 불결한 몸만큼 남성들의 몸에 대한 도전장도 없다. 불결은 몸 죽이기이다. 불결은 세계를 불임화시키는 원인자이다.

영미의 페미니스트 시인 실비아 플라스도 그녀의 시에서, 신성한 아이를 죽음의 도구와 전조로 사용하거나, 전통적인 입장에서의 이상적인 여신상을 왜곡적으로 변형하고 있다. 반전이나 전도의 장치를 통해 전통적인 지배 권력에 대한 부정의 장치로 사용한 것이다. 박서원도 「무당을 위한 나의 노래 1」에서, 비슷한 발상법을 보여 준다.

> 뱀은 제 모습을 감추지 않는 용감한 족속
> 나는 그의 흉한 배를 어루만져주었어요
> 지난밤 깊은 안개, 내 머리에 뿔이 돋아나고
> 사방 안테나가 되어 내내 울렸어요
> 납골당의 새들은 놀라 소리지르고
> 탄생한 첫 아이의 울음과 만나 교회탑 피뢰침을 때렸어요

이 시는, 인류에게 최초로 신성 모독죄를 안긴 '뱀'의 흉한 배를 어루만지고 나서 돋아난 머리의 '뿔'이 안테나가 되어, '탄생한 첫 아이의 울음'과 만나 '교회탑의 피뢰침'을 때렸다는 내용을 서술하고 있다. 뱀과 만나 사악하게 변신한 어머니를 매개로 막 탄생한 첫 아이는 신성한 교회의 파괴자가 되고 있다. 아이는 여성의 몸을 비로소 여성의 몸이게 하는 생명체이다. 그런데, 그 아이와 어머니가 모두 뱀으로 인해 타락해 버렸다. 스스로 자처하여 여성 자신의 몸을 죄로 물들이는 행위는 분명, 극단적인 반항의 제스처이다. 정결하고 순결한 여성의 몸에 대한 열망을 강조하기 위한 왜곡적 승부수라고 판단된다.

가부장제 문화는 남녀의 생물학적인 조건에 비추어 그들의 글쓰기 능력 여부를 가려 왔다. 즉, 텍스트의 작가를 아버지로, 그의 펜을 성기와 같은 생식력의 도구로 보면서, 암암리에 여성의 창작 심리를 억압하여 온 것이 사실이다. 이런 방식으로 여성에게 열등 심리를 조작하여 온 남성 중심 문화의 폭력에 여성들은 과감하게 자신의 몸으로 말하고 대항하고 있기에, 선동적이고 원색적일 수 있다. 그렇기에 그들의 메시지가 강렬한 것은 당연하다.

90년대의 몇몇 여성시들은, 충분히 히스테리적으로 보이기도 한다. 그러나, 히스테리는 여성에게만 허용된 영역이다. 히스테리가 여성 몸에만 있는 '자궁'을 혐오하기 위해 만들어진 단어라면, 여성시에서 노출되는 히스테리적 진술은 여성 정신이 깨어 있다는 증명서가 아닐까. 하지

만 여기서, 남성의 몸에 대하여 여성이 자신의 몸으로 맞서는 거세 심
리 이면에 있는, 완전한 여성의 몸에 대한 반어적 희구를 놓쳐서는 안
될 것이다.

혁명의 몸, 출산

● 김상미론 ●

이카루스를 꿈꾸며

미셸 투르니에는 미로가 복잡하면 복잡할수록 인간적이라고 한다. 미로와 미궁에 빠진 영웅들과 우리가 금방 친숙해지는 이유가 여기에 있다. 이카루스가 그 대부격이다. 그가 아버지의 도움을 받아 얻은 날개는 미궁을 탈출하기 위한 변신의 도구였다. 신화는 영웅들만의 이야기로 끝나지 않는다는 데 그 매력이 있다. 김상미 시인의 세 번째 시집 『잡히지 않는 나비』에서 "나비"는 변신의 상징이다.

> 아이의 진짜 공포는 그때부터 시작된다
> 출구,
> 보이지 않는…
>
> 「아득한 공포」 중에서

미궁과 미로는 시적 화자가 처한 몸의 위상이다. 미궁과 미로의 이미지는 '도시'와 '그'를 통해 다양하게 변주되고 있다. 『잡히지 않는 나비』의 시적 화두는 진정성이 있는 '소통'과 '합일'이다. '잡히지 않는'은 구속을 의미하는 것이다. 따라서 '잡히지 않는 나비'는 미궁으로부터 완전한 자유를 획득했음을 고지하는 상징물이다.

미로와 미궁도 중력만큼이나 몸에 가하는 인력이 강하다. 그 흡인력이 얼마나 강한지 '나'는 도시와 그의 속도와 열기를 주체할 수 없다. "빠르게 회전하는 도시의 다트게임 판에 하루종일 화살을 꽂았습니다. 속도와 속력에 반하여 빠른 것은 무엇이든 경의를 표하였습니다."(「다트게임」)는 도시의 속도에 지나치게 익숙해진 몸의 죄성에 대한 고해 성사이다. "그는 검은색입니다", "열어놓은 창문으로 나를 향해 날아오는 화살이 보입니다. 검은색 잉크를 묻힌 것처럼 화살 끝이 까맣습니다"(「반투명소나타」)에서도 그는 도시의 상징인 속도로 표상되어 있다. 그 속도가 얼마나 빠른지는 까맣게 탄 화살 끝을 통해 잘 드러나 있다.

"불 속으로 뛰어들던 나방이들/눈 시린 그 환희가 물결치고 있어"(「난류」)에서의 나방이들은 도시와 그대를 향해 달려드는 시인의 초상화이다. 나방이들이 얼마나 전속력으로 달려들었으면, 그 광경을 보는 눈이 시릴 정도일까. '시리다'는 통각적 반응은 강속에 대한 몸의 환유적 반응이다. 원색적인 붉은색도 속도를 가속화시키는 색채 수사로 쓰이고 있다. "소름끼치게 붉디붉은/모래로 만들어진 침대"(「난류」), "붉디붉은 사자의 입에서 황홀한 침들이/뚝뚝 떨어졌습니다"(「자화상」) 등이 그 예이다. 적색이나 속력은 둘 다 과포화되면 될수록 흥분을 고조시키며 이성을 마비시키는 속성이 있다.

이러한 황홀한 순간이 갑자기 멈춰버린 순간 '나'는 '도시'와 '그'라는 미로 속에 빠져 있음을 깨닫게 된다. 이제 시인 자신을 둘러싼 모든 세계는 함정의 텍스트로 돌변한다. 그리고 자신이 가장 믿고 사랑하던 대상에게 자기가 살해당할지도 모르는 현실 앞에서 공포는 점증되어 간다. "도시가 원한 건 나의 없어짐이었을까요?" "서사를 다 빼앗긴 채 도

시 어딘가에 십자가처럼/못박혀 있을 내가 그리워집니다"(「다트게임」), "어디에도 내 삶의 역사는 없다/어휘 사전 같은 내 삶의 소설만 있을 뿐", "언제나 그의 음경 주위에서 멈추거나/녹아내려 소멸하는 내가 있을 뿐"(「히스-토리(his-tory)」) 등의 시구에서 잘 드러나듯, '도시'와 '그'는 소멸과 희생과 멈춤과 단절에 대한 공포를 주는 대상으로 전락하고 만다. 이처럼 히-스토리의 세계에서 여성의 몸은 형체조차도 없이 무너지고 만다. 소멸하거나 정지된 몸에 대한 자기 탐지이다.

하지만 시인은 또한 안다. 그러한 어둡고 아픈 체험이 창조의 밑거름이며, 미지의 세계를 미리 확보하는 길임을 안다. 미로 속에서 여성은 창조의 자궁으로 변한다.

> 우리는 그 길을 창조의 길이라고도 부르고 미지의 세계라고도 부른다. 우리는 모두 그 길 안에 있다. 빛이 있으라, 하고 신이 크게 외치자 빛으로 가득 찼다는 그 길! 그러나 그 길은 누구도 빠져 나온 적 없는 미로이다. 그곳에는 아직 맛보지 못한 삶과 죽음의 광기가 저 혼자 달콤하게 술 방울로 익어 가고 있다.
>
> 「시인 앨범, 1999」 중에서

미로를 빠져 나오면 잃었던 빛을 회복하는 것이며, 세계가 미처 꿈꾸지 못한 미지의 세계를 창조하는 것이다. 시인이 묘파하고 있듯, 미로는 삶과 죽음의 광기로 가득찬 세계이다. 미로만이 창조의 길인 것이다. 여성은 어둠에서 생명을 창조하는 몸이 될 때만 그 정체성을 얻게 된다.

그래서 미로를 충분히 즐길 줄 아는 인간은 평범하지 않다. 때론 거칠고 때론 고요하다. 미로는 이중의 삶에 그 뿌리를 둔다. 쉽게 나오면 재미없고, 영영 나오지 못해도 재미없다. 적당히 방황해야 하고 적당한 시간에 나와야 한다. 적당한 시간은 완숙을 약속한다. 쉽게 나오면 재미없고 나오지 못하면 완전히 제거된다.

미로는 몸에 대한 일종의 통과제의이다. 통과제의는 아픔이 없이는 획득할 수 없는 세계다. 변신의 가능성을 품고 있는 몸에 있어서 제의는 변화를 고지한다. 미로는 벗어나기만 하면 어떠한 형태로든 성숙과 완성이 확실히 보장된다. 언제나 그렇듯이 보상은 아름답다. 하지만 우리는 또 안다. 보상이 아름답고 화려한 만큼 견뎌야 하는 시간 또한 만만치 않다는 것을. 그 통증이 얼마나 견디기 힘든지는 자기 책을 찢어 담배를 피우는 바흐찐과 동화되는 시인의 모습을 통해 잘 드러나 있다.

사실 김상미 시인은 미로 같은 인간들을 멀리하는 방법을 누구보다 잘 알고 있다. 하지만 그 길을 알면서도 선택하지 않는다. 미로의 진정한 맛은 여기에 있다. 미셸 투르니에는 갔던 길을 되짚어 나올 줄 알고, 맞는 길인 줄 알았던 것에 과감하게 등을 돌릴 줄 아는 인간을 미로의 인간이라 명명한다. 아이러니다. "함정! 그 외 달리 무엇을 꽃다운 인생이라 부르겠습니까?"(「함정속의함정」)라고 여유있게 미로의 함정과 맞서는 시인은 그래서 인간적으로 느껴진다.

함정은 매혹을 힘으로 삼는다. 그렇기에 달콤하지만 짧다. 함정은 시작이 아름답고 끝이 고통스럽다. 함정은 그래야만 한다. 함정은 쾌와 불쾌가 극점에서 부딪혔을 때 그 진가를 발휘하게 된다. 그러니 함정에 대해 처음부터 예사롭지 않게 눈길을 주고 있는 이 시집을 제대로 읽어내려면, 함정의 원주를 둘러싸고 있는 의미 단위들을 놓쳐서는 안 된다. 함정은 이분법적인 잣대를 들이댈 수 없다.

그만큼 이 시집에서 함정은 단선적이지 않다. 함정은 미로로 수렴되기도 하고, 환상으로 확장되기도 한다. '함정속의함정'이란 그런 의미이다. 단순히 함정으로 끝나는 세계는 치열한 시인의 세계가 아니다. 함정의 진정한 몫은 천변지이를 보도록 상상력을 번창시키는 것이다. 생명을 위협하고 있는 함정 속에서도 꽃을 피우지 않고는 견딜 수 없는 세계, 그곳은 모성의 몸을 지닌 여성만이 도달할 수 있는 세계이다.

당신과 나, 우리 모두는 그 꽃잎 위에 앉아 있습니다.
함정! 그 외 달리 무엇을 꽃다운 인생이라 부르겠습니까?
천변 지이(天變 地異)가 모두 그 꽃잎 하나에서부터 시작되는 것을!
「함정속의함정」 중에서

몸을 위한, 육체의 탈각

시인은 지칠 줄 모르고 "사람과 사람 사이의 출구 없는 복도/끝없이 서성거리"(「관계, 그 출구없는 복도」)고 있다. 출구를 열심히 찾아 나서는 탐색자가 없으면 미로는 자기 의미를 소실하고 만다. 출구를 찾고 있는 동안만 미로는 유효한 것이다.

미로는 출구를 쉽게 찾지 못하면 못할수록 제격에 맞지 않는가. 그래서 미궁이나 미로에서 반드시 출구는 있어야 하지만 없는 것과 매 한 가지일 뿐이다. 그럼에도 불구하고 출구가 있어야 마땅한 구조가 미로이다. 그래서 있음과 없음이 더도 덜도 없이 같은 질량으로 작용할 때 의미가 풍성해지는 상상력의 세계가 바로 미로의 모티프이다.

무인도에나 가서 살았으면,
그러나 무인도 역시 결국엔 새장으로 바뀐다.

사람들이 싫어, 정말 싫어, 말하지만,
사람에 대한 환멸 역시 사람에 대한 그리움에서 나온다.

(중략)

> 저 담벽의 담쟁이덩굴을 보라, 긴 긴 세월 우주의 담벽에 달라붙
> 어 묵묵히 피었다 지고 또 피었다 지는, 그 자체가 질문인 동시에 대
> 답인, 수천, 수백의 잎사귀들을!
>
> 「담쟁이덩굴」 중에서

'떠나는 것'은 미로에서 벗어나기이다. 그런데 이 시에서 떠나는 것은 돌아오는 것, 그러니까 떠남은 돌아옴과 같은 궤도 위에서 움직이고 있다. '담쟁이덩굴'이 그 상징이다. 묵묵히 피었다 지고 또 피었다 지는, 그 자체가 질문인 동시에 대답인, 수천, 수백의 잎사귀들이 바로 우리의 삶이라고 시인은 말하고 있다. 그 잎사귀들이 흔들릴 때마다 질문과 대답이 서로 위치를 바꾸고, 서로 섞이고 한다.

그 잎사귀를 뚫어져라 바라본다고 생각해 보라, 어찌 현기증이 일어나지 않을 수 있을까. 그렇게 질문이면서 답인 인간들의 삶을 바라보는 시인의 현기증이 얼마나 지독한지 느껴지지 않는가. 미궁이나 미로 속에서 배회하는 자는 어지럽다. 그 길이 그 길이고, 가본 길이 가보지 않은 길이고, 나가는 길이 들어가는 길이다. 그 이상도 그 이하도 아니다. 미궁이 그런 곳 아닌가. 이것이 저것이고 저것이 이것일 때 아찔하다, 어지럽다.

미궁과 미로에서 탈출하려는 행동은 엔트로피를 증가시키는 데에서 그 매력을 찾을 수 있다. 미로에서 벗어나기 위해 새로운 길찾기의 행동이 시도되고 그 횟수가 불어날 때마다 몸은 지치고 마음은 무질서해진다. 그 물리적 징후가 현기증이라면, 시인은 그것을 상상력의 질료로 삼는 데 능하다. 바로 환상이다.

고통의 절정에서 돌출하는 상상력의 하나가 환상이다. 현기증은 환상의 연료가 되는 셈이다. 원거리와 고지를 향하는 시인의 시선에서 이런 환상적 징후를 발견할 수 있다. "그 꿈들은 모두 내게서 나온 것이다.

내게서 나와 나와 나보다 더 높은 곳으로 간다."(「꿈」) "나는 그리움이 갈 수 있는 가장 먼 곳까지/계속해서 화살을 던집니다"(「다트게임」)

환상은 몽환이나 망상이 아니다. 바슐라르가 말하는 아니마로의 진입이다. 영혼을 구가하는 아니마의 세계는 평화와 안정을 고지한다. 이 시집의 제목이며, 무거운 육체로부터의 탈각을 묘사하고 있는 '잡히지 않는 나비'는 환상적인 외출의 곤충 상징이다.

> 아주 작고 아주 넓은 마을에 갔어요 그 마을의 낡은 집, 푸른 대나무 밭이 있고, 인간의 눈매 같은 슬픈 물안개 저수지 위를 걸어다니는, 지천이 다 꽃밭이고, 다 풀밭인 그런 마을에 갔어요 그늘보다 빛이 더 많아 모든 게 반짝반짝 뿌리내리고 있어, 아무리 걷고 또 돌아다녀도 구두창이 전혀 닳지 않는, 보이는 것 모두가 깊은 내면에서 神처럼 뛰어올라, 나는 오던 길도 잃고, 가야할 길도 잃어버렸어요 그냥 툭, 하고 떨어진 산열매처럼 그대로 삭고 싶었어요 문도 없고 안도 없고 바깥도 없는 그런 마을, 주름진 성년의 감정 이상의 감정은 분출되기도 전에 자연스레 녹아버려, 하늘의 해와 달과 별들이 보송보송 그대로 핏속으로 스며드는, 아주 넓고 아주 작은 마을에 갔어요 가서는 다시는 영영 돌아오지 못했어요 가서는 영영 돌아오지 않았어요
>
> 「외출」 전문

외출은 도시와 그의 미로에서 벗어날 길찾기의 방식이다. 육체의 탈각을 맛보지 않고는 그 길에 들어설 수가 없다. 시인은 자기에게 어울리는 몸을 입고 싶은 것이다. 여성으로서의 정체성이 없는 몸은 진정한 의미에서 몸을 갖고 있다고 말 할 수 없다. 그것은 껍데기 육체일 뿐이다. 남성의 상징인, 도시라는 타자가 구속하던 육체의 짐을 벗어버려야만 몸과 함께 살아갈 수 있다.

환상도 미로만큼 흡인력이 강하다. 얼마나 매력있는 외출인가. 빛과 신으로 가득찬 마을, 공포와 불안을 다 삭이는 마을, 원초적인 생명력으

로 충만한 마을이다. 가벼움의 이미지가 압도적인 마을이다. 단절과 공포와 불안으로 무겁기만 했던 육체를 탈각시키는 공간이다. 빛은 환상의 물리적 체험이다. "빛의 계단에서 찬란히 굴러 떨어진/한 마리 노랑나비의 풍경"(「올리브나무 사이로」)에서도 마찬가지다. 빛은 고통과 공포라는 중력이 더 이상 힘을 발휘하지 못하도록 하면서 동시에 현기증을 환상의 에너지로 변용시키는 시적 매재이다.

이러한 환상적인 세계가 그리 아름답고 평화로운 세계에 뿌리내리고 있지 않다는 것을 이미 우리는 알고 있다. 환상은 현실이 가져다 준 극심한 고통의 절정에서 체험하게 되는 독특한 체험이다. 미로와 미궁을 벗어나려고 육체의 고통을 하나씩 벗어내는 자에게 언제든지 동반자가 되기로 자처하는 친구가 바로 환상이다. 김상미 시인에게 고통은 환상과 이란성 쌍둥이요 근친 상간이다.

이제 알 수 있다. 미로와 함정이 구심적 운동이라면 환상과 현기증은 그 운동의 원심적 파장이다. 함정과 미로는 현기증의 연료이다. 현기증은 몸의 욕망이 가장 붉게 꽃피는 곳에서 일어나는 황홀한 반응이다. 그것은 도시의 속도, 욕망의 정점, 그와의 사랑을 통해 잘 그려져 있다. 그런가 하면, 현기증은 현실이 아픔으로, 폐허로, 담배 연기로 바뀌는 지점에서 환상적 세계로 진입하는 에너지이기도 하다. 육체에서 탈각될 때 여성의 몸은 가장 황홀하다.

바흐찐과의 일체감이 참을 수 없는 고통의 노출이라면, 고흐와의 일체감은 환상 심리의 노출이다. 고흐의 노란색은 태양과 함께 이 시집 도처에서 지배적인 색채 감각을 형성한다. 이 시집에서 붉은 색조가 자주 등장하기는 하지만, 이내 노란 색조의 의미 속으로 흡수되어 버린다. 붉은색이 현실의 색조라면 노란색은 환상의 색조이다.

몸의 혁명, 출산

환상은 현실과 철저하게 한 몸을 이룰 때 문학의 진정한 몫을 해낼 수 있다. 그럴 때 환상은 더 나은 세계를 구상하기 위한 문학적 장치가 되는 것이다. 리얼리티를 외면하지 않은 환상은 예레미아가 되어 현실을 직시하게 하는 힘이 있다. 『잡히지 않는 나비』에서 자유와 비상의 이미지가 압도적인 시들이 보이는 환상성은 '도시'와 '그'가 육체를 속박하고 있는 현실에 대한 비판 의식 그것이다.

천문학에서 혁명이란, 어느 천체가 자기의 궤도를 완성하고 다시 출발점으로 되돌아옴을 의미한다. 단순한 전복이 아니다. 성숙한 회귀이다. "사람은 사람들 사이에 나타나기 위해서 사람들로부터 떠나는 것이다."(「담쟁이덩굴」) 망명이 아니다. 현실에 몸을 단단히 박고 있으면서 환상적인 세계로 떠나는 시인들은 그래서 혁명가들이다.

시인은 자신을 두고 왜 불온하다고 과감히 선언하고 있는지 알 것 같다. 병든 세계 앞에서 건강한 자, 삐뚤어진 세계 앞에서 곧은 자들은 언제나 위험하다. 혁명은 불온 위에서 싹튼다. 불온은 이중적인 데 특징이 있다. 두 가지 생활, 두 가지 삶을 사는 자는 불온하고 위험하다.

> 뜨겁게 달구어진 흙의 맛,
> 태양과 죽음,
> 불붙는 자궁이면서도, 그 차가운 무덤인
> 나, 불온한

4원소 중 불온하기로 말하면 흙만한 원소가 또 어디 있을까. 관능적 육체로 묘사된 '뜨겁게 달구어진 흙'이란 생명력이 절정에 올라 있다는 의미이다. 그런데 흙은 생명을 일굴 때도 죽음을 일굴 때도 뜨겁다. 흙의 맛은 정말 묘한 구석이 있다. 이를 감지해 내는 시인의 감각이 돋보인다.

흙은 생명을 수렴하여 우주로 그 생명을 확산하지만, 이때도 죽음이 없이는 불가능하다. 이렇게 이중적이기에 흙은 불온하다. 시인은 자신의 본질을 흙의 맛에 견주고 있다. 생명의 연료인 태양과 죽음을 동시에 호흡하고 있는 흙은 자궁이면서 무덤이다. 그러기에 불온은 긍정적 메커니즘이 되는 것이다. 절망 속에서도 희망을 끈질기게 유통시키는 자들이 시인들 아닌가.

이처럼 삶의 변혁을 꿈꾸는 자가 빠져 있는 환상의 밑둥에서 여지없이 새어 나오는 욕망은 혁명이다. "지우고 싶다는 건 삶을 바꾸고 싶다는 것/근본으로부터 아주 더 멀리 나가겠다는 것"(「멋진 결론」)이다. "거울 속 내 사랑"(「멋진 결론」)을 아름답게 쟁취하는 일이다. 이것이 가장 '멋진 결론'이며 혁명이 아닌가.

그 혁명의 무대가 김상미 시인에게는 시쓰기이다. 혁명은 입으로 끝나지 않는다. 시를 삶의 근육으로 단련시켜서 삶에 활력을 주며 삶의 질을 너끈히 올리면서 사람들 사이로 돌아올 때 시의 혁명은 완성될 것이다. 하루에도 몇 번씩이나 사람들 사이를 떠나 혼자 조용히 혁명을 시도하고, 혁명의 희생 제물로 시 한 편을 들고 사람들 사이로 다시 웃으며 돌아오는 것, 시로써 사람을 만나고 시로써 세상을 변화시키고 자본주의가 추구하는 행복의 조건을 시로써 깨부술 수 있는 것이다. 무엇이든 말만하면 다 들어주겠다던 알렉산더 대왕에게 '햇빛 좀 쬐도록 비켜달라'고 말하던 디오게네스가 떠오른다. 디오게네스와 같은 상황에 있었더라면, 김상미 시인은 아마도 분명 '시 좀 쓰게 비켜달라'고 당당하게 말했을 것이다.

세상이 버린 시간의 꽃잎들은 모두 다 그의 얼굴이다
내가 내 속에서 외치는 땀과 공포의 냄새는
모두 다 그의 향기이다
그는 종이를 통해 내게로 온다
철저히 삶으로부터 분리된 그 장소에서
나는 그의 아이를 임신한다

「가버린 세계」 중에서

자신을 버린 '그'를 시인은 종이로 다시 불러들이고 '그'의 아이를 잉태하기까지 한다. 잉태는 창조적 회귀의 시도이다. 혁명은 창조적 행위이다. 복제가 아니라 잉태이다. 도피는 이전의 삶을 복제하고 반복 패턴을 만들어 내지만, 혁명은 새로운 삶을 잉태하고 창조해 낸다. 90년대 여성 시인들에게 종이는 자기만의 방을 상징한다. 그 상징적인 자기만의 방에서 시인은 생명을 잉태함으로써 모성의 몸을 통해 자기 정체성을 확인한다.

그런데, 잉태는 피를 동반하는 희생 없이는 불가능하다. 피를 흘리지 않는 시, 원색적인 통증을 동반하지 않는 글쓰기를 원천적으로 거부하고 있는 이 시인에게 시쓰기는 일종의 혁명이다. 은밀한 혁명, 별로 눈길을 끌지 않는 혁명, 그러나 세상을 잠식해 들어갈 막강한 언어의 위력을 지닌 혁명이다. "피, 피로 기록하라/나는 피로 쓴 기록만을 마신다*/피만이 내 심장에 활력을 주고/피만이 이 세상 더러운 공포에서/자유롭게 나를 낚아채간다."(「피벌레」) 제법 혁명가다운 목소리다.

붉은색은 쾌와 불쾌, 성과 속, 생과 사의 간극에서 다양한 의미 파동을 일으키는 인류 보편적인 상징이다. 그 음역이 워낙 넓다. 김상미 시인에게서도 붉은색은 황홀한 순간과 고통스러운 순간의 대칭적 접점에 위치하고 있다. 시론적 성격이 강한 시들 속에서 붉은색은 제의성을 강하게 환기한다. 황홀한 붉은색 꽃잎이 진 자리에서 느끼는 공포를 심리적으로 순화시키기 위해 시인은 붉은색 피로 시를 쓰기 때문이다. 예술이 본래 하는 역할이 공포 순화이다. 시가 번제물이라면 특히 여성 시인에게 그것은 구원과 다르지 않다.

구원은 거듭남이며 혁명이다. 문명이 잠식해 들어간 자연의 본성으로 회귀하는 것이다. 그래서 김상미 시인은 시인을 "그들은 여자도 남자도 아니다. 그들은 인간이기보다 자연이다."(「시인앨범, 1999」)라고 단정짓는다. 편가르기와 모든 가치의 가장 원초적인 잣대인, 남성과 여성의 무경계화를 선언하는 시인의 태도 속에서, 세계의 모든 분열을 연소시킬 수 있는 자연의 힘에 대한 열망을 읽을 수 있다.

> 나는 무겁게 한숨 쉬는 그 페이지들을 모두 찢어버리고
> 건강한 걸음걸이,
> 어머니의 환한 밝음이 내 등을 쓰다듬은 곳으로 떠난다
> 아주 깨끗한 출산처럼
> 모든 것을,
> 모든 것을 싹둑 다 잘라버리는 그 곳으로
> 맨발인 채로, 맨발로
>
> 「맨발의 나라」 중에서

깨끗한 출산만큼 성공적인 혁명도 없다. 그 혁명을 완수하기 위해 시인은 떠난다. 다시 돌아오기 위해, 맨발로, 건강한 걸음걸이로, 자연 속으로, 떠난다. 공전이다. 그것이 김상미 시인이 역설하는 진정한 여성의 몸이다.

여기서 맨발은 자연과의 한 몸이 되었음을 암시하는 것이다. 자연은 여성의 몸에 가장 알맞은 옷이다. 이제 '잡히지 않는 나비'의 실체가 드러난다. '도시'와 '그'라는 미로와 미궁이 무거운 육체의 상태인 번데기였다면, 미로와 미궁에서 벗어나 부화한 몸이 곧 나비이다. 번데기가 속박과 현실의 육체적 상징이라면, 나비는 자유와 영혼을 지닌 몸의 환상적 상징이 되는 것이다.

몸이라는 질료, 글이라는 형상

● 이선영론 ●

나와 너의 경계, 몸

몸은 안과 밖을 나누어주는 가장 확실한 경계이다. 몸은 그 안과 밖의 경계를 통하여 나와 타자를 구획해 주는 물리적 표지이기도 하다. 몸이 하나의 물리적 표지로써 나와 타자를 구별해 주고 있다면, 글은 정신적 표지로써 나와 타자를 구별해 준다. 몸과 글은 닮아 있다. 몸과 글은 나와 타자의 경계가 된다는 점에서 그렇다는 것이다.

물론 그 반대 경우를 간과할 수 없다. 몸과 글은 자아와 타자 사이의 경계를 허물고 흡수와 동화를 꿈꾸기에 참으로 용이한 도구들이다. 외형상 그 경계가 단단하고 견고해 보일지라도, 한번 허물어지고 나면 얼마나 빠르게 상대에게 흡수되거나 상대를 흡수하고 마는가. 몸과 글은 언제든지 형태를 바꿀 준비가 되어 있는 물컹거리는 질료들이다. 하지만, 허물어지기 전에 그것은 얼마나 견고하게 나와 타자를 갈라놓고 있는 성벽인지 모른다.

이선영 시인은 우리 삶에서 견고하게 버티고 서 있는 몸과 글이라는 두 성벽을 동시에 허물려고 시도하고 있다. 그의 시에서 글쓰기란 궁극적으로 타자와의 몸 섞기를 위한 상징적 행위라고 보인다.

이선영 시인의 두 번째 시집『글자 속에 나를 구겨넣는다』을 읽어 본 독자라면 알겠지만, 이 시집을 읽기 시작하면서부터 우리는 글자의 '안/밖'을 분주히 들고나야 한다. 이 시집의 원만한 독서를 수행하기 위해서는, 시인이 설정한 '글자의 안과 밖'이라는 일차원적인 선이나 경계를 기본적으로 전제해야만 한다. 글자를 축으로 경계지어진 '안/밖'에만 촉각을 곤두세운 시어의 행렬을 따라가다 보면, '글자'와 '당신' 사이에 어정쩡하게 끼어있는 '나'의 글쓰기에 대한 갈등과 매번 마주친다. 글자 밖에서는 글자 안이 그립고, 글자 안에서는 글자 밖이 그리운, 이 탈중심적인 기미는 심상치 않게 느껴진다.

> 글자 밖에서 당신에 대한, 내 식도를 꽉 메워버리는 사랑은
> 이내 글자 안 빈곳을 기웃거리고
> 글자 안에서 글자에 대한, 내 식도까지 꽉 차오르는 사랑은
> 다시 비어 있는 글자 밖으로 새나가려고 한다
>
> 「글자 밖에서」 중에서

분명히, 이 시집이 설정하고 있는 안/밖의 경계를 가르는 중심축은 당신이 아니다. 경계의 중심축은 글자다. 그러니까, 중심축이 무엇이냐에 주목해야 한다. 글자의 안과 밖을 왕복 운동하는 시인의 갈등은, 글자를 회전축으로 삼고 있다는 점이다. 시인은 글자를 벗어나 있는 듯 하지만, 실은 글자에 더 악착같이 매달려있다는 점에 주의를 기울여야 한다. 글자 밖이라는 것은, 글자 안에서 바라보는 글자 밖이다. 즉 글자 밖에서 인식한 글자 밖이 아니다. 정확히, 시인은 글자 안에서 한치도 벗어나지 않고, 글자의 집에 견고히 들어앉아 있다.

그것도 부족하여서 시인은 '글자 속에 나를 구겨 넣'으려고 안간힘 쓰고 있다. 게다가, 일차원적인 의미 표지인 '안'이 아니라, 이차원적인

의미 표지인 ‘속’이라는 공간 시어를 사용한 의도를 잘 읽어내야 한다. ‘속’은 단지 안팎의 수평적 경계가 아니다. 수직적인 경계를 내포하는 공간 명사이다. 여기에 이 시집의 난제를 풀어 줄 의미 역학이 작용하게 된다. ‘속’은 ‘안’보다 더 안정감 있는 깊숙한 공간이다. 왠지 글자 밖으로 추방될 것 같은 불안한 시인의 심리가 ‘속’이라는 방향어를 통해 노출되고 있다. 아무 것에도 동요되지 않고, 글자(글쓰기)에 정착하고 싶은 절박한 상황은 ‘속’과 ‘구겨넣는다’에 잘 함축되어 있다.

확실히, 글자(언어)의 집은 글쓰는 사람들에게겐 마냥 행복한 공간만은 아니다. 이러한 징후는 그동안 여러 작가들의 작품 속에서 간간히 드러난 바다. 글자(언어, 문학, 창작)는 내려놓자니 그렇고 평생 업고 가자니 힘에 겨운 짐 아닌가. 물론 작가가 처한 상황에 따라 그 갈등의 요체는 다르다. 그러면 이선영 시인의 갈등은 어디에서 비롯된 것인가 궁금해지지 않을 수 없다. 여성의 젠더성과 무관하지 않다. 여성으로서의 글쓰기는 확실히 남성으로서의 그것보다 힘겹다. 그 억압이 글쓰기에 대한 과잉 애착으로 비틀려 표현되고 있는 것이다.

글자를 배우자로 의인화시킨 「생업」이나, 글자를 섹스의 대상으로 의인화시킨 「그녀가 혼자 있는 방은 뜨겁게 불타오른다」는, 글자에 대한 시인의 애정과 애착이 얼마나 강렬한가를 잘 드러내주는 대표적 작품이다. 이러한 집착과 애정에도 불구하고 왜 이다지도 흔들린단 말인가. 이선영 시인이 보여주는, 글자의 안에서 글자 밖으로, 글자의 밖에서 안으로 끝없이 이어지는 이 갈등의 왕복 운동은 어디에서 비롯된 것인가. 몸이라는 경계를 두고 내가 나와 타자 사이를 오가는 갈등의 심리 운동인 것이다.

> 오래 전에 나는 글자들로 내 살갗을 삼고 옷을 삼아
> 세상으로부터 내 육체를 가렸다 어느 날,

> 뜻밖의 당신과 만났다 당신은
> 당신의 육체가 닿을 수 없는 나의 글자 밖에서, 나는
> 나의 완고한 글자들이 가로막은 당신의 육체 밖에서 나는
> 나의 육체 뒤로 뒤죽박죽 글자들을 몰아넣었다
>
> 「글자 밖에서」 중에서

시인에게 글자는 '살갗'이며 세계로부터 육체를 보호하는 '옷'이다. '당신'이 타자로 등장했을 때, 나는 그 글자로 더 견고한 옷을 짓는다. 당신으로부터 확실하게 내 몸을 보호하기 위해서이다. 글자 밖에서의 당신과의 외도나, 당신 밖에서의 글자와의 외도는 전혀 치명적일 수 없다. 왜냐하면, 글자의 타자인 당신이 자꾸 '나'를 글자 밖으로 끌어내지만, 그러면 그럴수록 글자 안에 더 깊숙이 들어가려고 안간힘 쓰기 때문이다. 글자에 대한 나의 욕망은 대단한 것이다. 나에 대한 당신의 욕망이 강해지면 강해질수록, 글자에 대한 나의 욕망도 그에 비례하여 강해지고 있다. 당신과 나의 점착력이 세지는 만큼 글자와 나의 점착력도 만만치 않게 세지고 있다.

뫼비우스 띠의 몸

그러다가, 글자 밖의 표징이던 당신이 이제 내가 쓰는 '글자' 사이에 언뜻언뜻 나타나기 시작한다. 그리고는 나의 글자들의 걸림돌이 되는 듯도 하다. 그러나 그런 당신이 오히려 나로 하여금 글자를 쓰게 하는 자극제가 되고 있다는 점이 의아하지 않은가. 이러한 모순적 태도는, 글자가 그 질료를 몸에서 취하고 있으며, 글자가 몸에 그 의미 반경을 둔 결과이다.

당신에 대한 내 이루지 못한 사랑의 뜨거움으로
나의 펜은 오늘도 종이를 아프게 한다

「종이를 아프게 하다」 중에서

종이 위에 깨알 같은 글자들을 쓴다
써도 써도 글자 밖으로 비어져나오는 당신을 쓴다

「글자 속에 당신을 가둔다」 중에서

나는 차라리 그 글자를, 아니 당신을 내 문장에서 깨끗이 지워버
리고 싶을 때가 있다
그러나 내 문장 속에서 불안하게 하고 존재하는 당신을 보면 나는
가슴이 설렌다
당신이 당신의 불안함으로나마 채워주지 않는다면 내가 쓰려는 문
장은 완성되지 않는다

「글자밖에서」 중에서

글자 밖이 글자 안이고, 글자 밖에 있는 것은 글자 안에 있게 된 것
이다. '나(시인 자신)'를 글자 밖으로 끌어내는 그대(당신)는 기실 글자 안
에 존재하게 된다. 더 정확히 말하자면, 글자의 타자인 당신(그대)은 글
자 밖에서 나태하고 게으르고 이완된 나의 몸을 자극시키고 고무시키는
의 타자(打者)인 셈이다. 타자는 '나'와 적대적인 관계를 형성하기보다,
'나'의 글쓰기를 고무시켜 주는 타자(打者)로서 더 부각되기도 한다. 글
자의 밖을 인식하는 사고의 근저에는 글자의 안을 인식하는 행위가 내
포되기 마련이다. '내'가 글자 밖에 있음을 깨닫는 그 순간 '나'는 이미
글자 안에 존재하는 것이다. 글자 안과 밖은 분리할 수 없는 동일한 의
미 공간이다.

이쯤되면, 독자들은 난감한 지경에 빠지게 될 것이다. 애초에 그어 놓
은 '안/밖'의 경계가 이 지점에 이르면 완전히 화해되기 때문이다. 아니

이 지점이랄 것도 없이, 처음부터 이 시집은 곳곳에 그런 기미가 산재하고 있다. 경계 설정은 처음부터 모순으로 보일 정도다. 글자의 안과 밖은 엄밀히 말해, 존재하지 않았음을 알 수 있다. 정밀한 독서를 수행한 독자라면, 이제 글자의 안과 밖은 허상에 불과하다는 점을 쉽게 눈치챌 것이다. 허상을 보는 순간, 독자는 그 경계가 순환원을 그리고 있다는 사실을 깨달을 수 있다.

결말이나 해결의 시간 구조에 오래도록 길들여진 독자들은 이 경계 위에서의 곡예가 어느 지점에서 끝날 것인가에 관심을 기울였을 것이다. 그러나, 현명한 독자라면, 출발 지점에서 출발 지점으로 매번 다시 돌아오고, 다시 그 지점에서 반환점을 향해 출발하는 이 왕복 운동이 어느 지점에서 그치리라는 기대는 일찌감치 포기했을 것이다. 시집의 독서를 마친 이후에도 시인은 이 왕복 운동을 계속할 것이고, 이 시집을 읽고 있는 순간에도 이런 왕복 운동은 다른 작가나, 시인들에게서 계속 진행 중이기 때문이다. 그 경계는 애초부터 경계로서의 기능을 갖추지 않았다. 오히려, 돌아나와야 하는 반환점의 기능으로서만 글자의 안과 밖은 존재하는 것이다.

왜 그럴까? 이것이 몸의 특징이다. 앞서도 얘기했듯이 몸은 나와 타자 사이의 경계선이면서, 나와 타자가 합일할 수 있는 통로이기도 하다. 그러니까 '안/밖'이라는 지표는 경계짓기와 허물기가 맞물려 있는 지점이다. 그것은 기회만 되면 언제 그랬냐는 듯이 그 경계를 무화시키는가 하면, 어느 순간 다시 그 경계를 확고히 하는 데 능란하다. 몸의 경계짓기도 허상이며 허물기도 허상이다. 경계가 완성되는 순간은 허물어지기 시작하는 순간이며, 허물어지기 시작하는 순간은 다시 새로운 경계가 형성되는 순간이라고 할 수 있다.

그래서, 타자인 '당신'으로부터 나의 몸을 보호하기 위하여 글자를 쓰면 쓸수록, 오히려 글자 밖으로 '당신'이 비어져 나오는 것이다. 그리고 나는 어느새 당신을 쓰고 있는 것이다. 당신과 경계를 쌓으면 쌓을수록 어느새 나와 당신 사이의 경계는 허물어지고 나와 당신은 하나가 되고 있는 것이다. 그리고, 내가 쓰는 문장 속에서 발견되는 당신이 나를 불안하게 하지만, 그 불안은 설레임으로 전이되고 있다. 내가 쓰는 문장 속에 내가 아닌 타자가 섞여 있어 불안하지만, 바로 그 당신이 없으면 내 문장은 완성될 수 없다.

이선영 시인에게, '글자'는 타자 없이 혼자 존재하는 파편화된 '문장의 조각'일 뿐이다. 글자는 문장이라는 하나의 생명을 형성할 수가 없다. 글자들은 살갗이며 옷일 뿐이다. 그 글자라는 견고한 경계를 허물게 되면, 나는 하나의 의미 있는 문장으로 태어나는 것이다. 여기서 '글자'가 나와 타자의 단절을 의미한다면, '문장'은 나와 타자의 결합을 의미한다.

나와 타자 사이에 세워진 경계를 타자가 허물고 들어오지 않거나, 내가 허물고 들어가지 않으면, 나는 무의미한 존재가 되고 만다. 그렇다고 나와 타자를 구별해 주는 그 경계를 완전히 허물어버릴 수는 없다. 경계를 전제로 하지 않은 허물기는 무의미한 것이다. 몸이라는 물리적인 경계는 허물기를 위해 존재하지만, 그렇다고 몸의 경계를 완전히 없애버릴 수는 없는 일이다. 어차피 나와 타자는 몸을 통해 뫼비우스의 띠처럼 분리되고 결합하면서, 자신의 정체성을 만들어가게 된다. 나의 몸과 너의 몸은 다르나, 나와 너는 합일할 수 있다. 나와 너는 다르지만, 나는 너가 될 수 있고, 너는 내가 될 수 있다.

당신(남성)이 내(여성) 글자 사이에 비집고 나와서 내(여성) 삶의 중심을 흔들어 놓지만, 아이러니하게도 당신(남성)이 있기에 내 문장은 완성될 수 있다. 시인은 이것을 말하고 싶었던 것이 아닐까. 글쓰기는 나의 정체성을 상징하기에 알맞다. 또한, 몸은 그 정체성을 형상화하기에 얼마나 적절한 상징적 질료가 되고 있는가. 몸이라는 질료를 통해 글쓰기를 형상화하면서 시인은, 나와 다르기에 너와 합일하고 싶다, 그러나 너와 영원한 합일할 수 있다면 결코 나는 너의 경계를 허물려고 하지 않을 것이다, 라는 모순된 욕망을 잘 표현한 것이다.

몸과 글은 이렇게 탈중심을 끊임없이 기획하면서도 결코 중심을 잃지 않으려는 몸부림 속에서 살아가고 있다. 이 모순된 욕망에 기대지 않는다면 두 가지 길밖에 없다. 중심을 완전히 잃고 타자화되어 갈아가거나, 타자와의 철저한 단절 속에서 살아가거나. 몸과 글은 타자와의 호흡이다. 생명체들이 서로의 호흡을 통해 원소들을 교환하며 살아가듯이, 몸과 글도 타자와의 호흡 속에서 살아가는 것이다.

 몸, 상상력의 질료

상상력과 몸의 역학

● 바슐라르의 이미지 현상학을 중심으로 ●

널뛰기의 상상력

바슐라르는 몽상이 얼마나 중요한 삶의 에너지인가를 깨닫게 하는 글 읽기뿐만 아니라, 그러한 글쓰기까지도 유도해 내는 데 뛰어난 이미지 현상학자이다. 그는 유년 시절을 그러한 몽상의 보고로 잘 활용하고 있다. 유년은 놀이로 가득 찬 시절이다. 그런 놀이들 가운데서도 몸의 위상학적 운동에 토대를 둔 놀이들은 주목할 만하다. 그네나 시이소를 타면서, 널뛰기를 하면서, 하늘로 솟구치던 분수를 보면서 동심은 자신도 모르는 새 몸의 수직적 비상을 몸에 익히게 된다. 그 놀이는 직립 동물만이 지닌 몸의 위상학적 구조가 만들어낸 본능의 직접적 표출이다. 중요한 사실은 그 놀이가 그러한 본능을 자극시키고 고무시키기도 한다는 것이다.

그러나, 그 그네나 시이소나 분수가 그렇게 쉽게 그러한 본능을 충족시켜주지는 못한다. 그네는 공중의 어느 지점에 경계선이 있기 때문에 높이를 향한 운동에 제약을 준다는 느낌을 준다. 떨어질세라 그네줄을 꽉 부여잡은 손의 두려움이 그 예증이다. 게다가 위에서 아래로 축 쳐저 매달려 있는 그네의 줄(철로된)은 심지어 무겁다는 인상을 주기까지 한다.

　　그러면 시이소 놀이는 어떤가. 무거운 철로 만든 시이소의 손잡이(대지의 은유)를 꽉 부여잡고 있어서, 오히려 대지에 뿌리를 깊이 박으려는 듯한 착각을 일으키게 한다. 이 대지에서 튀어 오르기를 겁내게 하는 저 시이소는 높이 오르기에 장애가 될 뿐이다.

　　분수는 능동적으로 가볍게 튕겨 오른다기 보다는 수동적이기 때문에 무겁게 주저앉고 만다는 인상이 짙다. 주저앉으면서 부서지기까지 한다. 분수의 그 불투명한, 탁한 물색깔을 상기해라.

　　이렇게 그네, 시이소, 분수가 겉보기에는 높이 오르려 하지만, 그 이미지가 어두운 것은 그 비약에 어떤 장애가 엿보이기 때문이다. 그러나, 이와 대조적이게도 널뛰기는 완벽한 비상에의 의지, 가벼움의 이미지를 펼치고 있다. 그네처럼 공중 어딘가에 경계가 있지도 않고, 시이소처럼 무거운 대지의 손잡이도 없으며, 분수처럼 무겁다는 인상도 주지 않는 높이 오르기가 바로 널뛰기이다. 널뛰기의 하강은 그저 상승을 향한 도약의 발판일 뿐이다.

　　널뛰기를 하는 사람은 대지를 가장 힘차게 박차고 있다. 그러면서 대지를 박차고 난 다음에 보이는 그 능동적인 가벼움의 몸짓, 두 손을 벌리며 둥그렇게 공기를 품고 공중을 날으려는 몸짓, 아무것도 잡지 않고 열린 높이를 향해 몸을 붕붕 띄우는 몸짓. 발목의 힘만으로 비상하는 그 가벼움, 과연 메르쿠리우스의 날개[162]를 연상케 하지 않는가. 마침내 중력에서 깨끗이 벗어나 지상에서 가장 가벼운 몸이 될 수 있다.

　　　　두어 件의 막무가내가 있으니
　　　　바람과 꽃가루가

---

162) "마치 이카루스처럼/그렇게 나래를 만들며, 출감 때/해를 향해 날아오르고 싶어 꺽꺽거렸다."(김신용, 「꿈꾸는 자의 꿈」, 『버려진 사람들』, 고려원, 1988) 이처럼 이카루스의 날개는 우리를 꺽꺽거리며 힘겹게 하지만, 메르쿠리우스는 가볍게 날게끔 한다.

길 떠나는 냄새

네 머리카락이
바람에 흩날릴 때
내 마음의 나비떼, 나비떼[163]

길은 지상에 착 달라붙어 있어 너무 무겁다. 길 떠나는 냄새는 바람에 흩날리는 꽃가루의 냄새이다. '너'의 머리카락이 바람에 꽃가루가 되어 바람에 흩날릴 때 '나'의 마음은 나비떼가 되어 너를 좇아가고 있다. 사랑은 무중력 상태의 비상과 같다. 사랑은 가볍다. 비상하는 나비떼와 시적 자아의 몸이 위상학적으로 동등한 위치를 확보하는 순간이다. 바람따라 훨훨 날아오르는 저 몸짓의 가벼움은 얼마나 견고한 힘에서 나오는가. 가벼움도 고집이라는 힘에서 생겨날 수 있다. 꿈이 뭉쳐 하나의 힘으로 표출되는 것이 고집이다. "막무가내"라는 시어에서 그러한 꿈의 힘이 잘 느껴진다. 힘은 무겁다는 느낌이 들지만, 비상의 힘은 힘마저 기체화시키고 무형화시키는 데 능하다. 가벼운 힘이 비상이다.

진정한 비상은 널뛰기처럼 바람에 자신의 몸을 맡기고 흩날리는 꽃가루가 되지 않으면 안 된다. 바슐라르의『공기와 꿈』은 이러한 널뛰기의 상상력을 떠올리게 한다. 갇힘에서 풀려나 열린 상태의 존재를 사는 것, 가벼워지기 위해 무거움의 허물 벗기가 바슐라르가 꿈꾸는 이미지의 삶이다.

가벼움의 생리학

개념에 따라 그냥 살아가는 일상인들은, 꽃이나 나무가 싹을 틔우고 꽃이나 열매를 맺는 신비로운 뉘앙스를 놓치기가 일쑤다. 그 변화와 운

---

163) 정현종, 「내 마음의 나비떼」,『떨어져도 튀는 공처럼』, 문학과 지성사, 1986.

동을 보지 못한 사람은 어디에서 활기를 되찾을 수 있을까. 바슐라르는 우선 우리가 나무나 꽃, 식물에 눈을 돌리게끔 하고, 자연의 움직임과 그 에너지를 통해 우리를 꿈틀거리게끔 역동적으로 유도하는 공기적 정신의 이미지를 강조한다. 이 이미지는 형태를 보도록 하는 것이 아니라, 질료의 생리를 직접 느끼게 하는 것이다. 가벼움이라는 질료의 생리는 몸의 생리학을 통하여 전달되는 것이다. 가벼움은 몸의 생리학에 기초하고 있는 이미지의 세계이다.

생동하는 언어의 삶을 사는 이미지들[164]이 우리의 움츠렸던 어깨를 펴게 하고 활력을 불어넣어 가벼움을 느끼도록 한다. 가벼움의 생리학에서 출발한 상상 작용은 우리의 존재를 열어, 낡고 헌 옷을 벗고 새로운 옷을 입게 하고, 현실의 무게 때문에 뻣뻣하게 굳어 있던 우리의 몸을 유연하고 가볍게 만들어 준다. 마음의 무거운 짐을 벗어버려야만 진정으로 우리 존재와 만나게 되는 것이다. 우리 존재는 본래 가볍다.

> 노래는
> 마음을 발가벗는 것
>
>   (중략)
>
> 돌아가야지 내 몸 속으로
> 돌아가야지 모든 몸 속으로
> 불꽃이 공기 속에 있듯
> 그 속에서 타올라야지
> 마음을 발가벗는
> 노래여
> 내 가슴의 새벽이여[165]

---

164) 바슐라르, 『공기와 꿈』, 민음사, 1993, p.14.
165) 정현종, 「노래에게」, 앞의 책.

이러한 공기적 정신을 지닌 상상력은 전존재를 투사하게 한다. 전존재는 완전한 존재이다. 그 완전한 존재는 몸 속으로 전력 질주한다. 아니 몸 속으로 회귀한다. 무거운 마음에 짓눌려서 공기 속으로 타오르지 못하는 몸에 대한 성찰을 잘 보여주는 시이다. 무거운 마음을 벗어 버려야 몸을 가볍게 할 수 있다. 이것이 삶의 생리이다. 몸이 가벼워지지 않으면 노래가 나올 수 없다. 노래는 가벼움과 근친적이다. 노래는 근심과 걱정의 중력에서 벗어나 가벼워져야 일어나는 삶의 생리라고 할 수 있다.

시인은 계속해서 또 다른 생리의 원리를 제시하고 있다. "놓은 줄도 모르게 마음 놓고 있으니 아, 모든 마음이 생기는구나"(「마음놓고」)라고. 그때의 존재는 자신을 글로 씌어지기 이전 상태에 놓인 것처럼 느끼게 된다.166) 마음도 자유로와지려면 놓아야 한다. 놓아야 가벼워지기 때문이다. 마음을 놓아야 마음도 가벼워지고, 마음을 발가벗고 내 몸 속으로 돌아와야 가볍게 타오르는 것이다, 공기를 가르며.

'자유로운'이라는 형용사와 잘 어울리는 이 공기의 이미지는 가시적 차원의 해부학보다는 상상력의 생리학에 더 잘 어울린다. 해부학은 가시적인 외적 형태에 집착하지만, 상상력의 생리학은 더 심층적인 내적 영역으로 파고 들어가 특유의 존재 밀도를 드러내기 때문이다. 공기의 운동은 그래서 질료의 숨소리를 듣고 공감함으로써(질료를 단순히 베껴내지 않고) 이미지들을 가동시킨다, 역동적 상상력을 통해.

바슐라르가 고도나 깊이에서 시각적이고 형태적 이미지를 문제 삼지 않고, 고도를 향한, 깊이를 향한 몸의 역동적 이미지를 문제 삼은 것도 이러한 몸의 생리학을 강조하기 위한 것이다. 그러면 바슐라르가 왜 그리도 수직적인 운동에 관심을 두고 있을까. 아마도 그것은 인간의 몸이 지닌 위상학적 구조가 지닌 특성에 기인할 것이다. 인간의 무게를 가늠

---

166) 바슐라르, 앞의 책, p.21.

하는 중력과 수직적인 몸의 상호 작용은 인류의 범문화적인 결과를 낳았다. 즉 '위'와 '아래'라는 대립이 그 결과이다.[167] 인류은 이 대립쌍을 통해 아래(下)보다 위(上)에다 더 긍정적인 가치를 부여하게 되었다. 그래서, 대부분의 문화권에서 추락과 무거움, 그리고 어두워짐을 아래쪽의 가치에 두고, 상승과 가벼움, 그리고 밝음을 윗쪽의 가치에 두게 된 것이다.

그러나, 바슐라르는 이런 단순한 대립적 해석과 다소 차이가 있다. 그는 '높이 있는 것'보다는 '높이를 향하는 것'에 더 가치를 두고 있다. 바슐라르가 올라가지 못하는 것은 추락한다라고 말하면서, 우리에게 수평적이기보다는 수직적 삶을 권유한 것도 이런 이유에서이다.

4원소가 이러한 수직적인 상승의 삶에 있어 중요한 정신적 호르몬제라고 할 수 있다. 4원소의 이미지들을 통해 활력을 제공하고 있는 그 말들을 산보하면서, 우리는 올챙이가 뛰기 위해 움츠렸다가 펴듯이, 공기에 참여하기 위해 전존재의 꿈틀거림을 역동적으로 체험하게 되는 것이 아닐까. 살아 있는 몸의 생리학을 체험하는 독서, 이것이 바슐라르의 산보하는 글쓰기에 맞먹는 산보하는 독서이리라.

침묵은 알몸이다

빈센트 반 고호의 그림에 자주 등장하는 나무, 들판, 달, 구름 등은 원형의 이미지와 상승의 몸짓을 너무나 선명하게 드러내고 있다. <The Starry Night>, <Walled Field>, <Olive Trees>뿐 아니라 여러 작품에서 보이는 '둥금과 높이의 이미지'는 심지어 감옥 속의 죄수를 소재로 한

---

167) Yuri M. Lotman, *Universe of The Mind*, Indiana Univ Press, 1990, p.132.

<The Prisoners Walk>라는 그림에도 나타난다. 이 그림에서 죄수의 다리는 둥글게 둥글게 계속 올라가는 나선형으로 묘사되어 있어서, 감옥 속에서 원을 그리며 돌고 있는 죄수들은 마치 갇힌 공간을 벗어나 서서히 윗쪽으로 올라갈 듯한 이미지를 보여주고 있다. 무겁고 가라앉을 듯한 둔탁한 이미지 밑에 깔려 침묵을 지키고 있는 그 비상의 의지를 찾는 것이 침묵의 지질학이 아닐까. 하지만 고호의 그림은 하나의 화산과 같다. 그래서 우리를 불안정하게 하고, 고요를 깨뜨리게 한다.

이런 점에서 볼 때, 시는 그림보다도 더 깊은 침묵을 요구한다. 발화된 말이나 강열한 그림이 우리를 강제적으로 사로잡는다면, 씌어진 말은 완만하게 우리를 이끌고 가서 침묵의 지층을 느끼도록 한다. 그 침묵이란 표현의 숨결로서, 이 숨결을 들음으로써 생생한 열정을 더 확실히 체험할 수 있다.168)

> 그대, 느닷없이 일어나는 외침일랑 잊어버릴 수 있도록, 그것은 지나가는 법
> 진정으로 노래한다는 것, 아, 그것은 또 다른 숨결이니
> 無의 주위로 형성되는 호흡, 神의 품으로의 飛上, 한 줄기 바람.

릴케가 생각하는 '진정으로 노래한다는 것'은 일회적인 외침, 즉 소리보다는 침묵의 숨결이다. 침묵은 몸의 숨결을 통해 배출된다. 침묵은, 몸이 문명의 상징인 언어의 옷을 입기 전의 상태인 알몸이라고 말할 수 있다. 침묵은 몸의 가장 원초적인 소리이다. 아무 것으로도 포장하지 않고, 있는 그대로의 진정한 소리를 들으려면 우리는 침묵의 소리를 들어야 할 것이다.

침묵은 결코 무겁지 않다. 침묵은 도리어 무거운 인간 관계를 가볍게

---

168) 바슐라르, 앞의 책, p.501.

만들어 줄 수 있는 비상구(飛上口)이다. 그 침묵은 높이를 향한 비상이며, 한줄기 바람으로써 우리에게 공기의 삶을 살도록 해 준다. 이러한 시의 이미지를 만나면, 시는 거듭 읽혀지고 읽혀질 때마다 새로운 숨결을 느끼게 하고, 그 숨결을 통해 몸의 진정한 생리를 살게 될 것이다. 이러한 단계에 이르기 위해, 우리는 어떤 힘에 취해 있는 상상력을 만나 알코올에 취하듯 취해야 되지 않을까. 그래서 우리의 근육이 다시 흥분하고, 굳었던 심장이 다시 뛰어야 하지 않을까.

바슐라르의 현상학은 창조자의 의식을 분석하는 현상학이 아니라, 그 이미지의 '특수한 실체'를 찾아내는 독자 의식의 현상학[169]임을 상기한다면, 바슐라르가 왜 이토록 침묵의 지질학을 강조하는지 그 이유를 알 것 같다.

니체가 '높이' 콤플렉스라고 불릴 정도로 높이에 취했듯이, 우리도 수직축에 취해 있는 공기 이미지에 취할 때, 정녕 다 벗어 던진 알몸의 존재에 흠뻑 취할 수 있지 않을까.

> 그리고는 물방울 하나 등에 짐지지 않고
> 태양 가까이 다가간다
> 우리가 잊어버려서 안될 것중의 하나는
> 저런 움직임이지만 언젠가
>
> 나의 삶을 다시 살
> 내 피를 섞은 후손들이 이 숲을 거닐며
> 저 새를 봐,
> 태양 향해 날아가는 한 마리 황금새를[170]

'물방울 하나 등에 짐지지 않'은 알몸이어야 태양 가까이 비상할 수

---

169) 김 현, 곽광수, 『바슐라르 연구』, 민음사, 1976.
170) 하재봉, 「새의 무덤」, 『안개와 불』, 민음사, 1988.

있다. 알몸은 침묵처럼 가볍다. 하재봉의 시도 수직축의 궤적을 그리고 있는 상상력의 군집들이라고 할 수 있다. 태양, 새, 불, 별, 날개, 숲, 대지, 꽃의 시어들은 수직축에서 상하 운동을 펼치는 상승과 하강의 역동적 상상력을 그 특징으로 한다. 그러나 릴케의 시편들처럼 가볍거나 가뿐하지 않고, 무거운 비행이나, 힘겨운 비상의 이미지가 강하다.

하지만, 이렇게 단순하게 생각만 한다면 더 본질적인 의미의 맥을 놓치게 된다. 힘겨움과 가벼움은 비례 관계에 있기 때문이다. 지상의 무거움과 싸우는 그 힘겨움이, 무거움을 느끼게 하는 그만큼의 강도로 비상이 주는 가벼움을 만끽하게 하는 것이다. 비상하는 과정이 힘겨우면 힘겨울수록, 비상하는 순간에 느끼는 그 가벼운 힘이 더 강열하게 전달될 수 있는 것이다. 하재봉의 시를 읽으며 그 시의 불길에 몰입하게 되는 것도, 이러한 힘겨움과 가벼움의 역학 관계에 기인한다. 태양 가까이 이르기 위해서 지상과 대지를 벗어나려는 그 고투를 함께 겪다보면 무거운 몸을 서서히 일으켜 세우는 시의 숨결과 같이 호흡하지 아니 할 수 없을 것이다.

떨어져야 튀는 공처럼

인간은 역설적인 존재다, 떨어져야 튀는 공처럼.[171] 시가 역설적인 운동을 역동적으로 보여 줄 때 진정으로 꿈을 일구는 농부가 될 수 있다. 우리 존재 전체를 실어 나르는 꿈을 일구어 주는 시는 생이 지닌 운동을 묘사하기보다는, 생의 운동을 산출해 낸다.

생을 운동하게 만드는 시가 좋은 시이다. 그러기 위해서는 존재가 피

---

171) 정현종 시인의 세 번째 시집 제목에서 '떨어져도'를 '떨어져야'로 바꿔 인용.

동체인 동시에 동인이며, 동체인 동시에 동력이며, 떨림인 동시에 열망임을 깨닫게 해야 한다. 생성과 존재를 자기 자신 속에 결합시키는 가동체로서의 존재가 되기 위해서 우리는 가벼워짐을 체험하여야 한다. 가벼워야만 수직적인 삶인 비상을 살 수 있기 때문이다. 즉, 물질을 느껴야 질료의 힘을 느낄 수 있다.[172]

"나는 생각한다. 고로 나는 날아본다"라는 역동적인 코기토 속에서 인간은 역동적인 삶을 산다. 이 역동적인 코기토은 두 가지 방향이 있다. 부요함(무게획득)과 자유(가뿐한 상승)의 방향이다. 부요함이 아무것도 잃어버리지 않으려고 꿈꾸는 대지적 상상력이라면, 자유는 모든 것을 다 벗어버리고 꿈꾸는 공기적 상상력이다.[173] 나무가 시인을 온통 공기적 상상력으로 유도하는 것도 나무가 지닌 수직적 몸의 위상학적 본질 때문이다. 수직적 몸은 가볍다. 그러나 그 가벼움은 수직을 감싸고 있는 다른 힘에서 비롯되는 것이다.

> 바람이 불었다
> 터지는 가슴으로 흔들리는 경계 넘나들며 발돋움하다가
> 가라앉아, 낮은 곳에서 만나는 대지의 힘
> 비어있는 하늘 메워가며
> 충만한 물의 정신 깊숙이 뿌리를 박고
> 더 열심히 생각을 꽃피운다, 꽃피워
> 어느 하나 빈 곳이 없을 때 힘차게 전신으로 일어서는 숲
> 태양은 온 힘을 다해 수직으로 하강하기 시작한다[174]

바슐라르는 나무의 기하학적 모습을 직사각형이나 역삼각형이 아니라, 원형에서 찾고 있다. 나뭇가지에 나뭇잎이 가득차 있을 때 그 나무

---

172) 바슐라르, 앞의 책, pp.517-518.
173) 바슐라르, 앞의 책, p.521.
174) 하재봉, 「나무」, 앞의 책.

는 실상 원형의 모습에 가깝다. 수직 방향을 몸 안에 숨기고 있는 나무의 비상을 진정 가능하게 하는 원동력은 그 원형이라고 해도 거짓이 아니다. 수직적 비상은 원형을 통해 더 박차를 가할 수 있다. 릴케가 세상에서 가장 둥근 모양을 새의 움츠린 모습에서 찾은 이유도 이러한 맥락에서 이해할 수 있다. 비상하기에 적절한 몸이 지닌 기하학적 모습을 원형으로 인식한 결과이다. 바슐라르가 비상의 모델로 제시한 풍선도 원형이며, 비행기 또한 새의 둥근 몸을 닮아있지 않은가.

그런데, 이 나무의 비상은 또한 혼자의 힘으로 절대로 이루어지지 않는다. 그렇기 때문에 비상은 역동적 이미지를 낳을 수 있는 것이다. 나무는 발돋움하다가 가라앉고, 가라앉아 낮은 곳에서 만나는 대지의 힘으로 하늘을 메워가며 상승하고, 하늘을 메워가는 그 힘으로 깊숙이 아래로 뿌리박고, 아래로 뿌리박는 그 힘으로 공중으로 꽃을 피워 올린다. 그런 나무들이 한 그루도 아니고 수천 수만 그루의 나무들이 모여 이루는 숲은 수직하려는 거대한 몸짓인 것이다. 수직으로 상승하는 숲의 힘과 수직으로 하강하는 태양의 힘은 무언가의 상승이 무언가의 하강 때문이라는 바슐라르의 말과도 같이 역동적인 힘을 보여 주기에 충분하다.

위의 시는 대지의 불순물을 대지 쪽에 머물러있도록 하기 위해서 대지의 힘을 촉발시켜야 하고, 이러한 활성화된 하강은 상승을 용이하게 한다는 그 물리 역학을 아는 것이다. 이것은 플러스와 마이너스가 서로 만나지 않으면 전혀 힘을 발휘할 수 없는 전기일 뿐이지만 둘이 만나면 전력을 만들어낼 수 있는 것과 같은 이치이다. 상하(↑↓)라는 상반된 화살표의 방향이 부드럽게 연락되고 조화를 이룰 수 있다는 연금술사의 사고와 동일하다.[175]

상반되는 두 자질이 부드럽게 우리를 움직이도록 유도하는 시는 고착

---

175) 바슐라르, 앞의 책, pp.526-527.

된 대지의 이미지가 아닌 자유로운 공기의 이미지를 사는 것이다. 떨어져야만 위로 튀어 오르는 공, 대지적인 무거움의 무게를 지녀야만 공기적으로 향기를 퍼뜨리는 꽃, 이러한 유사 체험을 우리는 놀이를 통해 자주 체험하게 된다. 그 놀이는 종종 황홀한 공기의 이미지로 우리의 몸을 흡수하기도 한다.

무겁게 올라갔다가 가볍게 떨어지는 그네, 운동의 힘에 참여하도록 전혀 유도하지 않은 분수, 올라갈 기미가 전혀 보이지 않는 그네, 놀이기구 바이킹 등등은 인간이 원초적으로 지니고 있는 상승의 욕구를 일상 생활에서 채울 수 있도록 만든 인위적인 유사 비행이다. 그러나 이러한 비상도 하강의 힘과 역동적으로 결합되어 있다. 상승이나 하강 중 어느 한 쪽의 운동 방향이 없다면, 이 비상은 올라가다가 직선으로 처박힐지도 모를 만큼 상호 보족적인 관계에 있다.

'떨어져야 튀는 공처럼', 인간의 몸은 위상학적으로 역설의 묘미 속에 살고 있는 것이다. 시인들은 자연과 인간의 몸 사이에 형성된 생리적 힘을 감각적으로 체득하여 몸의 상상력을 통해 구체적으로 풀어내는 자들이다. 그리고 이러한 몸의 상상력을 통해 우리는 우주와 자연에 속한 몸의 위상을 이미지로 체득할 수 있는 것이다.

데쟈뷔 장소로서의 몸

　시가 너무 많다. 많아서 부담스럽다. 왜 부담스러운 것일까. 설레임과 기대, 그것의 부재 때문이다. 시는 양으로 충족되는 대상이 아니다. 그렇기에 시에서 부분의 합은 전체의 합과 절대 같을 수 없다. 감동을 주는 시 한 편이 감동을 주지 않는 99편을 합한 것보다 절대적으로 더 크다. 시는 어차피 정서상의 문제이기 때문이다.

　시인과 독자 사이에 이루어지는 정서적 교감은 삶의 치열함을 담보로 해야 일어날 수 있다. 혹여 많은 시인들이 아무렇지도 않게 딜레탕트임을 자처하고 있는 것은 아닌가. 손때가 많이 묻은 지폐와 같이 낡은 언어들을 시인들은 체질적으로 좋아하지 않는다. 그래서 끊임없이 새로운 언어를 생산해 내는 고통을 감내해야 한다. 그렇다고 잘 알아들을 수도 없는 자기만의 밀실 언어를 유통시킬 수는 없는 일이다. 시는 시인과 독자들 사이에 무언의 공감대를 형성해야 하는 광장 언어여야 한다. 낯선 것, 새로운 것, 눈에 띄는 것 자체에 지나치게 에너지를 쏟다 보면 삶의 본질을 외면하게 쉽다.

　시는 눈에 띄지 않고 마음에 먼저 띄어야 한다. 삶의 본질에 압도된 시는 마음에 띄기 마련이다. 토마스 만의 소설에 등장하는 토니오 크뢰거가 어느 장교의 시낭송을 경멸한 이유는 일반인이 시를 쓰는 행위 그 자체에 있지 않았다. 그는 목숨을 담보로 시를 쓰지 않고 시인 흉내를 내다는 데 분노했다. 시가 삶과의 치열한 갈등을 거치지 않고는, 그리고 그 갈등을 통해 어떤 형태로든지 정서적인 화해를 끌어내지 않고는 어떻게 생명력을 확보할 수 있겠는가. 갈등과 화해는 삶의 에너지원이다. 삶과의 치열함은 누구에게나 울림을 준다. 치열함의 자리에는 언제나 기억의 유전 인자가 작동하고 있기 때문이다.

기억의 유전 인자가 작동하게 되면 시의 데쟈뷔 현상이 일어나게 된다. 시의 정황이 언젠가 한번쯤 느껴본 적이 있는 듯한 상태 말이다. 그리고 그러한 데쟈뷔를 불러일으키기에 어머니의 몸만한 소재가 또 어디 있을까. 박주영의 「알집」은 어머니의 몸을 통한 데쟈뷔 현상을 잘 보여주는 예이다.

눈길에 미끄러져 다리 퉁퉁 부은 어머니 몸 씻어 드린 날, 물컹물컹 출렁대는 뱃속에서 새알만한 내 생명 만져졌네. 거기 아득한 내 집이 있었네. 세월의 마디가 어머니 몸 구석구석 주름살로 박혀 있네. 빈터에 지는 노을처럼 쓸쓸하지만 세상 한 곳이 환히 비치는 눈물 아직은 뜨겁다네. 그가 내게 몸 맡기네. 그 집 통째 맡기네. 그와 나 사이 행과 행을 연결하는 전류가 안타깝게 느려지고 있네. 박박 문지르니 힘없이 밀리고 무너지는 뱃가죽, 쭈그러진 고무다라이 같네. 땀과 눈물에 범벅이 된 때가 소금처럼 허옇게 널려 있네.

박주영, 「알집」(『시와 반시』, 2004년 가을호)

자식을 예닐곱씩 낳은 어머니의 배를 본 적이 한번이라도 있는 독자라면, '뱃가죽'이나 '쭈그러진 고무다라이'같은 시어에서 어디선가 같은 질감의 느낌을 받은 적이 있음을 충분히 감지하게 될 것이다. 어머니의 뱃속은 우리가 돌아갈 수 없는 태초의 몸집이다. 최초의 기억은 언제나 최초의 몸집을 향하도록 되어 있다. 누구도 상실할 수 없는 이 기억의 환기는 데쟈뷔를 동반하게 된다. 그리고 데쟈뷔가 일어나는 어머니의 몸만큼 시적 울림이 큰 장소도 없다. 비어 있는 어머니의 뱃속만큼 삶의 다양한 느낌을 내재하고 있는 장소가 또 어디 있을까.

어머니의 몸은 한때 알집이었으나, 지금은 빈 공간이며 빈집일 뿐이다. 그러나 시인은 물리적인 빈 공간에 우리의 시선이 고정되길 바라지 않는다. '퉁퉁 부은', '물컹물컹', '출렁대는', '주름살', '빈터', '쓸쓸하지만'으로 계속 시선을 이동시키면서 어머니의 나약한 몸을 정면으로 응시하게 하고 있다. 나약해질 대로 나약해진 어머니가 당신의 몸을 이제 내게 맡기고 있다는 사실, 이 불가피한 현실을 보여주고 싶었다. 이 시가 독자의 마음을 붙드는 힘은 여기에 있다.

최초의 몸집인 비어 있는 알집을 이제 알이 맡아야 하는 이 기막힌 현실, 그 앞에서 마음이 찡하지 않을 자식이 어디 있겠는가. 이미 알집에서 빠져 나온 지 오래된 알과 알집 사이에 간격이 없을 리 만무하다. 행과 행 사이의 전류가 느려지고 있다는 말이 그 뜻이다. 행과 행 사이는 몸과 몸 사이의 은유이다. 이미 어머니의 몸에서 떠나온 내 몸과 어머니의 몸이 세월이라는 거리감을 형성한 것이다. 어머니의 몸은 어쩌면 내 허물이기도 하다. 허물을 다시 떠맡아야 하는 일은 사실 부담스러운 일이다. 이 시에서 보여주는 삶과의 갈등은 여기에 있다.

하지만 시인은 마지막에서 알집과 화해한다. '땀과 눈물에 범벅이 된 때가 소금처럼 허옇게 널려있네'라는 고백 속에서 시인은 어머니의 몸과 화해를 시도하고 있는 것이다. 땀과 눈물로 범벅이 되어 있는 어머니의 몸 앞에서 무너지지 않는 자식이 있을까. 이제 알게 된다. 어머니의 몸을 씻는 행위는 내 허물을 씻는 행위와 같다는 사실을. 한때 내 몸이 살았던 옛집인, 어머니의 몸인 허물을 씻으면 삶에 대해 참 많은 회한이 몰려올 것이다. 시인의 이러한 행위에 간접적으로 동참하는 자들은 묘한 동질감을 느끼게 되리라.

　이렇게 늙은 어머니의 애타는 마음이 조덕자 시인의 「지중해 블루같은」에서는 오장 육부에 비유되고 있다.

　　　가을이 가기 전에 장을 떠야 하는데, 어머닌 무릎걸음으로 마루에
　　나 앉으신다 앉은뱅이 장독대에 긴 침묵이 고여 있다 그 잠깐 사이
　　바람이 불고 감나무 잎만 붉게 익어 서럽게 떨어진다 켜켜로 잘 익
　　은 메주 안에서 푸른빛들이 뿜어져 나와 항아리는 어느새 만삭인 배
　　를 들썩이고 나는 물끄러미 시간을 죽이고 있다 왼쪽이 마비되신 어
　　머닌 애타는 눈으로 먼 하늘 빛을 응시하고 계신다 내 몸만 성해도,
　　그 순간 땅 끝이 노래진다 어머니 먼 눈빛을 따라 지중해 빛 블루
　　하늘이 슬며시 내 가슴 속에 와 박힌다 어머니 세월 같은 짙은 장맛
　　에 고개 숙인 채 긴 통발을 항아리 안에 밀어넣는다 기우뚱 중심을
　　잃고 쓰러지는, 통발 가득 고이는 간장이 어머니의 애간장(肝腸)같다
　　나는 휴 하고 가슴 저 밑바닥에 고여 있는 깊은 숨을 토해낸다 내
　　숨소리에! 가을이 어머니처럼 쓸쓸히 지고 있다.
　　　　　　　　　　조덕자, 「지중해 블루같은」(『심상』, 2004년 11월호)

　이 시도 눈에 띄기보다 마음에 먼저 띄는 시임이 분명하다. '장', '장독대', '감나무', '메주', '만삭', '어머니', '항아리', '장맛', '간장', '애간장', '가을'로 이어지는 의미 고리만 따라가도 묘하게 무의식을 자극받게 될 것이다. 그리고 한국인이라면 누구나 동일한 질감의 정서를 느끼게 하는 데쟈뷔 현상을 체험할 수 있다. 장과 어머니에 대한 기억의 유전 인자가 작동한 결과이다. 쓸쓸한 가을과 늙어가고 있는 어머니, 어머니가 평생 주관하시던 항아리와 날 잉태하신 만삭이셨던 어머니의 배……. 이러한 중의적 배합이 일으키는 의미망 밑에 깔려 있는 어머니의 애간장을 누가 비껴가겠는가.

　한국은 전통적으로 절절한 마음을 표현하고 싶을 때 오장 육부를 동

원해 왔다. '비위 상한다', '간이 졸아든다', '속이 꼬인다', '애 닳는다' 등 서양이라고 다르지 않다. 사르트르의 『구토』도 마음과 몸은 둘이 아님을 잘 역설하고 있다. 마음과 몸은 하나로 붙어 있다. 마음은 오장 육부를 움직인다. 아니 마음과 몸은 동시적으로 행동한다. 이 시에서도 어머니와 나의 안타까운 마음을 몸을 통해 생생하게 전달하고 있다.

장은 어머니를 대표하는 환유적 음식이다. 장맛은 어머니의 존재와 같다. 깊은 장맛은 어머니의 손끝에서 나오는 것이 아닌가. 그런 어머니가 늙으셔서 수족이 불편하면 어떻게 장을 담글 수 있겠는가? 장은 그 집안의 생명줄이나 마찬가지이다. 그렇기 때문에 그 장을 손수 담그지 못하는 어머니의 애간장 타는 것을 굳이 설명해 무엇하겠는가. 어머니의 애타는 심정이 간장과 애간장을 중의법으로 하여 잘 묘파되어 있다. '통발 가득 고이는 어머니의 애간장'과 '땅끝이 노래지는' 딸의 애간장을 깊은 장맛처럼 담담하게 우려내고 있는 시적 수사가 돋보이는 시이다.

이처럼 오장 육부는 마음이 사무쳐 있는 장소이다. 기억의 유전 인자는 가족이나 유년에 대한 그리움이 절실해지는 극점에서 오장 육부를 떠올리게 할 수밖에 없다. 구구 절절한 삶을 피력하기에 오장 육부만한 것도 없음을 다음 시를 통해 확인할 수 있다.

서울시 성북구 삼선동 산 302번지
우리 집은 십이지장쯤 되는 곳에 있었지
저녁이면 어머니는 소화되지 않은 채
꼬불꼬불한 길을 따라 귀가하곤 했네
당신 몸만 한 화장품 가방을 끌고, 새까맣게 탄 게
쓸개즙을 뒤집어쓴 거 같았네
야채나 생선을 실은 트럭은 창신동을 지나
명신 초등학교 쪽으로만 넘어왔지
식도가 너무 좁고 가팔랐기 때문이네
동네에서 제일 위엄 있고 무서운 집은

관 짜는 집,
시커먼 벽돌 덩어리가 위암 같았네
거기 들어가면 끝장이라네
소장과 대장은 애기할 수도 없지
딱딱해진 덩어리는 쓰레기차가 치워갔지만
물큰한 것들은 넓은 마당에 흘러들었네
넓은 마당은 방광과 같아서
터질 듯 못 견딜 상황이 되면
사람들은 짐을 이고지고 한꺼번에 그곳을
떠나곤 했던 것이네
　　　　권혁웅, 「방광에 고인 그리움」(『시와 사상』, 2004년 가을호)

　시인의 기억에 내장된 유년 시절의 동네는 높고 좁고 지저분한 오장 육부이다. 답답하고 숨막히고 지저분한 정도가 얼마나 견딜 수 없었던가는 방광을 통해 잘 드러나고 있다. 방광은 배설물이 모이는 곳이다. 방광이 찼는데 비우지 못하면 살 수 없는 법이다. 도저히 살아낼 수 없었던 열악한 환경이 터질 듯한 방광으로 대단한 설득력을 얻고 있다. 그런데 시인은 다시는 떠올리고 싶지 않을 것 같은 그 유년의 동네를 지금은 도리어 그리워하고 있다. 아이러니다.

　허나 아이러니에 기댈 때 그리움은 도리어 반등되는 반어적 특성이 있다. 특히 유년에 대한 그리움은 특별히 마음에 사무쳤던 곳, 상처 많이 받은 곳만 찾아가는 경향이 그 좋은 예이다. 여기서 삶과의 치열함을 엿볼 수 있다. 가난하고 힘들었던 시절에 대한 그리움은 현실과의 화해가 없이는 불가능하다. 그 화해가 깔려 있기에 비록 힘들었던 유년의 동네일지라도 독자들에게 심기를 불편하지 않게 할 수 있다.

　그렇기 때문에 이 시를 읽는 독자들은 비록 시인과 같은 동네에 살지 않았을지라도, 마치 한번쯤 그 동네에서 살아본 듯한 데쟈뷔에 빠질 것이다. 시인과 독자의 공감은 반드시 동일한 형태나 지형의 물리적인 체험에서 형성되는 것이 아니다. 시는 특정한 감정의 환기가 아니다. 정확히 그것은 체험의 통합적 환기일 뿐이다. 그래서 독자들은 시인이 몸의 은유를 빌려 표현하고 있는 동네의 지도를 따라 걸으면서 마치 그 동네에서 유년 시절을 보낸 듯한 느낌을 받게 된다.

90년대부터 지금까지 몸은 수많은 시인들에게 상상적 유혹 거리가 되어 왔다. 몸은 은근히 무의식과 밀착하려는 자력이 있기 때문이다. 몸은 원초적인 장소이며, 그래서 근원적인 것들을 환기하는 구석이 있다. 몸은 어머니를, 고향을, 그리움을 불러온다. 보편적 은유의 대표적인 예이다.

신기하게도 반복되는 보편적인 은유들은 시간이 흐를수록 그 의미가 축소되기는커녕 도리어 그 의미를 더 단단히 굳혀나가게 된다는 사실이다. 보편적인 은유 자체가 새로울 리는 없다. 그러나 그것이 주는 데자뷰적 울림이 워낙 크기 때문에 계속 해서 새로운 언어 전달 방식이, 그리고 의미의 변주 방식이 생성되는 것이다. 어쩌면 시인의 능력은 여기에 있는지도 모른다. 보편적인 은유를 새롭게 재생산해낼 수 있는 힘 말이다. 새롭지 않은 것을 새롭게 느끼게 하는 그 능력 말이다. 그 힘은 삶과의 치열한 갈등과 화해가 없이는 불가능한 세계이다.

몸과 의인법의 지평

하인츠 슐라퍼는 『시와 인식』에서, 시가 주술로부터 물려받은 유산으로 의인법을 들고 있다. "영들에 의하여 살아 있는 세계를 겨냥하는 주술로부터 시는 자연의 대상을 너라고 말하는 관습을 유산으로 물려받았다"라고 한다. 사실 대부분의 시인들이 알게 모르게 의인법을 제 일의 수사법으로 사용하고 있다고 해도 지나친 말은 아니다. 주술은 토테미즘이나 애니미즘에 그 뿌리를 두고 있다. 그렇다면, 자연의 의인화는 자연을 살아 있는 유기체의 일부로 보고자 하는 생태학적 몸 의식이 은근히 담겨 있는 것이다.

혹자는 의인법에서 인간 중심주의의 노출을 보려고 하기도 한다. 하지만, 오히려 의인법이야말로 인간의 자기 중심적인 관점을 깨뜨릴 수 있는 수사법이 아닐까? 의인법은 인간 외의 생물들과 인간이 동등한 관계에 있음을 생생하게 경험할 수 있는 대표적인 시적 방식이다.

그리고, 의인화하기에 가장 효과적인 장소는 몸이다. 의인법 중에서도 몸으로 형상화된 자연만큼 인간에게 친숙감을 형성하는 경우도 없다. 몸으로 표현된 자연, 몸성을 지닌 자연은 인간과 연대감을 불러일으키기에 다른 어떠한 수사법보다도 용이하다. 몸으로 의인화된 자연은 고정된 물체가 아니다. 의인화된 자연은 살아 움직이면서 인간과 연락하고 있는 생명 공동체로서의 면모를 보여주기에 얼마나 충분한가.

자연과 인간은 몸에 있어서, 인간과 인간보다 더 직접적이고 더 적극적인 교류를 하고 있는 셈이다. 인간과 인간은 서로 몸을 나누어 먹을 수 없지만, 자연과 인간은 서로 자신의 몸을 직접적으로 나누면서 살아간다. 식물의 배설 기관이나 배설물에 대해서는 아직까지도 생물학적인 명쾌한 답이 없다. 추정하자면, 식물학적으로 보면 열매는 동물들의 분뇨에 해당되지 않을까 싶다. 식물과 인간이 몸을 주고받는 원시적인 순환 관계를 통해 유추해낼 수 있을 듯하다. 식물의 배설물인 열매를 인간이 먹고, 인간의 배설물을 거름 삼는 식물들, 이런 순환적 구조가 그 단적인 예가 아닐까.

> 우주의 텃밭에서 길러 온
> 밥알 같은 열매들을 둘러 앉히고
> 따뜻한 밥상 차리는 감나무 좀 봐
> 내 몸이 밥상이라고
> 노랗게 잘 익은 열매 한 알
> 툭, 던져 주는데

강영은, 「따뜻한 밥상」 중에서(『다층』, 2005년 겨울호)

자연은 인간을 위해 항상 신성한 밥상을 차려놓고 있다. 감나무가 감을 가득 열고 있는 모습과 밥상의 비유는 토테미즘적 삶의 방식에 근거한 시적 발상이다. 토테미즘에서 희생물과 먹이들은 깊은 영혼의 교류를 전제로 한다. 희생물로 차려진 밥상은 곧 희생 제의의 의미를 지닌다. 이렇듯 자연과 인간이 몸을 나누는 일은 신성한 제의적 행위이다. 희생 제의는 생명을 걸고 생명을 살리는 일이기 때문이다. 밥상은 모든 생명체가 하나의 몸으로 만나는 신성한 장소이다.

감나무의 몸은 누구에겐가 차려질 밥상이다. 먹이가 전제되어 있음에

도 불구하고, 밥상과 연결되어 있는 몸에서 잔인한 어떤 구석이라고는
전혀 느낄 수 없다. 도리어 생명이 다른 생명에게 건네는 헌신과 봉사
의 힘이 아름답게 전달되어 올 뿐이다. 몸으로 의인화된 감나무와 그
감으로 차려진 밥상 앞에 서면 누구나 감나무에게 감사하게 될 것이다.
도리어 그 헌신된 감나무의 몸 앞에서 문명의 욕심을 겸허하게 내려놓
게 될 것이다. 가을에 막 익은 감들이 주렁주렁 열린 감나무를 보고 인
간에게 차려놓은 자연의 따뜻한 밥상으로 인식할 수 있는 자들이 시인
이 아니면 누구이겠는가.

　봄부터 가을까지 자연은 쉬지 않고 상다리 부러지도록 밥상을 차릴
준비를 하고 있는 것이다. 그렇다면 인간은 자연에게 어떠한 밥상을 차
려주었는가. 도리어 문명과 과학의 이름으로 자연의 상다리만 부러뜨리
지 않았나 반성해야 할 것이다.

　그런가 하면, 의인화된 자연의 몸은 혹사하기만 했던 우리의 몸에 대
해 다시 되돌아보게 하기도 한다.

> 밤새도록 가서 닿은 곳은
> 전나무 숲이다 바늘이 정수리마다 돋는 전나무 밑에서
> 털이 긴장했다
> 내 몸을 뚫고 돋은 수많은 바늘
> 바늘이 몸 속에 산다
> 숨쉬듯 몸을 꿰매고 있다는 걸 왜 몰랐을까
> 콜록이는 가슴을 도려내고
> 오래되고 아픈 살점들을 박음질하고
> 헤지고 너덜너덜한 살점들을 휘쳐맨다
> 아침이면 거뜬히 일어나도록 바느질을 했구나
>
> 　　　　　　　허　림, 「바늘」(『심상』, 2005년 3월호)

　전나무의 몸을 보면서 자신의 몸에 대해 진지하게 고민하게 된다. 전

나무의 몸을 보면서 자신의 몸에도 수많은 바늘들이 살고 있음을 처음으로 깨닫게 된다. 자연의 몸은 인간이 자신의 몸을 제대로 볼 수 있게 하는 중요한 인식론적 장소이다. 나뭇잎은 가을에 단풍이 들면서 식물의 몸에 남은 노폐물을 빼내어 준다. 대사 기능에서 인간의 몸과 같다. 그렇기에 전나무의 나뭇잎을 보면서, 시인은 직감적으로 몸의 비밀을 파악하게 된 것이다. 사람의 몸에도 바늘이 있어 몸을 청소해준다는 사실을, 그래서 우리가 아침마다 거뜬히 일어날 수 있다는 사실을 말이다. 전나무의 몸과 시인의 몸이 하나의 생명체로서 서로 교감하지 않았다면 이러한 자각은 불가능한 일이다.

> 동구 늙은 향나무가 땅바닥에다 대고 비틀어 올리는 저 몸짓 여전하다. 돌이켜보면 사실 굵은 동아줄처럼 힘세다 싶고, 고샅길처럼 험하게 비탈지고 꼬부라져 안쓰럽다 싶다. 삼베 보자기에 탕약 짤 때처럼 거무스레 주름 잡히는, 마지막 한 방울까지 똑 떨어지려는 생 참 정밀하다 싶다.
>
> 문인수, 「향나무 옹달샘」 중에서(『문학사상』, 2005년 3월호)

늙은 '향나무'는 노년을 빗댄 의인법이다. 늙은 향나무의 몸을 통하여 노년의 생을 실감나도록 묘사하고 있다. 향나무의 늙은 몸 앞에서 참으로 숙연해질 수밖에 없게 만드는 시이다. 그 노년의 향나무에 결정적으로 존경을 표할 수밖에 없는 몸의 특질이 '삼베 보자기에 탕약 짤 때처럼'에 비유된 '주름'들이다. 그 주름들은 향나무가 살아온 연수와 겹쳐지면서, 이제 온몸이 온통 주름으로 덮인 할아버지와 할머니의 몸을 떠올리게 하고 있다. 향나무의 주름살 진 듯한 나무 껍질은 '힘세다'와 '안쓰럽다'라는 중첩적 묘사가 노리고 있듯, 노년의 몸에 대한 감정 이입을 유도하기에 효과적이다. 향나무는 이제 인간의 몸과 다른 몸이 아니다. 향나무는 마지막 한 방울까지 똑 떨어지려는 참으로 정밀한 생으로 우리 앞에 당당하게 서있다. 그것은 늙었다는 이유 하나로 힘없지도 흉하지도 않은 너무나 당당한 하나의 몸이며 생인 것이다. 그 향나무를 통해 시인은 위대한 자연의 몸을 본다. 이 향나무의 몸을 보면서 우리 생의 주격인 몸을 돌아보게 되는 것이다. 향나무나 인간이나 하나의 몸뚱아리를 가지고 동시대를 살아가고 있는 생명체들이다. 그런데, 어찌 향나무가 인간의 몸이 아니라고 함부로 대할 수 있겠는가.

자연을 몸으로 인식하게 되면 새로운 관계가 성립된다. 몸으로 의인화된 향나무는 자연스럽게 인간과 골육의 관계를 형성하게 될 것이 뻔하다. 자연을 나와 같은 몸을 갖고 있는 동기간으로 인식하기 시작하면, 그때부터 자연을 대하는 인간의 태도는 바뀌기 시작할 것이다. 모든 몸은 압력이나 액체나 기체나 어떤 형태로든 변신하여 서로에게 스미려는 성질이 강하다. 몸은 외부의 모든 물질을 온기로 끌어들이고 에너지로 기화하는 장소이기 때문이다. 이제 몸으로서의 자연은 인간의 몸과 상관된 중요한 에너지가 되기 때문에 함부로 취급할 수 없게 되는 것이다.

여기서, 소로가 『월든』에서 "내가 어찌 그 대지와 교류를 갖지 않겠는가? 나 자신의 일부는 나뭇잎이나 식물의 부식토가 아니던가!"라고 한 말이 실감나지 않을 수 없다. 소로가 말한 '나 자신'은 곧 몸이다. 인간의 몸의 일부가 곧 자연의 몸의 일부인 나뭇잎이나 부식토라는 것이다. 자연과 인간은 호흡 기관을 통해서도 산소와 이산화탄소를 서로 주고받는 상호적 몸이기도 하다. 인간은 호흡하면서 자연의 일부가 되기도 하고, 자연이 인간의 일부가 되기도 하는 것이다.

> 하늘로부터 손등 위로
> 사뿐히 내려앉아 받은 눈발 하나
> 내 온기에 들어
> 한 방울의 물이 되는가 했더니

공 손등 속으로 스며든다.
그렇구나, 무언가에 스러듦이란
온기에 들어 한 몸 이룬다는 것
이제 몸 속의 피가 되어 온몸을 돌게 되겠구나

구재기, 「눈을 맞으며」 중에서(『심상』, 2005년 3월호)

호흡은 입만이 아니라, 온 몸의 피부에 뚫린 구멍을 통하여도 이루어진다. 심지어 '눈발'조차도 손등의 땀구멍을 통하여 스미는 것이다. 시인은 눈발이 한 방울의 물이 되어 나와 상관없는 물질로 사라지는 줄 알았다. 그런데, 그 눈발이 내 몸에 스며들어 나와 한 몸을 이룬다는 것을 깨닫고 놀라고 있다. 그리고 그 눈발이 몸 속의 피가 되는 진행 과정까지 꿰뚫어보고 있다. 몸은 호흡을 통하여 외부의 원소와 에너지를 흡수하면서 다른 생명체와 몸을 섞는 것이다.

이러한 눈으로 본다면, 이 지구에 존재하는 그 어떤 물질도 함부로 다룰 수 없게 된다. 그것이 액체든 기체든 어떤 형태이든 물질들은 우리 몸에 스며들어 살과 뼈와 피가 되기 때문이다. 나무는, 꽃은, 물은, 흙은 더 말해 무엇하겠는가. 생명체들은 서로의 몸에 스며들어 서로의 몸을 만들어 주면서 살고 있다. 그렇기에 몸은 모든 사물을 인간과 동등한 생명체로 보도록 시각을 전환시키는 데 있어 효과적인 시적 소재인 것이다.

과학자들과 수학자들이 새로운 원리들을 창출할 때에도 창의력과 상상력에 얼마나 많은 빚을 지고 있는가는 주지의 사실이다. 그렇다면 시인들은 과학과 수학의 원리를 빌리지 않고도 우주의 생성과 흐름을 보는 자들이라고 할 수 있다. 호메로스 시대에도 시인은 땅의 기원과 한계, 우주의 창생에 관련된 모든 일을 통찰하는 자들이었다. 그렇기에, 생명의 에너지가 생성되는 장소로서의 몸에 시인들이 매료를 느끼는 일은 너무나 자연스럽다.

지구는 살아있는 생명체로 보려는 가이아 이론에서 가이아는 그리스 말로 '지구'라는 뜻이다. 가이아 이론은 지구의 삶을 강조하기 위하여, 지구라는 말을 앞세우고 있는 것이다. 인류의 조상인 아담이라는 이름의 어원은 흙이다. 흙은 물과 불과 공기와 함께 생명을 키우는 4원소의 하나이다. 그런데, 흙의 성분을 분석해 보면 생명체가 살아가는 데 필요한 기본 물질들을 그 안에 이미 갖추고 있다고 한다. 흙은 아담의 이름이 내포하고 있는 의미를 재차 생각하게 한다. 최초의 인간인 아담의 이름에는 이렇듯 생명이 강조되어 있는 것이다. 가이아 이론이 지구 자체를 생명체로 인식하고 있는 것이나, 최초의 인간인 아담의 이름이 생명을 상징하고 있다는 것은 결코 우연이라고 볼 수 없다. 흙의 본질은 생명을 낳고 키우는 데 있다. 그 흙에서 아담이 만들어졌다는 것은, 몸의 본질이 생명을 낳는 흙의 속성에 있음을 말해주는 것이다.

따라서, 몸에 대한 애정은 생명에 대한 애정과 다르지 않다. 지구는 바로 그 몸들로 구성되어 있는 생명의 유기체인 것이다. 지구는 생명체들이 서로 조화롭게 살아가야 하는 장소임이 분명하다. 그 조화로운 생명체들의 운행이 자연과 인간 사이에 있음을 보는 것이 시인들의 몫이다. 그러한 시적 작업의 하나가 의인화의 수사법이라고 할 수도 있다. 자연을 열심히 의인화하여야 자연도 우리와 같은 몸을 지닌 생명체임을 깊이 인식하고 자연을 소중히 여기게 될 것이다. 여기에 시인의 사명이 있다. 시가 주술로부터 물려받은 유산은 어쩌면 생태학적 반성을 유도해야 하는 지금 이 시대를 위하여 쓰여져야 할 것이다.

최초의 몸집인 숲과 자궁

최초의 몸집을 향하는 기억

자궁이 인간을 잉태한다면, 숲은 나무와 풀과 꽃 등 온갖 자연물을 잉태한다. 숲은 식물을 최초로 품고 있었던 몸집, 즉 자연의 자궁이라 할 만하다. 도시에 자라고 있는 나무와 풀과 꽃들이 숲을 에덴 동산으로 꿈꾸고 있다면, 모든 인간은 어쩌면 어머니의 자궁을 두 번째 에덴 동산으로 꿈꾸고 있다고 할 수 있다.

자궁과 숲은 또, 그 이미지가 둥글고 포근하게 감싸는 듯하다는 점에서도 닮아 있다. 그래서, 숲 속은 모태처럼, 모태는 숲 속처럼 편안하고 안락한 장소가 될 수 있다. 숲은 식물의 몸이 살던 최초의 집이며, 자궁은 사람의 최초의 몸이 살던 집이다. 사람이나 식물이나 자신의 몸이 최초에 살았던 그 집으로 회귀하려는 본능은 감출 수 없다. 몸은 최초의 집일수록, 오래된 집일수록 더 생생하고 더 오래 기억한다. 그래서, 기억은 최초의 몸집인 모태 아니면 숲과 그렇게 자주 교통하게 되는 것이다. 모든 기억은 그 종착지를 원초적 공간에 두고 있다.

그런데, 그 최초의 몸집인 자궁이나 숲은 우리가 그 쪽으로 회귀하려는 그만큼의 힘으로 우리를 밀쳐내며, 그 쪽에서 탈피하려는 그만큼의 힘으로 우리를 끌어당긴다. 마치 늪처럼. 우리의 방향을 항상 의지의 역방향으로 돌리는 이 운동 때문에 인간 존재는 늘 불안하다. 인간의 부유(浮游) 현상도 그곳과의 방향에서 늘 자유롭지 못하기 때문에 빚어지는 것은 아닐까.

두 공간으로의 듦과 남의 역학, 이 팽팽한 줄다리기 속에서 인간은 존재의 씨름을 수행하고 있는지도 모른다. 시찌프스처럼 굴려 올리는 것이 곧 떨어지는 것이고, 떨어져야 또 굴려 올리지 않는가. 끎과 당김, 회귀와 탈피, 얻음과 잃음, 거부와 인정, 이러한 두 운동은 그 외양의 차이에도 불구하고 동질적인 운동이라 할 수 있다. 회귀 욕망은 어쩌면 그 뿌리를 탈피 욕망에 두고 있을지도 모른다. 탈피 욕망도 어쩌면 회귀 욕망의 뿌리일지도 모른다. 우리가 일상 생활에서 보이는 이중적이고 분열적인 현상들도 이러한 줄다리기가 빚어낸 숙명적인 모습들일 것이다.

그러나, 이같은 분열 현상이 시로 형상화된다면, 그것은 곧 지극히 자연스런 화해와 질서의 조짐을 낳게 된다. 세계와의 갈등과 그 갈등의 후유증으로 다가오는 싱싱한 분열의 모습은 오히려 시를 시답게 한다. 회귀와 탈피의 두 힘이 상충할 때 발생하는 긴장과 탄력은 두 힘을 상호 고무시키고, 그러한 과정은 자기 정체성의 통로로 작용하기도 한다.

우리는 이즈음에서 마이클 앱티드 감독의 영화 「넬(Nell)」에서 주인공 넬을 숲에서 끌어내려고 하던 문명인들이 오히려 넬의 숲에 매료 당하고 마는 이유를 대충 짐작할 수 있다. 넬이 사는 숲은 모태요, 원초적인 세계이다. 넬은 숲에서 알몸으로 산다. 넬은, 모태나 기억의 시원으로 회귀하고픈 현대인들의 무의식이 빚어 낸 인물로 보인다. 현대인들은 그러한 넬을 문명 세계로 끌어내려고 하는 그 힘만큼 강하게 숲에 사로잡히고, 거기서 아늑한 기억의 숲을 맘껏 호흡하게 된다. 그 호흡은 진정한 자기와의 호흡인 셈이다.

<넬>에서처럼 모태로의 회귀 본능의 의식적 표현은 자기 정체성을 찾으려는 현대인의 존재 방식의 하나가 되었다. 숲과 자궁은 그러한 시적 매재로서 유용하게 다루어져 왔다. 긴 세월동안 시인들에게 상상력의 젖줄이 되었던 숲과 자궁은 모태로의 회귀 본능, 즉 존재의 중심을 회복하려는 욕망이 투사된 시적 장소인 것이다. 이처럼, 자궁과 숲은 존재 상실의 최전선에서 그 위기를 극복할 수 있는 최초의 몸집이다.

늪을 숲으로

이응준의 시집 『나무들이 그 숲을 거부했다』에서, 숲은 '빠져나와야 하는' 대상으로 인식되고 있다. 즉, 숲은 어두운 기억이 내장된 내밀한 이미지의 공간으로 작용한다. 그래서인지, 이 시집은 음습한 기억의 숲과 같다. 시인은 그 음습한 기억의 도가니에 갇혀 있기를 원하는 것인 양, 과거와의 점착력이 뛰어난 일기나 편지에 지속적인 애착을 보인다. 「그 여름의 물가」, 「그날 이후의 편지」, 「낡은 일기」 등이 그런 류의 시들이다. 이러한 시들은 주로 기억의 숲을 이탈하고 싶은, 자기 부정이나 자기 이탈의 성격을 강하게 띠고 있다.

> 눈물 한 방울 제대로 흐르지 않는 내 더러운 평화의
> 마음속으로 아이들 이 저녁 까악까악 불길하게 흩어져
> 집으로 돌아가고 빈터에 홀로 남아
> 세어 보는 화석과 같은 나날 화석이 되어 버린 내 사랑
> 화석 속의 비명들, 내가 겁먹어 성급히 도망쳐 나왔던 그대
> 두고
> 홀로 빠져 나와 안도의 한숨 길게 내쉬었던 저

> 겨울비 장마지듯 내리는 거대한 숲을 바라보며
>
> 「숲을 기억하며」 중에서

기억은 '그대'로 지칭된 '화석'이고 '화석 속의 비명'이며, 빠져 나오고 보면, '거대한 숲'이다. 때론, 자기를 이탈하고 기억을 벗어버리는 일이, 가볍고 편안하게 느껴지기도 할 것이다. 압박이나 중압감이 크면 클수록 '안도'는 '한숨'으로 변하고, 그 한숨의 길이는 길어질 수밖에 없다.

그러나, 기억으로부터 탈피가 안도의 한숨을 내쉬게 하는 것도 잠시 뿐이다. 인간의 삶이란, 또다시, 무섭게 자기를 도사리고 있는 기억의 눈에 압도당하고 만다. 기억으로부터 탈출하려고 하면 할수록 기억은 더욱더 기승을 부리며 무의식 세계에서 의식 세계로 헤엄쳐 올라올 것이기 때문이다. 그것이 기억의 본질임을 시인은 '작두' 이미지로 묘파하고 있다.

> 겨울은 작두였다. 나는
> 차츰 잠을 잃어 갔고
> 지긋지긋한 세상의 집들이 일시에 허물어지는
> 황홀한 꿈을 뜬눈으로 꾸면서도
> 늘 아버지 옛집으로 돌아가고 싶었던 것은
>
> 「잃어버린 편지」 중에서

이응준 시인이 마치 혼잣말로 내뱉듯이 표현한 '지긋지긋한 세상의 집'은 기억의 세계이다. '작두'는 과거와의 불연속이나 단절의 표상이면서, '지긋지긋한 세상의 집들'을 기억 속에서 제거시킬 적절한 도구며 구원자에 가깝게 그려져 있다. 시인은 어쩌면 망각의 동물이 되고 싶은 것이다. 그래서, '겨울은 작두였다'고 단정하고 있다. 그러나, 그 단정적인 어조에도 불구하고, '늘 아버지 옛집으로 돌아가고 싶'어지는 것이

기억의 생리이다.

늘 그렇다고 시인이 고백했듯이, '나무들이 그 숲을 거부'하려고 하면 할수록 그 힘의 반동으로, 숲은 시인에게 자력같은 늪으로 변한다. 그리고, 그 거부의 힘만큼 그를 잡아당긴다. 그에게 '숲'은 곧 '늪'이요, '늪'은 곧 '숲'이다.

> 당신의 늪에서 당신의 숲으로 걸어가리
> 내가 할 수 있는 일이란 고작 노래하는 것밖에 없기에
> 대신 불러 드리리, 늪과 숲이 다르지 않다는 것.
> 생이 가라앉음과 솟아오름이 아니라
> 빠져 듦과 빠져 나옴이라는 것. 늪에 빠져 허우적거리는
> 당신 손을 잡고 늪을 숲으로 걸어 가리
>
> 「당신의 늪에서 당신의 숲으로」 중에서

아이러니컬한 인생의 단면을 잘 포착한 시이다. 인생은 빠져듦과 빠져나옴이라는 두 축 사이를 회전하면서 자기를 새롭게 구축해 나가는 것이다. 자기 부정이 자기 긍정이 되고, 자기 이탈이 자기 완성을 이루는 토대가 된다. 탈출을 시도하는 순간 그것은 '늪'(빠져듦)이지만, 탈출을 포기하는 순간 그것은 '숲'(나옴)으로 탈바꿈할 것이다.

숲으로의 듦과 숲으로부터의 나옴을 통해 자기의 불명료했던 정체성을 회복하려는 몸부림이 이 시집 전면에 깔려 있다. 엄격히 말하자면, 그것은 자기 부정이기보다는 자기 긍정의 색을 더 강하게 풍기고 있다. 자기 부정이나 자기 이탈은 자기 갱신의 다른 이름이다. 자기 부정의 시적 모티프는 대개의 시 속에서 자기를 지탱하거나, 영속적인 자기 가치를 확인하는 일인 것이다. 시작 과정은 끊임없는 자기 성찰의 노정이기 때문이다.

그래서, 시인은 숲으로 다시 귀환한다. 시인의 행과 불행이, 슬픔과 기쁨이, 고통, 배신, 사랑, 그리움, 기다림, 절망이 온통 그 숲(기억)에서

잉태되지 않았는가. 조물주가 인간을 흙으로 빚었다면, 시인은 상상력을 기억으로 빚는다고 할 수 있다. 숲(기억)으로의 회귀는 자신을 탄생시키고, 성장시킨 모태로의 회귀이다. 모태에서 앉았던 그 자세로 숲 속에서 웅크리고 앉아 자기에게로 귀기울여야 진정한 자기를 만날 수 있다. 그래서, 시인은 이내

> 종소리는 사라지지 않는다.
> 모두 잊혀지지 않듯이
>
> 「숲」 중에서

라고 기억의 본질을 깨닫는다.

기억의 거대한 숲은 시인의 모태이며, 자궁이다. 인간은 모두 기억과 호흡하며 그 속에서 성장해 왔다. 아무리 고통스러운 과거라 할지라도, 시간이 지나면 아름답고 편안한 느낌을 주는 것도 종소리 같은 기억의 울림 때문이 아닐까. 그래서, 기억은 모태처럼 한없이 편하다.

숲은 깊고, 내밀한 원초적 몸집이다. 깊고 내밀할수록 아득한 기억의 시원은 드넓게 펼쳐지기 마련이다. 깊이와 내밀함은 드넓은 기억의 숲을 존재로 온통 불 밝히게 한다. 숲은 기억을 둥글게 울리며, 둥글게 기억의 파문을 일으키며, 둥글게 기억을 메아리 치게 한다. 둥글게 퍼져 나가는 그 몸집의 원심력에 의해 존재는 확고한 자기 중심을 회복할 수 있는 것이다.

희망의 자궁 속으로

강경주의 시집 『나는 꽃핀다』는 '자궁'이나 '굴'을 시적 상상력의 기

반으로 삼고 있다. '자궁'은 그의 시적 출발점이자 도착점이기도 하다. 자궁은, 인간이면 누구나 회귀하고자 하는 에덴 동산의 이미지를 환기하는 원초적 공간이다. 몸의 기억은 자궁이나 에덴을 잊을 수가 없다. 자궁이나 에덴은 가장 완전한 몸을 지녔던 장소와 시간을 환기해주기 때문이다.

　최초의 몸이 살았던 집을 향한 도정은 어쩌면 자기 찾기와 같은 일이다. 확실히, 몸은 자기 찾기에 대부분의 에너지를 쓰고 있다.

　　　땅 끝까지 파내려 갔다
　　　기억이 미치지 않는 시간들의 그 마지막 부분
　　　축축히 물 고인 밑바닥까지
　　　사정없이 파들어 갔다

　　　살아간다는 것이 아주 천천히 아주 조금씩
　　　땅 속으로 내려간다는 사실을
　　　흙더미 속에 파묻힌 저 희미한 흔적들의
　　　뼈는 뼈대로 살은 살대로 꿰어 맞추면서
　　　이 캄캄한 어둠 속

「도굴」 중에서

　자기 탐색에 얼마나 갈급한가는 '끝까지', '사정없이'라는 시어에서 확연히 드러난다. 자기 탐색의 행위는 '기억이 미치지 않은 시간들의 그 마지막 부분'까지 이루어지고 있다. '축축히 물 고인 밑바닥까지' 사정없이 파고 들어갈 정도로 자기를 찾으려는 자아의 욕구는 대단한 것이다. 그 밑바닥까지 다 파고 들어간 다음 시인은 무엇을 하려고 하는 것일까.

　그 여자의 희망의 자궁 속으로 내 꿈은 끝없이 끝없이 굴을 파고

들어갔습니다. 기쁨보다는 캄캄한 내 필생의 작업이 되어 버린 빈 곳
파헤치기 단단한 곳 뚫기 암벽 사이로 차갑게 줄줄이 낙하하는 빗방
울들의 휘어진 허리 끌어안으며 내 즐거운 절망은 또 끝없이 굴문을
막고 있습니다.

　배고픈 시간 빛이 퍼지는 내 고집의 땅 사방팔방으로 내 머릿속으
로 이리저리 굴이 뚫리고 박쥐들이 매달리고 이런 내 희망의 맥을
밟을며 그 여자는 또 끝없이 굴을 파고 들어왔습니다.

「땅굴작전」 중에서

그가 '굴'이나 '땅굴'을 파는 행위는, 자궁으로의 회귀와 동질적인 의
미를 지니게 된다. 왜 이렇게 '구석진 공간'을 애호하는 것일까. 굴은
깊을수록 굴답다. '굴'은 그 깊이에 비례하여 내밀함과 편안함의 질량을
획득할 수 있다. 마치 모태처럼. 그에게 '굴'은 '유사 자궁'인 셈이다.
가장 내밀한 공간인 구석에 웅크림은 모태에서의 웅크림처럼 아늑하고
편안하다.

　그러나, 희망의 자궁 속으로 굴을 파고 들어가는 시인의 꿈은 그렇게
쉽게 성취되지 못 한다. 절망이 다시 그 굴문을 막기 때문이다. 그러나,
그 절망은 즐겁다. 다시 '내 희망의 맥'을 밟으며 그 여자가 굴을 파고
들어오기 때문이다. 희망과 절망의 팽팽한 줄다리기 속에서 시인은 거
듭나고, 그의 중심을 확고히 세우게 되는 것이다. 이 시에서 희망과 절
망이 여자와 남자의 몸을 빌려 아름답게 접촉하여 빚어진 '굴'은 시인
의 원초적 집인 셈이다.

　강경주 시인에게 자궁(굴)은 '집'의 의미 그것이다. 인간이 태어나기
전에 머무는 장소가 자궁이요, 그것은 또한 인간의 최초의 집이기도 하
다. 바슐라르에 따르면, 집은 존재의 중심이다. '굴'은 곧 '자궁'이며,
'자궁'은 곧 몸의 원초적인 '집'으로, 이 시인의 '굴파기 행위'는 최초의
몸집을 찾는 일이기도 하다. '굴파기'는 이 시인에게 자기 존재를 지탱

하는 최후의 몸부림으로 느껴진다.

    다시 또 독도에 간다
    공기와 물, 그 행·불행 사이로 반쯤 떠 있는 반쯤 묻혀 있는
    東島에 가서
    西島에 가서
    돌아가야 할 집
    떠나가야 할 집
    길 묻는다

「쌍자궁에 대한 명상」 중에서

하지만, '집'은 두 가지 방향을 지닌다. 돌아감과 떠남의 두 방향이다. 이 두 방향 속에서, 그리고 안과 밖의 경계 사이에서 인간은 늘 방황하고, 부유하게 된다. 그래서, 시인은 '집'을 쌍자궁으로 명명하고 있다.

정확한 진단이다. 인간은 두 방향을 왕복하면서 집에 살기도 하지만, 두 종류의 집에 살기도 한다. 현실의 집과 비현실의 집을 넘나들면서 산다. 현실의 집에 적응하지 못하면, 비현실의 집으로 이전하며, 비현실의 집이 체질에 맞지 않으면, 현실의 집으로 언제고 방향을 돌리게 된다. 하지만, 어떠한 방향을 선택하든 어떠한 종류의 집을 세우든 그것은 항상 자기 중심 찾기의 반경을 벗어나지 못한다.

그런데, 시인은 시집 서문에서, 자신을 자궁 밖 임신으로 진단하고 있다. 무슨 의미일까. 자궁 밖 임신은 분명 정상적인 상태는 아니다. 자궁 속에 편안히 안착되고 싶은 시인의 욕망을 잘 드러내고 있다. 그래서 시인만의 아픔과 고독들을 감싸 줄 참된 굴(자궁)을 파려고 했던 것이다.

이것은, 어쩌면 모든 시인들이 평생을 감내해야 할 과제처럼 느껴진다. 세속적인 가치와 모든 일상의 판단을 불식시키는 진정한 인간의 '몸집'을 설계하고 건축하는 것이 시인의 진정한 임무가 아닌가.

참고문헌

◈ 국내 단행본 및 논문 ◈

강규한, 「문학 생태학의 전개 과정과 새로운 가능성」, 『실천문학』, 2003, 겨울.
고　은, 『1950년대』, 민음사, 1973.
구승회, 『에코필라소피』, 새길, 1995.
김경수, 『이규보 시문학 연구』, 아세아문화사, 1986.
김경복, 『한국 아나키즘시와 생태학적 유토피아』, 다운샘, 1996.
김상봉, 「성과 에로스에 대한 플라톤적 고찰」, 『감성의 철학』, 민음사, 1996.
김시태, 「정한모의 휴머니즘」, 『한국현대시사연구』, 일지사, 1983.
김신정, 『정지용 문학의 현대성』, 소명출판, 2000.
김열규, 『한국문학사』, 탐구당, 1986.
김영철, 「휴머니즘과 지수비평적 고찰」, 『한국시학연구』, 1998.
김용운, 『인간학으로서의 수학』, 우성문화사, 1993.
김용운, 김용국, 『도형에서 공간으로』, 우성, 1996.
김욱동, 『대화적 상상력』, 문학과 지성사, 1988.
　　　, 『문학 생태학을 위하여』, 민음사, 1997.
김재근, 『이미지즘연구』, 정음사, 1973.
김재홍, 「휴머니즘 또는 미래지향적 의식」, 『현대문학』, 1983. 9.
김종길, 『시론』, 범우사, 1985.
김학동, 『정지용 연구』, 민음사, 1988.
　　　, 『현대시인연구』, 새문사, 1995.
김 현·곽광수, 『바슐라르연구』, 민음사, 1976.
꿈지모, 「생태비평 일각의 오만과 독단」, 『환경과 생명』(29호), 사단법인환경
　　　　과생명, 2001.
문덕수, 『문예사조』, 개문사, 1986.
민병수, 「고전시론의 한국적 전개에 대하여」, 『진단학보(48)』, 1980.

박석준, 「『황제내경』의 몸에 대한 이해」, 『아카필로』(2), 2001(1-2월).

조광제, 「몸과 말」, 『아카필로』(2), 2001(1-2월).

박성규, 『이규보연구』, 계명대출판부, 1982.

박성창, 『수사학』, 문학과 지성사, 2000.

박이문, 『老莊思想』, 문학과 지성사, 1996.

______, 『문명의 미래와 생태학적 세계관』, 당대, 1998.

박철희, 『정지용의 시와 산문』, 깊은샘, 1988.

______, 「斬新한 東洋人」, 『정지용』, 서강대 출판부, 1995.

박희병, 『한국의 생태사상』, 돌베개, 1999.

신현숙, 『초현실주의』, 동아출판사, 1992.

신 협, 「생명의 외경과 휴머니즘」, 『현대시』, 1991. 9.

오세영, 『20세기 한국시 연구』, 새문사, 1989.

유승우, 『한글시론』, 민족문화사, 1983.

윤재웅, 『미당 서정주』, 태학사, 1998.

이규보, 「백운소설」, 『국역 동국이상국집(6)』, 민족문화추진회, 1982.

______, 『한국명문선』, 민족문화추진회, 1982.

이병한 편저, 『중국고전시학의 이해』, 문학과 지성사, 1992.

이부영, 『그림자』, 한길사, 2000.

이숭원, 「정한모의 인간과 삶」, 『시와 시학』, 2001. 3.

이승환, 「눈빛, 낯빛, 몸짓」, 『감성의 철학』, 민음사, 1996.

이정우, 『인간의 얼굴』, 민음사, 1999.

이재선, 『우리 문학은 어디에서 왔는가』, 소설문학사, 1987.

이태준, 『문장강화』, 서음출판사, 1988.

송용구 편저, 『에코포피아를 향한 생명시학』, 시문학사, 2000.

장경렬, 「이미지즘의 원리와 <詩畵一如>의 시론」, 『작가세계』, 1999, 겨울호.

장시기, 「탈근대성의 인식론 : 들뢰즈 - 가타리의 몸철학」, 비평과 이론(제5권
        2호), 2000.

전미정, 『한국 현대시와 에로티시즘』, 새미, 2002.

전봉건, 「시와 에로스」, 『현대시학』, 1973, 9월호.

전봉건 이승훈 대담, 「續 詩와 에로스」, 『현대시학』(74년 10월호)

정요일, 『한문학비평론』, 인하대출판부, 1990.

정의홍, 「영원과 생명의 욕망-정한모의 시」, 『현대시학』, 1974. 10.

정지용, 『정지용 전집·산문』, 민음사, 1990.

정효구, 『모더니즘 연구』, 자유세계, 1993.

정화열, 「비코와 몸의 정치의 비평적 계보」, 『몸, 또는 욕망의 사다리』, 한길
　　　사, 1999.

조동일, 『한국문학사상사시론』, 지식산업사, 1986.

조두섭, 「황석우의 상징주의시론과 아나키즘론의 연속성」, 『대구어문논총』
　　　(14호), 우리말글학회, 1996.

조두현, 『漢詩의 理解』, 一志社, 1978.

최경환, 「이규보의 시론과 시에 관한 연구」, 서강대 석사논문, 1983.

최동호, 「정지용의 산수시와 情·景의 시학」, 『작가세계』, 2000(가을호).

최문홍, 박유봉 공저, 『철학대사전』, 휘문출판사, 1981. p. 379.

최승호, 『21세기 문학의 동양시학적 모색』, 새미, 2001.

______, 『한국적 서정시의 본질 탐구』, 다운샘, 1998.

학원사, 『철학대사전』, 1973.

허창운 외, 『프로이트의 문학예술이론』, 민음사, 1997.

호남신학대학교 편, 『생태학과 기독교 신학의 미래』, 한들출판사, 1999.

홍경표·김경주, 「한국 현대시에 나타난 에로티시즘 연구」, 『여성문제연구』,
　　　대구 효성 카톨릭대학교 사회과학 연구소, 1990.

◈ 번역서 ◈

가스통 바슐라르, 김　현 옮김, 『몽상의 시학』, 홍성사, 1986.

____________, 민희식 옮김, 『불의 정신분석』, 삼성출판사, 1993.

____________, 이가림 옮김, 『물과 꿈』, 문예출판사, 1992.

____________, 이가림 옮김, 『초불의 미학』, 문예출판사, 1991.

____________, 정영란 옮김, 『공기와 꿈』, 민음사, 1993.

____________, 이가림 옮김, 『초의 불꽃』, 문예출판사, 1991.

그레고리 베이트슨, 박지동 옮김, 『정신과 자연』, 까치, 1998.

今道友信, 백기수 옮김, 『애론』, 탐구당, 1981.

노자, 오강남 풀이, 『도덕경』, 1995.
다케다 세이지, 김원구 옮김, 『현대사상의 모험』, 우석, 1986.
도날드 휴즈, 표정훈 옮김, 『고대 문명의 환경사』, 사이언스북스, 1998.
떼야르 드 샤르뎅, 양명수 옮김, 『인간 현상』, 한길사, 1997.
마르쿠제, 김인환 옮김, 『에로스와 문명』, 대양서적, 1975.
마오싱 니, 조성만 옮김, 『알기 쉽게 풀어 쓴 「황제내경」』, 청홍, 2003.
마틴 부버, 김천배 옮김, 『나와 너』, 대한기독교서회, 1998.
마틴 가드너, 이충호 옮김, 『이야기 파라독스』, 사계절, 2002.
문순홍 편역, 『생태학 담론』, 솔, 1999.
반 게넵, 전경수 옮김, 『통과의례』, 을유문화사, 1985.
서복관, 권덕주 옮김, 『중국예술정신』, 동문선, 1993.
손 맥도나휴, 황종렬 옮김, 『땅의 신학』, 분도출판사, 1993.
R. 베이커·F. 엘리스튼, 이철환 옮김, 『철학과 性』, 홍성사, 1982.
에리히 프롬, 이완희 옮김, 『사랑의 기술』, 문장, 1987.
에릭 올슨·립튼 공저, 이일철 옮김, 『죽음의 윤리』, 文志社, 1982.
H. D. 소로, 양병석 옮김, 『월든』, 범우사, 1995.
M. 엘리아데, 이은봉 옮김, 『종교형태론』, 한길사, 1996.
__________, 이은봉 옮김, 『성과 속』, 한길사, 1998.
이소영 외 편역, 『자연, 여성, 환경』, 한신문화사, 2000.
정화열, 박현모 옮김, 『몸의 정치』, 민음사, 2000.
죠셉 캠벨·빌 모이어스, 이윤기 옮김, 『신화의 힘』, 고려원, 1996.
죠르쥬 바따이유, 조한경 옮김, 『에로티즘』, 민음사, 1997.
__________, 최윤정 옮김, 『문학과 악』, 민음사, 1997.
G. 르 포르, 김대식 옮김, 『영원한 여성』, 성바오로 출판사, 1970.
Giambattista Vico, 이원두 옮김, 『새로운 학문』, 동문선, 1998.
지크문트 프로이트, 김종호 옮김, 『문화의 불안』, 박영사, 1974.
프리드리히 니체, 최승자 옮김, 『짜라투스트라는 이렇게 말했다』, 청하, 1988.
프리쵸프 카프라, 김동광 외 옮김, 『생명의 그물』, 범양사출판부, 1998.
__________, 이성범·김용정 옮김, 『현대물리학과 동양사상』, 범양사출
    판부, 1998.

플라톤, 황학수 옮김, 『소크라테스의 변명』, 그레이트북, 1994.
하랄드 프리쯔쉬, 이희건·김승연 옮김, 『철학을 위한 물리학』, 가서원, 1995.
허버트 마르쿠제, 김인환 옮김, 『에로스와 문명』, 대양서적, 1975.
하이젠베르그, 구승회 옮김, 『하이젠베르그의 물리학과 철학』, 온누리, 1993.
하인츠 슐라퍼, 변학수 옮김, 『시와 인식』, 문학과 지성사, 1992.

◈ 외국 원서 및 논문 ◈

Andrew Welsh, Roots of Lyric, Prinston Univ, 1978.

Anthony Elliott, Psychoanalytic Theory : An Introduction, Oxford : Blackwell, 1994.

Bill Devall & George Sessions, ed, Deep Ecology, Salt Lake City : Gibbs M. Smith Inc, 1985.

Cheryll Glotfelty & Harold Fromm, ed, The Ecocriticism Reader, Athens and London : Georgia Univ. Press, 1996.

C. G. Jung, tr. by R. F. C. Hull, The Eros Theory, Two Essays Psychology, London : Routledge & Kegan Paul, 1966.

Chatherine Belsey, Disire : Love stories in Western culture, Oxford : UK : Blackwell, 1994.

C. S. Lewis, The Discarded Image : An Introduction To Medieval And Renaissance Literature, Cambridge : Cambridge Univ. Press, 1964.

H. Marcuse, Eros and Civilization, New York : Vintage Books, 1962.

Joseph Bristow, Sexuality, London : Routledge, 1997.

Michel Beaujour, <u>Eros and Nonsense : Georges Bataille</u>, Modern French Criticism, Chicago : Chicago Univ. Press, 1972.

Nothrop Frye, The Meeting of East and West, New York : The Macmillan Company, 1960.

__________, Seculer Scripture : A study of Structure of Romance, Cambridge : Havard Univ. Press, 1976.

__________, The Double Vision : Language and Meaning in Religion, Toronto : Toronto Univ. Press, 1991.

Peter Brooks, Body Work : Object of Disire in Modern Narrative, Cambriedge : Havard Univ. Press, 1993.

Philip P. Wiener, Dictionary of the History of Ideas, Charles Scribner's Sons : New York, 1978.

Philip Wheelwright, The Burning Fountain - A Study in the Language of Symbolism, Indiana Univ Press, 1968.

Robert J. Stoller, Observing the Erotic Imagenation, New Heven : Yale Univ. Press, 1985.

Sidonie Smith, Subjectivity, Identity, And The Body : Women's Autobiographical Practices in the Twentieth Century, Bloomington : Indiana Univ. Press, 1993.

Yuri M. Lotman, Universe of The Mind, Indiana Univ Press, 1990.

Veronica Kelly and Dorothea Von Mücke, Body & Text in the Eighteenth Century, Stanford : Stanford Univ. Press, 1994.

저자 전미정(全美貞)

인천대 국문과와 서강대 대학원 석사·박사 마침
서강대, 성결대, 인천대에서 강의
중국대련외국어대학 한국어학과 객원교수
현재 인천대 국문학과 초빙교수

공저로『김안서 연구』
　　　『한국여성문학비평론』
　　　『한국서정문학론』
　　　『한국현대시인론Ⅱ』
저서로『한국현대시와 에로티시즘』
시집으로『유년의 서가로 가는 길에』가 있다.

에코토피아의 몸 ■ ■ ■

인　쇄　2005년　05월　25일
발　행　2005년　05월　30일

저　자　전　미　정
펴낸이　이　대　현
편　집　박　윤　정
펴낸곳　도서출판 역락
　　　　서울 성동구 성수 2가 3동 301-80 (주)지시코 별관 3층
　　　　전　화 : 3409-2058, 3409-2060　FAX : 3409-2059
　　　　홈페이지 : http://www.youkrack.com
　　　　이메일 : youkrack@hanmail.net
　　　　등　록　1999년 4월 19일 제2-2803호

정　가　12,000원
ISBN　89-5556-376-0-93810

■ 잘못된 책은 교환해 드립니다.